Barbara Frischmuth

Donna und Dario

Bibliografische Information der Deutschen Nationalbibliothek

Die Deutsche Nationalbibliothek verzeichnet in der Deutschen Nationalbibliographie; detaillierte bibliografische Daten sind im Internet über http://dnb.d-nb.de abrufbar.

Überarbeitete Neuauflage

Umschlag- und Innenseitengestaltung: Christine Kollegger unter Verwendung von Fotos und Illustrationen von www.fotolia.de

Printed in Austria

ISBN 978-3-99022-006-1

www.edition-o.at

Barbara Frischmuth

Donna und Dario

edition-o

1

Die Häuser standen noch ziemlich dicht in jenem Teil der Stadt und ihre Dächer waren von Tauben bevölkert. Dazu kamen Möwen vom nahen Kanal, aber auch Krähen aus dem Freiland vom anderen Ufer. Von Spatzenhorden von vereinzelten Wanderfalken gar nicht zu reden, die sich ebenfalls in der Stadt niedergelassen hatten, weil es da mehr zu fressen gab.

Es herrschte also reger Betrieb im Luftraum über den Gassen. Das Flügelschlagen nahm kein Ende, ebenso wenig das Tschilpen, Gurren, Krächzen und Pfeifen. Dass aber auch Katzen durch die Luft geflogen kamen, war eine Neuheit, die sogar die abgebrühtesten Käfigvögel auf ihren Fensterbrettern erstaunte.

„Nichts für ungut." Das war alles, was Dario zu der Riesenrabenkrähe zu sagen wusste, auf deren Rücken er nach seinem verhängnisvollen Sprung aus dem Fenster gelandet war. Sie waren beide auf einen vorüberfahrenden Sperrmüllwagen gestürzt, mitten auf ein altes Sofa, dessen Polsterung den Aufprall ein wenig milderte.

„Nimm sofort dein mörderisches Werkzeug aus meinem unschuldigen Leib“, zeterte die zerzauste Krähe, „oder ich hacke dir die Augen aus, so schnell kannst du gar nicht schauen.“

„Du meine Güte!“ Dario zog schleunigst die Krallen ein, aber ganz ohne Gewalt ging das nicht. Der Vogel musste Federn lassen. „Ich habe es nicht so gemeint.“ Dario spuckte und spuckte. Die pechschwarzen Daunen, die er sich aus den Pfoten zupfte, steckten nun zwischen seinen Zähnen.

„Soll das ein Witz sein oder hast du eine Meise?“ Die Krähe zielte mit dem Schnabel nach ihm und versuchte gleichzeitig ihr Gefieder in Ordnung zu bringen.

„Was für eine Meise?“, fragte Dario. Er kannte nur die Vögel von den städtischen Dächern.

„Du musst übergeschnappt sein“, krächzte die Krähe, ein beachtliches, ausgewachsenes Exemplar. „Seit wann springen Katzen aus dem fünften Stock?“ Sie kämmte ihr Gefieder, hackte nach ihm und schimpfte abwechselnd, während Dario sich sachte immer weiter zurückzog, bis sein Schwanz sich an der Seitenlehne des Sofas stauchte.

„Ein Irrtum“, flüsterte er zerknirscht.

„Was heißt da Irrtum?“ Die Krähe hatte nun selber den Schnabel voller Federn.

„Verzeih, aber ich habe dich für einen riesigen schwarzen Badewannenstöpsel gehalten."

Als die Krähe das hörte, knickte sie ein wenig ein und ihr Gefieder sträubte sich. „Sag das bitte noch einmal", krächzte sie heiser. „Ich kann es nicht glauben!"

Dario hatte die Pfoten vors Gesicht geschlagen und wäre am liebsten mit dem blaugrauen, verschlissenen Samt des Sofas verschmolzen. „Ich war ganz versessen darauf", gab er wimmernd zu.

„Versessen worauf?", fragte die Krähe streng.

„Auf Badewannenstöpsel. Ich fing sie, warf sie in die Luft, ließ sie durchs Vorzimmer rollen, holte sie mir wieder und ließ sie laufen, bis sie in irgendeinem Versteck verschwanden, aus dem sie nie mehr zum Vorschein kamen."

„Kätzchen-Schnickschnack!" Die Krähe schüttelte den Kopf. „Dafür bist du schon zu alt."

Dario fuhr fort. „Doch eines Tages sperrte Lew den letzten Stöpsel weg."

„Was für ein Lew?" Es klang nach einem Verhör.

„Es sind seine Stöpsel und seine Badewanne." Dario war zum Heulen zumute. „Danach wurde ich trübsinnig. Ohne Stöpsel schien mir das Leben uninteressant. Ich war gerade dabei, auszurechnen, wie breit ein Stöpsel sein musste, den man für eine Badewanne, so groß wie die ganze

Wohnung, brauchen würde – als du durch die Luft gezischt kamst."

Die Krähe schüttelte ungläubig den Kopf. „Bist du sicher, dass es nicht der Höhenunterschied ist, der deinen Verstand verwirrt hat?"

Dario war sich nichts mehr sicher, schon gar nicht seines Verstandes, obwohl er sich an alles erinnern konnte. An das Unwiderstehliche des schwarzen fliegenden Riesenstöpsels, an den Sprung und wie er die Krallen in die Beute geschlagen hatte ... vergangen und verraucht. Jetzt hockte er zitternd auf einer Ladung Sperrmüll und schwebte in Gefahr, bei der geringsten falschen Bewegung die Augen ausgehackt zu bekommen. „Bescheuerte Lage, in die du dich da gebracht hast", meinte die Krähe mit einem Anflug von Mitleid. „Wer bist du denn überhaupt?"

„Dario, der Sohn von Donna und Xerxes, dem Perserkater", maunzte Dario.

„Bist du auch ein Perser, so wie dein Vater?"

„Nicht wirklich. Nur in der Farbe unseres Fells sind wir uns ähnlich." Zumindest hatte Donna ihm das erzählt. Dario selbst hatte Xerxes nie gesehen.

„Wenn wir schon so weit sind", die Krähe plusterte sich ein wenig, „verrate ich dir auch noch, wer ich bin: Ich heiße nämlich Kreszenz von Kranebitten und bin überall unter dem Namen Flitzschwinge bekannt." Die Krähe hatte eine alte Frau erspäht, die am Kanalufer Möwen fütterte, und erhob sich in die Luft.

„Was soll ich jetzt tun?", fragte Dario verzweifelt – obwohl Kreszenz von Kranebitten gemeint hatte, er sei schon zu alt für Badewannenstöpsel, war deutlich, dass er noch nicht ausgewachsen war.

„Keine Ahnung!" Flitzschwinge flog noch ein Stück neben dem Laster her, bis dieser in die Kanaluferstraße einbog. „Soll ich jemandem Bescheid sagen?"

„O ja", rief Dario, „sag es Donna!" Aber die Krähe hatte sich bereits unter die nach Futter schnappenden Möwen gemischt. Es war nicht sicher, ob sie das mit Donna noch gehört hatte.

Dario rollte sich zusammen und begann sein Missgeschick zu überdenken. Die Fahrt wurde immer schneller und es roch nach Kanal und nach Autos. Auf die Idee abzuspringen kam Dario erst gar nicht, nach all dem, was sein letzter Sprung bewirkt hatte.

Wenn er bloß gewusst hätte, wohin die Reise ging. Dass sie am Kanal entlangfuhren, war ihm klar. Wenn er blinzelte, sah er am Himmel Möwen kreisen, die sich früher manchmal bis an sein

und ich kann nicht anders." Sie biss ihn ins Ohrläppchen. Ohne zu erwachen fegte er sie mit der Hand vom Bett, dass sie bis an die Schlafzimmertür schlitterte.

„Gut. Du willst es nicht anders. Tut mir leid, aber es muss sein!" Sie nahm einen Anlauf, sprang und krallte sich Lews Schnurrbart, als sei er eine flüchtende Maus, und zauste ihn entsprechend. Lew blieb der nächste Schnarcher im Halse stecken. Er fing an zu husten und zu spucken, und je länger er hustete und spuckte, desto wacher wurde er. Als er die Augen öffnete und Donna über sich sah, fing er zu schimpfen an. „Das ist ja der nackte Alptraum! Was ist los mit dir, Donna? Willst du mich zerfleischen? Da, schau auf die Uhr. Es ist erst elf Uhr morgens. Viel zu früh für einen Nachtarbeiter."

Hättest du das Fenster nicht offengelassen, Blödmann, dachte Donna ungeduldig, dann könntest du jetzt schlafen bis zum Gehtnichtmehr. Sie fing lautstark zu miauen an und trippelte aus dem Schlafzimmer, kam zurück, miaute und trabte wieder davon. Sie wollte ihn ans offene Fenster führen, gramvoll hinunterblicken und ihm so klar machen, dass Dario verschwunden war.

Endlich begriff er, dass sie ihm etwas zeigen wollte. Murrend und die Pyjamahose hochziehend latschte er hinter ihr ins Wohnzimmer.

„Nanu, da steht ja das Fenster offen!“ Er atmete ein paar Mal tief durch, während Donna aufs Fensterbrett hüpfte und hinunterstarrte.

„Wo ist Dario?“ Lew kam ebenfalls ans Fenster. „Na, meine Samtpfote, wo bist du denn?“

Endlich, dachte Donna, wir kommen der Sache näher.

„Genug gemützt. Erhebe dich! Wie kannst du schnarchen, wenn dein Herr und Meister bereits aus dem Bett gescheucht wurde?!“

Von wegen Herr und Meister, dachte Donna, wenn du nicht bald begreifst, was los ist, vergesse ich meine Erziehung ...

In diesem Augenblick schrie Lew wie vom Toaster geröstet. „Das darf doch nicht wahr sein. Er ist weg!“ Er packte Donna, drückte sie an sich und beugte sich so weit aus dem Fenster, dass sie schon fürchtete, sie würden beide das Gleichgewicht verlieren, und dann Gute Nacht, Lachs! Gute Nacht, Kaviar! ... Sie fing an zu fauchen und zu kratzen und ratterte mit den Pfoten, bis Lew sich wieder aufrichtete.

„Mein Wagen ist weg! Dabei war er beinah vorschriftsmäßig geparkt, nur die Vorderräder standen auf dem Gehsteig. Diese, diese Wegelagerer ...“

Er suchte nach Worten, während Donna noch immer bemüht war, sich aus seinen Armen zu befreien. „Das also wolltest du mir zeigen! Donna, du bist die Intelligenz in Person!“ Er ließ sie los, und während sie ihr Fell notdürftig in Ordnung brachte, fluchte Lew ununterbrochen vor sich hin und drohte allen Polizeibeamten Dinge an, die hier keinesfalls wiederholt werden sollen.

Wie kann man nur so begriffsstutzig sein, dachte Donna und überlegte, wie es nun weitergehen sollte. Dass mit Lew zumindest vorläufig nicht zu rechnen war, schien klar wie Hühnerbrühe. Aber was dann? Sie musste um jeden Preis zur Straße hinunter. Vielleicht war es dafür ganz gut, dass Lew nun an nichts anderes mehr denken konnte als an sein abgeschlepptes Auto.

Inzwischen läutete auch noch das Telefon, und während Lew mit der einen Hand den Hörer abnahm, rasierte er sich mit der anderen weiter, so dass er immer wieder fragen musste: „Was haben Sie gesagt? O ja, jaja, ich verstehe sie schon. Aber sie müssen auch mich verstehen, mein Wagen wurde abgeschleppt. Natürlich halte ich unsere Verabredung ein. Ich komme, sobald ich meinen Wagen wiederhabe.“

Gleich darauf bestellte er ein Taxi und zog sich fertig an. Als der Taxifahrer unten läutete, nahm er rasch die Schlüssel vom Schlüsselbrett, steckte die Brieftasche ein – und merkte ganz und gar nicht, dass Donna in seinem Fußschatten die Wohnung verließ.

Donna konnte gerade noch sehen, wie Lew in das wartende Taxi sprang, dann war sie allein auf dem Gehsteig, auf dem Menschen hin und her hasteten, die sie zum Glück gar nicht bemerkten.

Donna schlug die Richtung ein, in der sie den Laster hatte verschwinden sehen, nämlich zum Kanal hin. Sie drückte sich am Rinnstein entlang, der von Hundekot verstopft war. Vor Ekel lief sie immer schneller, und während sie eine Möglichkeit suchte, die Kanaluferstraße zu überqueren ohne überfahren zu werden, sank ihr anfänglicher Mut und sie zitterte vor Kummer und Unerfahrenheit.

Wie oft hatte sie von Lews Fensterbrett hinunterschaut und sich über die Leinenhunde lustig gemacht, die sich mit ihren Begleitpersonen einen Weg durch den Verkehr bahnten. Jetzt wäre sie auch gerne von jemandem geführt worden. Von oben hatte das alles ganz anders gewirkt, übersichtlich und meisterbar, aber nun war sie hier unten und musste sich selber zurechtfinden.

Auf der anderen Straßenseite war es grün, ein paar Bäume und Büsche belebten die Kanalböschung. Donna dachte, dass sie schon viel gewonnen hätte, wenn sie da drüben angekommen wäre. Aber der Strom der Autos schien nicht mehr abzureißen. Sie setzte sich, ein wenig schwindlig von den Auspuffgasen, dem beständigen Brausen und Dröhnen.

Als sie die Hoffnung schon beinah aufgegeben hatte, nahm der Verkehr plötzlich ab und Donna lief im Zickzack los. Es quietschte und hupte hinter ihr, jemand brüllte „Unglücksvieh!“, aber schließlich hatte sie es geschafft. Als sie auf der Wiese ankam. War sie so erschöpft, dass sie sich erst einmal putzen musste.

Hier, in der Nähe des Wassers, wimmelte es nur so von Vögeln. So viele Möwen, dachte Donna verängstigt, wenn das nur gut geht. Instinktiv suchte sie nach Deckung und fand sie unter einer hölzernen Bank, die die Stadtgemeinde für Spaziergänger aufgestellt hatte. Auch hier war alles voller Hundedreck. Donna konnte diese Tiere nicht verstehen. Sie machten ständig durch Gekläff auf sich aufmerksam und ließen auch noch ihren Kot offen liegen.

Entmutigt legte Donna den Kopf auf die Pfoten. Sie wusste nicht einmal, in welche Richtung der Laster von hier aus gefahren war, geschweige denn, wo sie Dario suchen sollte.

„Bist du Donna?“ Donna fuhr aus ihren trüben Gedanken hoch und erblickte einen Schnabel, der sich vom Sitz der Bank zu ihr herunterbeugte. Ein beachtlicher Schnabel, und wenn er sie nicht danach gefragt hätte, ob sie sie wäre, hätte sie sofort Reißaus genommen.

„Ja“, sagte Donna so leise, dass es Flitzschwinge – denn niemand anderem gehörte der Schnabel – gar nicht hörte.

„He, du da! Ich habe gefragt, ob du Donna bist.“ Die Krähe schien sich leicht aufzuregen.

„Ja, natürlich“, sagte Donna nun etwas lauter.

„Natürlich ist gar nichts mehr heutzutage.“ Die Riesenrabenkrähe war von der Bank gehüpft und kam auf Donna zu, die sich immer mehr zusammenzog. Unwillkürlich sträubte sich ihr Fell.

„Entspann dich“, meinte die Krähe. „Wenn ich Schlimmes im Sinn hätte, hättest du es schon gemerkt.“

Donna hob die Ohren an. Sie war tatsächlich die Intelligenz in Person, denn ihr dämmerte sofort, wen sie da vor sich hatte. „Sag bloß, du bist der Vogel, mit dem mein armer kleiner Dario abgestürzt ist?!“

„Von wegen klein, dass ich nicht krächze! Und auch nicht mit, sondern auf. Er ist auf meinen Rücken gesprungen und folglich auf mich abgestürzt. Zum Glück hat das Schicksal es gut mit mir gemeint, sonst könntest du uns jetzt beide von der Straße kratzen. Erwarte also nicht, dass ich besondere Sympathien für euch hege."

Donna machte sich da ohnehin keine Hoffnungen. „Aber du weißt doch bestimmt, in welche Richtung der Laster mit meinem armen kleinen Dario gefahren ist?"

Sie konnte es nicht lassen, ihn ihren armen kleinen Dario zu nennen, obgleich er schon eineinhalbmal so groß war wie sie selbst.

„Nicht nur das. Ich weiß auch, wohin er gefahren ist, nämlich auf den Sperrmüllplatz, und wenn dein »armer kleiner Dario« nicht irgendwo unterwegs abgesprungen ist, sitzt er jetzt auf all dem Schrott und versteht die Welt nicht mehr."

„Und wie komme ich dorthin?" Donna fragte, als könnte sie zwischen verschiedenen Beförderungsmitteln wählen.

„Du wirst dir die Pfoten wund laufen, wenn du heute noch dort sein willst. Immer schön den Kanal entlang und dann rechts!"

„Wo muss ich rechts? Sag schon! „Du wirst es riechen." Und damit flog Kreszenz von Kranebitten, genannt Flitzschwinge, davon, denn sie hatte ein Kind erspäht, dem die Wurst von seinem Brot gerutscht war.

„Was werde ich riechen?“ Aber Flitzschwinge war schon außer Hörweite.

Donna machte sich auf den Weg. Sie versuchte im Schatten der Büsche zu bleiben, um einen Fluchtweg zur Straße hin zu haben, falls es einem Hund einfallen sollte, ihr zu nahe zu treten.

3

Dario kroch immer tiefer in den Sperrmüllhaufen, um zumindest vor den kreisenden Möwen, die ihn entdeckt hatten, sicher zu sein. Da bog ein bronzefarbener Ford Granada Kombi, Baujahr 1978, von der Kanaluferstraße nach rechts. Am Steuer saß der kräftig gebaute Ras Kachl, er biss gerade in eine Heringsemmel.

„Du bist unmöglich, Ras!“, sagte seine Arbeitgeberin, die Antiquitätenhändlerin Zizibe, die neben ihm saß und begehrlich auf die immer kleiner werdende Semmel starrte. „Du weißt, dass ich freitags meiner Figur zuliebe nicht Mittag esse. Und was tust du? Schiebst dir vor meinen Augen Heringe in den Mund.“

„Was soll ich denn machen? Ich muss essen, wenn ich Möbel schleppen soll. Und du willst, dass ich Möbel schleppe, wenn andere Leute Mittagspause haben.“

Sie kamen jeden Freitag mittags hierher, um ein Schnäppchen zu machen, wussten sie doch, dass der Sperrmüllwagen der Firma Lump und Pump um diese Zeit seine letzte Runde bereits hinter sich hatte. Und in Zizibes Innenstadtgeschäft war schon so manches Möbelstück ins Leben zurückpoliert und um gutes Geld verkauft worden, das hier seine Seele ausgehaucht hatte.

„Man muss nur den richtigen Blick haben", sagte Zizibe, „und wissen, was dahinter steckt."

Auf dem Sperrmüllplatz angekommen, kletterten sie und Ras Kachl aus dem Kombi und näherten sich eilig dem ersten vor Kurzem abgeladenen Haufen. Ein kleines schwarzes Tischchen erregte ihre Aufmerksamkeit als Erstes und Zizibe zog es eigenhändig unter einem alten Waschtisch hervor. Zwei seiner Beine waren abgebrochen. „Die Tischplatte scheint noch in gutem Zustand. Lad es ein, Ras. Vielleicht kann man ihm ein neues Untergestell verpassen." Und Ras Kachl trug den Tisch zum Kombi.

„Was ist denn das? Ist das nicht ein Biedermeier-Sofa? Komm schnell, Ras, und hilf mir!" Ras Kachl eilte herbei und sie zerrten das Sofa mit dem zerschlissenen blaugrauen Samtbezug aus dem Haufen heraus.

„Pfui Teufel!", rief Ras. „Das stinkt ja nach Katzenpisse!" Sie stellten das Sofa, dem eines der vier gedrechselten Beine fehlte, auf die Erde und Zizibe ging drum herum und begutachtete es mit gerunzelter Stirn. „Na ja, gut erhalten ist es nicht gerade, aber es ist tatsächlich Biedermeier. Ich schau nach, ob ich den vierten Fuß finde."

Sie ging zu dem Haufen zurück und beugte sich tief in das Loch, das durch das Herausziehen des Sofas entstanden war. Und je tiefer sie sich hinunterbeugte, desto interessanter schien ihr, was sie da erspähte. Zuerst hatte sie gedacht, es wäre eines der Sofakissen aus blaugrauem Samt, was da in eine Ecke gezwängt lag, aber bei näherem Hinsehen bemerkte sie, dass das Kissen atmete. Und nicht nur das, es zitterte sogar. Zizibe griff mit beiden Händen danach und Dario wehrte sich nicht – es war ja keine Möwe, die sich da auf ihn stürzte.

„Wen haben wir denn da? Ras, komm sofort her! Schau nur, was ich in all dem Trödel gefunden habe!"

„Eine herrenlose Katze, na und?" Ras Kachl hatte noch immer den Pissgeruch in der Nase, außerdem mochte er Katzen nicht.

„Wie ich immer schon sage, dir fehlt der Blick! Du verstehst nie, was dahinter steckt. Hast du je eine so schöne Katze gesehen? Das ist sicher eine Rassekatze, dafür habe ich ein Auge. So etwas kann ich mir doch nicht entgehen lassen. Ach, du mein Kleiner ..." Sie drückte Dario ans Herz, streichelte und küsste ihn, als wäre er genau das, wonach sie schon immer gesucht hatte. Und Dario war alles egal, solange ihn nur jemand aus dieser misslichen Lage befreite. Zizibe trug ihn zum Kombi und setzte ihn auf den Beifahrersitz. Dabei redete sie andauernd auf ihn ein. „Ach, du mein kleiner Schmusekater, wart hier einen Augenblick. Ich bin gleich wieder da. Zuerst muss nur noch dieses Sofa-Ungetüm eingeladen werden." Und sie rannte wieder weg.

Dario konnte auf den ersten Blick abschätzen, dass das Sofa nicht in den Kombi passen würde. Es war schlicht um zehn Zentimeter zu hoch. Aber Zizibe und Ras Kachl brauchten eine halbe Stunde und viele vergebliche Versuche, bis ihnen klar wurde, dass sie das Sofa mit diesem Wagen nicht transportieren konnten.

Inzwischen hatte Dario die angebissene Heringssemmel entdeckt. Eine merkwürdige Art von Lachs, dachte er und zog vorsichtig am hervorlugenden Heringsschwanz. Schmeckt gar nicht schlecht. Dann fischte er sich den zweiten. Die Semmel lag noch genauso da wie zuvor.

Langsam wurde Dario wieder er selbst. Was immer geschieht, sagte er sich, es kann nur besser werden. Natürlich dachte er auch an Donna und Lew, und sobald er sie innerlich vor sich sah, wurde er traurig und seine Lage schien ihm hoffnungslos. Aber er war in dem Alter, in dem seine

Vorfahren auf Abenteuer ausgezogen waren, und so dachte er vor allem und mit einer gewissen Erregung an das, was demnächst geschehen würde.

Zizibe und Ras hatten sich endlich dazu durchgerungen, das Sofa Sofa sein zu lassen. Es würde sich nicht rechnen, wenn man Transport und Renovierungsarbeiten zusammenzählte, und der vierte Fuß war auch nicht mehr zum Vorschein gekommen.

Nachdem Zizibe in den Wagen geklettert war, nahm sie Dario auf den Schoß und kraulte ihn. Ras griff nach seiner Heringssemmel und biss hinein. Als er ein paar Mal gekaut hatte, verzog er das Gesicht und öffnete die beiden Hälften seiner Semmel, die bis auf einige Kraut- und Zwiebelstreifen absolut leer waren.

„Dieses abgefeimte Biest“, sagte er übelnehmerisch, „hat meine Heringe gefressen.“

Zizibe lachte, bis ihr die Tränen kamen. „So ein schlauer keiner Bursche! Ich werde ihn behalten“, rief sie.

„Kennst du die Buchhandlung hinter dem Dom? Da liegt seit Jahren eine Katze in der Auslage. Mittlerweile ist sie so berühmt, dass viele Leute nur ihretwegen dort Bücher kaufen. Warum sollte mein Geschäft nicht auf ähnliche Weise von diesem Goldstück hier profitieren? Los, Ras, wir fahren nach Hause.“

4

Donna lief die Uferböschung entlang, und als sie nicht mehr laufen konnte, ging sie, und als sie nicht mehr gehen konnte, schleppte sie sich.

Nachdem sie einen so langen Weg zurückgelegt hatte wie noch nie zuvor, hatte sie plötzlich das Gefühl, dass sie nach rechts musste. Der Geschmack der Luft hatte sich verändert. Es kam ihr nur mehr altes Zeug in den Sinn, Dinge wie der geblümte Sessel in Lews Schlafzimmer, dessen Federung zerbrochen war und auf dem niemand mehr saß. Dario hatte früher immer versucht den Stuhl für sich zu erobern, aber nun war er schon zu groß, um es sich zwischen den hervorstehenden Drahtfedern bequem zu machen. Lew benutzte den Sessel nur mehr dazu, seine Kleider darauf zu legen.

Donna kam nun zu einer Brücke, und während sie sich einen Augenblick hinsetzte, um zu überlegen, wie sie die Kanaluferstraße wieder überqueren sollte, fiel ihr auf, dass die Autos jeweils nur in einer Richtung fuhren. Es musste etwas mit den Dingern hoch oben zu tun haben, die alle paar Minuten die Farbe wechselten.

Donna war zu müde, um sich groß zu wundern, aber ihre Intelligenz ließ sie auch in diesem Zustand nicht im Stich. Sobald die Autos auf der Kanaluferstraße stehen blieben, setzte sie sich in Bewegung. Der Gestank in ihrer Nase sagte ihr, dass sie auch noch die Straße, die wohl stadteinwärts führte, überqueren musste. Sie wartete wieder ein wenig, zog dann los, und siehe da, es funktionierte. Wenigstens etwas, dachte sie und ihre Laune besserte sich ein wenig.

Erwartungsvoll und auf wunden Pfoten kam sie auf dem Sperrmüllplatz an. Erschöpft, wie sie war, legte sie sich erst einmal hin und leckte die aufgewetzten Stellen. Klugerweise hatte sie sich neben eine Pfütze gelegt, und nachdem sie ein paar Schluck daraus getrunken hatte, fühlte sie sich im Stande, ihren alten Kätzchensuchruf auszustoßen, laut genug, um auf dem ganzen Müllplatz gehört zu werden.

Dann widmete sie sich wieder ihren Pfoten. Sie rief nun abwechselnd nach Dario und leckte sich, leckte sich und rief. Wenn der dumme Junge schon das Pech gehabt hatte, sich aus dem Fenster zu stürzen, war es jetzt ja wohl nicht zu viel verlangt, wenn er angetrabt kam. Er war schließlich hierher gefahren worden.

Ihre Schreie wurden immer dringlicher. Sie

kannte ihren Sohn und wusste, dass er sich irgendwo verkrochen haben würde, wenn er wirklich da war. Höchstwahrscheinlich schlief er in einer dunklen Ecke. Sie wusste auch, dass er nicht zu den Schnellsten gehörte und sich immer schon Zeit gelassen hatte, wenn sie nach ihm rief.

Ihre Pfoten sahen viel schlimmer aus, als sie befürchtet hatte, und sowie sie sich hinlegte, schwollen sie auch noch an. Die Wunden nässten und sie war mehr als genug damit beschäftigt, sie zu säubern. Langsam aber wurde sie nervös. Warum kam Dario nicht? Und wenn er schon nicht kam, warum meldete er sich nicht wenigstens? Sie waren noch nie getrennt gewesen und Donna vermutete, dass die Einsamkeit Dario genauso zusetzen würde wie ihr.

Donna versuchte aufzustehen, um nach Dario Ausschau zu halten. Er musste doch hier irgendwo sein. Es war höchst unwahrscheinlich, dass er sich sogleich allein auf den Heimweg gemacht hatte. Aber ihre Beine gehorchten ihr nicht, sondern knickten ein und die paar Sandkörner, die sich beim Aufstehen in die offenen Wunden drückten, taten sehr weh. Bevor sie sich wieder fallen ließ, stieß sie einen derart lauten Suchschrei aus, dass sie selber erschrak. Wenn Dario hier irgendwo steckte, und wenn er noch so tief schlief, musste er darauf antworten. In dieser Hinsicht kannten die Regeln keinerlei Ausnahme.

Nichts. Kein Laut, keine Schritte, kein Dario. Donna legte den Kopf auf die Pfoten und dachte an das Schlimmste.

In diesem Augenblick ertönte ein markdurchdringender, heiserer Schrei knapp über ihr. Das war alles andere als Dario. Sie hob den Kopf und starrte in den Himmel, der plötzlich voller Möwen hing. Voller riesiger, weißgrauer, rotschnäbeliger Räubergesellen, mit schwarzen Masken über den Gesichtern, die auch vor einem Mord nicht zurückschrecken würden. Das war Donna klar. Was aber sollte sie tun? Sich platt auf die Erde legen? Ihr schwarzes Fell war auf dem Sandboden deutlich sichtbar, deshalb hatten sie sie wahrscheinlich schon entdeckt. Aufstehen und einen Unterschlupf suchen? So wie ihre Pfoten aussahen, konnte das nur bedeuten, dass sie sie auch noch für schwach und krank halten und sofort auf sie einhacken würden.

Das Ganze schien ziemlich aussichtslos, dennoch würde sie sich bis zum letzten Atemzug verteidigen. So leicht war Donna, Lew Leuwens nachtschwarze Schöne, nicht aus der Welt zu blasen. Da würden schon einige Möwenfedern und am Ende auch ganze Flügel mit dran glauben müssen.

Als ihr das erste Verbrechergesicht nahe genug gekommen war, fauchte sie mit gesträubtem Fell, dass der Vogel heftig zurückzuckte. Aber schon konnte sie den restlichten Schwarm lachen und schreien hören: „Nichts als heiße Luft, Gori!“ – „Lass dich nicht bluffen, Mori!“ – „Ziel auf die Ohren, Sori!“ – „Fahr ihr in die Augen, Dori!“ – „Schnabelfeuer, Bori, Fori, Lori und Kori, Attacke!“

Wie einfallslos die alle heißen, dachte Donna, typisch Vogelhirn. Sie fauchte wieder und schlug mit ausgefahrenen Krallen nach den Möwen. Aber die Pfoten schmerzten sie dermaßen, dass sie das sicher nicht lange durchhalten konnte. Es waren mindestens zehn von diesen Luftgespenstern, die sich einen Spaß daraus machten, sie zu Tode zu hetzen.

Plötzlich schien Unruhe in den Schwarm zu kommen. Die Angriffe erfolgten weniger gezielt und Donna kam es vor, als würden die Möwen mit einem Mal so tun, als gehöre das alles zu einem harmlosen Spiel.

Da erklang in ihrem Rücken eine krächzende Stimme. „Mordgesellen und Räuberbrut, verzieht euch! Wer hält sich denn da schon wieder nicht an die Abmachungen?! Muss man euch ständig hinterherfliegen? Ihr denkt wohl, weil ihr Masken tragt ...“

„Ein fairer Kampf ist und bleibt erlaubt!“, rief einer aus dem Ori-Klan verstockt.

„Einen fairen Kampf nennt ihr das? Ein ganzer Schwarm Gelichter gegen eine fußwunde Katze? Wisst ihr, wie ich das nenne? Einen feigen, heimtückischen Verstoß gegen die Regeln der Kanalufergesellschaft. Und ihr wisst, dass Verstöße geahndet werden, oder wisst ihr das etwa nicht?“

„Beruhige dich, ist ja schon gut. Wir haben uns nur einen Spaß erlaubt“, rief der Sprecher des Klans. „Ist doch nichts passiert, wie du siehst.“

„Fort mit euch, bevor ich zu härteren Maßnahmen greife!“

„Reg dich ab, Flitzschwinge! Wir sind ohnehin schon die Wolke.“ Und die Möwen flogen tatsächlich davon.

Donna konnte kaum noch den Kopf aufrecht halten. Flitzschwinge landete neben ihr und betrachtete ihre wunden Pfoten. „Sieht nicht gerade gut aus, was?“

„Ich danke dir“, flüsterte Donna. „Ich dachte schon, die machen mir endgültig den Garaus.“

„Gesindel“, schimpfte Flitzschwinge, „die glauben wirklich noch immer, dass alles erlaubt ist, was Spaß macht.“

„Du musst großen Einfluss haben“, meinte Donna und leckte erneut an ihren Pfoten.

Flitzschwinge plusterte sich ein wenig. „Ich gehöre dem Obersten Rat der Kanalufergesellschaft an."

„Kanalufergesellschaft?" Donna hielt verwundert inne.

„Wir hatten in diesem Gebiet so viele Zuzügler in den letzten Jahren, dass wir uns organisieren mussten. Es reicht, wenn Menschen Tiere quälen, wir können das nicht auch noch unter den Tieren dulden. Es gibt heutzutage für alle genug zu fressen, es kommt nur darauf an, die Beziehungen der Arten untereinander zu regeln und alles gerecht zu verteilen."

„Interessant!" Donna war dermaßen erschöpft, dass sie zwar noch hörte, was Flitzschwinge sagte, aber sie fasste es nicht mehr richtig auf.

Flitzschwinge hopste um Donna herum. „Wie ich sehe, ist Dario schon wieder weg. Nun, ich glaube nicht, dass er es aus eigenem Antrieb geschafft hat. Irgendjemand muss ihn mitgenommen haben."

Donna war sehr niedergeschlagen, aber sie wusste, dass sie nun erst einmal ein paar Stunden Schlaf brauchte, sonst wäre jede neue Aktion von vornherein zum Scheitern verurteilt. Und Flitzschwinge wusste das auch.

„Schlaf nur", sagte sie. „Ich werde immer wieder vorbeischauen, damit die vom Ori-Klan nicht noch einmal auf dumme Gedanken kommen. Und inzwischen höre ich mich ein wenig um."

„Mein armer kleiner Dario!", mauzte Donna und schon war sie eingeschlafen.

Es war Nachmittag, als Donna erwachte. Sie streckte sich und sah nach ihren Pfoten. Die Wunden bluteten nicht mehr und die Ballen waren abgeschwollen. So nach und nach fiel ihr alles wieder ein, und als sie an Dario und Lew dachte, krampfte ihr Herz sich zusammen und ihr Gähnen ging in einen Seufzer über. Erst jetzt fiel ihr auf, wie ungeschützt sie hier lag. Sie erhob sich und trippelte vorsichtig zu dem Sperrmüllgebirge, hinter dem die riesigen Schornsteine der Müllverbrennungsanlage drohend ihre Dämpfe in den Himmel stießen. Hier konnte sie bei Bedarf sofort in Deckung gehen. Es tat zwar noch weh, die Pfoten aufzusetzen, aber sie konnte sich wieder frei bewegen, und nachdem sie einen Schluck aus der Pfütze getrunken hatte, war sie bereit, die Suche von Neuem aufzunehmen.

Wir Katzen sind ganz schön zäh, dachte Donna. Und da Dario auch eine Katze war, hoffte sie, dass er in allen Situationen durchhalten würde, bis sie kam, um ihn nach Hause zu Lew zu bringen, wo sie bisher so geborgen und so angenehm gelebt hatten.

Ein Auto kam vorgefahren und Donna duckte sich hinter einer alten Schublade. Leute stiegen aus und begannen den Sperrmüll abzusuchen. Ein blau gestrichenes Regal schien es ihnen angetan zu haben. Sie schaufelten es frei, wischten es ab und verbrachten dann viel Zeit damit, es in einem alten Auto zu verstauen.

„Du scheinst ja wieder bei Kräften zu sein", sagte Flitzschwinge, während sie auf der Schublade landete. „Also, Donna, ich habe in Erfahrung gebracht, das heißt, eine Ratte hat es mir geflüstert …"

„Eine Ratte?" Donnas grüne Augen bekamen eine Art fiebrigen Glanz.

Kreszenz von Kranebitten, genannt Flitzschwinge, hob den Schnabel und holte zu einer Belehrung aus. „Jawohl, eine Ratte. Wir, das heißt die Tiere der Kanalufergesellschaft, haben eine gültige Vereinbarung mit den Ratten, die sich auf das gemeinsame Benützen von Fluchtwegen und den Austausch von Informationen bezieht. Die Ratten haben ansonsten ihre eigenen Regeln. Misstrauisch, wie sie von Natur aus sind, gewähren sie uns keinen Einblick in ihre inneren Angelegenheiten, aber selbst sie haben die Notwendigkeit der Zusammenarbeit erkannt. Vor allem was Informationen angeht, helfen sie uns zuverlässig."

Donna kam aus dem Staunen nicht heraus. „Das wusste ich alles nicht." Im Grunde interessierte es sie auch nicht besonders, oder nur im Hinblick auf Dario.

„Nun, jetzt weißt du es. Also, eine Ratte hat mir geflüstert, dass man Dario in ein Auto verschleppt hat, das dann stadteinwärts gefahren ist."

„Stadteinwärts?" Donna dachte an den Rückweg und ihre Pfoten schmerzten allein bei dem Gedanken.

„Lass uns überlegen. Wer kommt hierher? Leute, die alte Möbel suchen. Das können alle möglichen Leute sein. Aber wer hat Zeit, tagsüber hierher zu kommen? Na?"

„Nachtarbeiter!" Donna dachte an Lew und ihr Magen fühlte sich an wie ein leerer Sack. Jetzt war die Zeit, zu der Lew sie und Dario ein zweites Mal zu füttern pflegte.

„Oder Leute, deren Beruf es ist, mit alten Möbeln zu handeln." Flitzschwinge schüttelte kurz das Gefieder. „Die Ratte behauptet, dieses Auto schon an vielen Feiertagen hier gesehen zu haben. Was schließt du daraus?"

Donna schloss die Augen. „Dass es Händler sind."

„Bingo! Ich habe die Ratte übrigens gebeten den Wagen suchen zu lassen, damit wir genau erfahren, wo dein Dario geblieben ist."

„Wird es lange dauern, bis sie es herausgefunden haben?“

„Hör mal, Donna, auch Ratten können nicht zaubern. Versuch du nur stadteinwärts zu gelangen. Unter der zweiten Innenstadtbrücke treffen wir uns wieder. Die Ratte hat versprochen die Information dorthin zu liefern.“

Donna stand auf – was sein musste, musste sein.

„Ein heißer Tipp noch: Sollte ein offener Lieferwagen hier vorbeikommen, spring auf und gib acht, dass er in die richtige Richtung fährt. Du ersparst dir viel Fersengeld damit.“ Und schon war Flitzschwinge durchgestartet und hatte sich krächzend in die Luft erhoben.

Es kamen nun immer häufiger Autos vorbeigefahren, deren Insassen es darauf angelegt hatten, den ganzen Sperrmüllhaufen auseinander zu nehmen. Donna sah sich die Wagen alle genau an. Allein die Aussicht, den langen Weg zu sparen, schärfte ihren Blick. Und als endlich ein Auto aufkreuzte, das geeignet schien, nahm sie sich ein Herz, schlich vorsichtig drum herum, versteckte sich dann, bis alles aufgeladen war, im Radschatten und sprang hinten auf.

5

Ras Kachl war mit einem Katzenklo, etwas Dosenfutter und einem Katzenbestimmungsbuch in Zizibes Laden zurückgekommen.

„Ein gewaltiges Vieh“, sagte er, „dieser Katz in der Auslage. Scheint einiges hinter sich zu haben. Wie er da so auf dem Büchertisch liegt und mit einem blauen und einem gelben Auge den Leuten nachstarrt ... gewaltig!“

Er legte die Sachen auf einen runden Nussholztisch und Zizibe griff sofort nach dem Buch, während Dario interessiert die Futterdosen beäugte. Es waren genau dieselben wie in der Fernsehwerbung, und je länger er sie betrachtete, desto heftiger begann sein Schnurrbart zu zittern.

Während Ras Kachl das Katzenklo unter einen der ausgestellten Ohrensessel schob, wanderte Zizibes Blick ständig zwischen dem aufgeschlagenen Buch und Dario hin und her. „Scheint ein Kartäuser zu sein, jedenfalls sieht er so aus.“ Sie versuchte Dario zu streicheln, doch er wich aus und zog es vor, die Umgebung zu erkunden, wobei er mit aller gebotenen Vorsicht ans Werk ging. Nichts schien so wie zu Hause. Alles war mit

Dingen voll gestellt. Er musste also seine Wege aufs Genaueste berechnen. Auch sahen manche Flächen gefährlich glatt aus, sichere Schritte waren gefragt.

„Ein Kartäuser“, stellte Zizibe abschließend fest, „nicht schlecht! Am besten passt er zu dem blauen Samtbezug dort. Leg ihm eins der Kissen in die Auslage, Ras. Ich hoffe, er hat ein Gefühl dafür, wo er am besten zu Geltung kommt. Na, mein Kleiner?!“ Sie machte ein paar schmatzende Geräusche, auf die Dario nicht weiter einging. Erst als er das Klicken des Blechdeckels von einer Futterdose hörte, wurde er neugierig und kam langsam näher.

„Mal sehen, ob unser Goldstück Hunger hat. Komm, Kleiner, komm!“

Merkwürdiger Geruch, dachte Dario. Zizibe verschwand hinter einem Vorhang und Dario folgte ihr, wenn auch in gewissem Abstand.

Das war wohl die Küche. Sie schien viel kleiner als die in Lews Wohnung. Zizibe nahm eine alte Untertasse aus dem schmalen Schrank und fischte mit einem Löffel ein paar Fleischbrocken aus der Dose. Dario blickte gespannt zu ihr auf, und ehe er selbst wusste, wie ihm geschah, entfuhr ihm ein klägliches Mauzen, so als sei er tatsächlich am Verhungern. Dabei hatte er doch Ras

Kachls eineinhalb Heringe aufgefressen. Aber das war zu Mittag gewesen und nun dämmerte es bereits. Am Nachmittag hatte es in Zizibes Laden viel Kommen und Gehen gegeben. Dario hatte in einer Schachtel gehockt, in die Zizibe ein paar Luftlöcher geschnitten hatte. „Damit du mir nicht entwischst, mein Schmusekater", hatte sie ganz nah an seinem Ohr gesagt. Und Dario hatte sich nach einigen fruchtlosen Befreiungsversuchen zusammengerollt und seine Lage überdacht, bis er eingenickt war.

Als Zizibe dann das Geschäft von innen zugesperrt hatte, hatte sie Dario aus dem finsteren Karton geholt.

Zizibe roch an dem Futter, als habe sie vor, selbst davon zu essen. Dann stellte sie es auf den Fliesenboden und ermunterte Dario. „Schau nur, was für ein feines Fressi wir da haben. Gib zu, dir rinnt schon das Wasser im Mäulchen zusammen."

So war es nicht gerade, aber Darios Neugier war geweckt, das war nicht zu leugnen. Vorsichtig, wie Donna es ihm beigebracht hatte, schnupperte er an den Bröckchen, ließ die Zunge darüber gleiten, sah sich wieder um, ob hinter seinem Rücken etwas passierte, von dem er wissen musste, und angelte sich dann mit der Pfote einen Bissen, den er neben den Teller legte. Er roch wieder daran, fuhr noch einmal mit der Zunge darüber, um herauszufinden, wonach es schmeckte. Lachs war das jedenfalls keiner. Auch nicht Kaviar oder Trockenfutter, von dem Lew eine Ration auf dem Küchenschrank stehen hatte, für Not- und Sonderfälle.

„Hast du Worte?", rief Zizibe viel zu laut, so dass Dario augenblicklich zurückzuckte.

„Du bist vielleicht ein heikler Patron. Das ist ein Super-Fressi, zu ganzen 70 Cent die Dose." Und sie kniete sich nieder, fuhr mit dem Finger unter die Bröckchen und rührte sie um.

Dario hatte sich vor Schreck unter die Spüle verkrochen und starrte befremdet auf das merkwürdige menschliche Wesen, das sich nur langsam wieder von den Knien erhob.

„Ach was", rief Zizibe Ras Kachl zu, der ihr in die Küche gefolgt war, „wenn er hungrig ist, wird er schon fressen. Bis morgen früh wird er es sich überlegt haben."

Darios Verdauung war von dem Schrecken angeregt worden und er wischte an Ras Kachls Beinen vorbei zu der Plastikwanne, deren Standort er sich zum Glück gemerkt hatte. Als er dann alles ausführlich zuscharrte, brach Zizibe in einen wahren Begeisterungstaumel aus.

„Schau an, wie gut erzogen der kleine Kerl ist. Geht schnurstracks auf sein Kistchen und macht sein Geschäftchen. Da haben wir aber einen guten Fang gemacht. Jetzt kann ich ihn ruhig die Nacht über hier lassen, damit er sich an die neue Umgebung gewöhnt. Was meinst du, Ras?"

„Klar, Chefin. Der Katz bleibt da, keine Frage." Er holte sein Sakko von einem verschnörkelten Kleiderständer, der ebenfalls zu verkaufen war. „Brauchst du mich heute noch, Chefin? Oder kann ich jetzt gehen?" So wie Ras Kachl das sagte, war klar, dass er unbedingt gehen wollte, und zwar sofort.

Zizibe schaute auf die Uhr. „Mein Gott, schon wieder so spät. Wohin musst du denn so eilig, Ras?"

„Fitness-Studio, Sauna ..." Ras Kachl lächelte anzüglich. „Zum Möbelschleppen braucht man Muskeln, ich muss etwas tun für meinen Körper." Er ließ den Bizeps des rechten Oberarms spielen.

„Also dann bis morgen, Ras!"

„Bis Montag, Chefin. Du hast doch gesagt, dass du mich am Samstag vormittags nicht brauchst, weil am Wochenende ohnehin nicht zugestellt wird. Ich fahre nämlich aufs Land."

„Na so was. Also dann bis Montag, Ras!"

Ras warf Dario einen vielsagenden Blick zu, der ihn beunruhigte. Ob das noch immer die Heringe waren? Dario schüttelte sich, während er aus dem

Katzenklo stieg. Langsam hielt er wieder auf die Küche zu.

Zizibe kämmte sich das Haar und zog ihren Mantel an. „Weißt du was, mein kleiner Schmusekater, ich gehe jetzt auch. Und du bist schön brav und gewöhnst dich an alles. Und sollte ein klitzekleines Mäuslein vorbeischauen, dann nichts wie zugebissen und hinunter damit!“ Sie schnappte so schnell mit den Zähnen in die Luft, dass Dario wieder erschrak und sich hinter den Küchenvorhang flüchtete.

„Alsdann, bis morgen Früh, mein Kleiner.“ Sie rasselte mit ihrem Schlüsselbund, rückte hier etwas zurecht und schob dort noch etwas an seinen Platz, bis sie endgültig durch den Hinterausgang verschwand.

Nun konnte Dario sich in Ruhe über das Dosenfutter hermachen, von dem er und Donna sich immer so viel versprochen hatten.

6

Es war Mitte März und die Tage wurden schon spürbar länger. Noch war es hell, als der kleine Transporter mit der offenen Ladefläche, den Donna sich ausgesucht hatte, stadteinwärts fuhr. Beinahe wäre sie abgesprungen, als sie merkte, wie der Wagen sich zur Brücke wandte. Doch ihr war während des langen Marsches schon aufgefallen, dass die Autos zu beiden Seiten des Kanals sich immer nur in eine Richtung bewegten, auf der einen Seite stadtauswärts, auf der anderen stadteinwärts.

Katzen haben einen guten Orientierungssinn, sagte sich Donna, ich weiß es einfach, wenn die Richtung stimmt. Sie spähte durch einen Spalt in der Plane des kleinen Transporters und sah nun das andere Ufer des Kanals an sich vorüberziehen. Da zurzeit unendlich viele Autos unterwegs waren, kamen sie nur langsam voran und Donnas Kopf brummte von all dem Lärm, den die Autos machten.

Ihr schien, als wehe an diesem Ufer überhaupt ein anderer Wind. Sie wusste nicht gleich, woran das liegen mochte, aber je länger sie witterte, desto deutlicher erkannte sie den Aasgeruch, der in der Luft lag. Sie hatte ihn schon lange nicht mehr gerochen, aber in ihrer Jugend, bevor Lew Leuwen sie sich geholt hatte, hatte sie in einem Haus mit Garten gelebt, wo dieser Geruch ihr einige Male untergekommen war. Zum Beispiel, wenn sie an den Resten einer halb verzehrten Maus vorüberkam, die schon tagelang hinter einem Gebüsch lagen.

Je länger Donna hinausstarrte, desto mehr sträubten sich ihre Schnurrbarthaare. Der Wagen hielt an und durch den ganzen Autogestank hindurch konnte Donna Kadaver riechen. Dann sah sie sie auch. Halb im Gebüsch verbogen lagen da ein paar Tauben, denen die Köpfe fehlten, sonst nichts. Donna kam eine alte Erfahrung aus ihrer Haus-und-Garten-Zeit in den Sinn: So töteten nur Marder. Und während sie das Wort Marder dachte, stellten sich die Haare auf ihrem Rücken auf, ihr Schwanz wurde buschig und eine Art Kälte durchdrang sie, die sie zum Erschaudern brachte. Nicht weit von den geköpften Tauben entfernt, unter einem ausgedienten Christbaum, der zwischen wilden Rosenbüschen steckte, entdeckte sie auch noch die Leichen von ein paar neugeborenen Katzen. Donna begann zu zittern. Man hatte sich nicht einmal die Mühe gemachte, die Kätzchen in den Kanal zu werfen.

Als sie wieder anfuhren, zog Donna sich weit hinter die Plane zurück. Sie hatte genug gesehen und sank trübsinnig in sich zusammen. Und während sie vor sich hin sinnierte, hätte sie beinahe übersehen, dass der Wagen aufs Neue dazu ansetzte, abzubiegen, und dann wieder über eine Brücke fuhr, wahrscheinlich um geradewegs in die Innenstadt zu gelangen.

Wenn sie bloß wüsste, welches die zweite Innenstadtbrücke war. Schließlich kam es darauf an, wo man zu zählen anfing. Ein Blick nach draußen zeigte Donna, dass die Brücke bald zu Ende war. Sie musste also zusehen, dass sie im richtigen Augenblick sprang – und der war jetzt.

Natürlich taten ihr die Pfoten weh, als sie so rasch wie möglich die Böschung hinunter und auf den unter der Brücke durchführenden Spazierweg huschte. Ihr Herz vollführte ein paar schmerzhafte Sprünge. Sie wusste, dass sie ganz in der Nähe von Lews Wohnung war, und sie konnte den Lachs förmlich riechen, den Lew in dieser Nacht nach Hause bringen würde. Aber da würde niemand sein, der ihn fraß, weder Donna noch Dario. Lew ahnte wohl noch gar nicht, dass die beiden verschwunden waren. Wenn er inzwischen nicht noch einmal nach Hause gekommen war, würde er erst in der Nacht die böse Überraschung erleben.

Donna spürte, wie ihre Rundungen zu schmelzen begannen. Sie hatte seit letzter Nacht keinen Bissen mehr zu sich genommen, und das bei all den Anstrengungen, zu denen sie gezwungen gewesen war.

In dieser Sekunde sah sie etwas unter den Steinen hervorlugen und so schnell konnte sie selbst kaum schauen, als dieses Etwas sich unter ihren Pfoten befand, von ihren Krallen wie von Stacheldraht umzäunt.

Es war eine Maus, und obwohl Donna seit ihrer Jugend keine mehr zu Gesicht bekommen hatte, war ihr klar, was sie zu tun hatte, um das lästige Hungergefühl loszuwerden.

Die Maus hatte im ersten Schreck nicht einmal gefiept, doch nun erholte sie sich langsam und sagte plötzlich: „Du spinnst wohl. Wie kannst du mich nur so erschrecken?!"

Donna war so baff, dass sie erst einmal schlucken musste, ehe sie den Mund wieder aufbrachte. „Deinen Galgenhumor in Ehren, aber er bringt dir nichts, außer einer heldenhaften Nachrede."

Die Maus versuchte sich aus Donnas Krallengriff zu winden. „Du bist scheint's nicht von hier?! Sonst wüsstest du nämlich, dass Mord an diesem Kanalufer nicht mehr erlaubt ist!“ Sie sagte das mit einer solchen Selbstsicherheit, dass Donna tatsächlich stutzte.

„Mord? Mir bleibt der Verstand stehen. Seit wann ist Beutemachen Mord?“

„Du musst vom anderen Kanalufer sein.“ Die Maus zappelte wieder ein wenig. „Aber egal, denk einmal scharf nach. Was du Beutemachen nennst, kostet mich das Leben. Und wie nennt man das, wenn einer gewaltsam ums Leben gebracht wird?“

Donna hatte bei Intelligenzfragen nie widerstehen können. „Mord“, entfuhr es ihr, bevor sie es verhindern konnte.

„Na also!“ Die Maus blickte ihr geradewegs in die Augen. „Und jetzt lass mich endlich zufrieden! Wir wissen beide, dass du größer und stärker bist als ich, du musst es mir nicht auch noch vorhüpfen.“

Donna war ziemlich durcheinander. „Nun, du kleiner Klugscheißer“, zischte sie, „dann will ich dir abschließend noch eine Frage stellen. Wie füllt man sich hier denn den Bauch, ich meine, allein, in freier Wildbahn? Hast du darauf auch eine Antwort? Oder muss man auf dieser Seite des Kanals vor lauter Edelmut verhungern?“

In diesem Augenblick ertönte in nächster Nähe ein lautes Kläffen. Donna machte unwillkürlich einen Satz nach hinten und die Maus war verschwunden. Das hatte ihr gerade gefehlt. Ein leerer Magen und dann auch noch eine Begegnung der unangenehmsten Art. Sie versuchte in der Eile einen Baum oder zumindest einen kräftigen Busch zu erreichen, auf den sie sich flüchten konnte, aber alles, was danach aussah, war zu weit weg. Und da kam dieser Köter auf sie zugesprungen, groß genug sie unter seinen Bauch zu nehmen, ohne dass ihre gesträubten Rückenhaare sein Fell berührt hätten. Wenn man keine Möglichkeit zur Flucht hatte, musste man kämpfen. Sie stellte ihren Buckel auf, machte ihren Schwanz zur Bürste und fauchte, was die Kehle hergab.

Der Hund blieb stehen, setzte sich auf seine Hinterpfoten und schaute sie belustigt an. „Nanu, Schwester, lass doch die Förmlichkeiten!"

Donna stutzte wiederum. Was war nur los mit der Welt? Zuerst das ungebührliche Betragen der Maus und nun dieser struppige Straßenköter, der sich allem Anschein nach lustig über sie machte. Sie fauchte für alle Fälle noch einmal recht heftig, um klar zu machen, dass sie bis zum Äußersten gehen würde, wenn man sie angriff. Aber als der Hund keinerlei Anstalten machte, noch näher zu kommen, glättete sich ihr Fell wieder und sie begnügte sich damit, ihren vermeintlichen Gegner anzustarren.

„Na also!" Der Hund trug ein geknotetes Halstuch, dessen ursprüngliche Farbe nicht mehr feststellbar war. Und nun wedelte er zu allem Überfluss auch noch mit dem Schwanz.

„Was heißt »na also«? Willst du mich verspotten, oder was?" Donna wusste nicht so recht, was sie von alldem halten sollte.

„Wer denkt denn daran, Schwester?! Es ist nur so, dass auf dieser Seite des Kanals andere Gesetze herrschen."

„Andere Gesetze? Was willst du damit sagen?"

„Gestatte, dass ich mich vorstelle, bevor ich es dir erkläre. Ich bin Odo."

„Donna", sagte Donna, noch immer abweisend.

„Dachte ich es mir!" Odo kam nun doch ein wenig näher. Aber bevor Donna wieder einen Buckel machen konnte, hörte sie Odo sagen: „Flitzschwinge hat mir von deinem Fall erzählt."

Nun musste Donna es wohl oder übel dulden, dass Odo sie behutsam beschnupperte. Das war nun einmal ihrer aller Art, einander kennenzulernen, und sie konnte es sich nicht leisten, jemanden, der offensichtlich mit Flitzschwinge befreundet war, vor den Kopf zu stoßen. Sie nahm sich vor, das Beste daraus zu machen.

„Kannst du mir sagen, welches die zweite Innenstadtbrücke ist? Ich soll dort eine Nachricht erhalten." Auch Donna konnte nicht widerstehen, sie fing an an Odos Beinen zu schnuppern. Sein Geruch war ziemlich streng und setzte sich aus höchst verschiedenen, aber interessanten Bestandteilen zusammen.

„Klar doch." Odo schien sich ein ziemlich vollständiges Geruchsbild von ihr gemacht zu haben, denn er leckte sich nun das eigene Fell und biss ein wenig darin herum. „Es ist die übernächste Brücke. Wenn du willst, bringe ich dich gerne hin."

Donna setzte sich sogleich in Bewegung und Odo trottete gemächlich neben ihr her. „Unter der zweiten Innenstadtbrücke befindet sich unsere Informationszentrale. Es wundert mich nicht, dass Flitzschwinge dich dorthin bestellt hat."

„Informationszentrale?" Donna hätte nie gedacht, dass die Verhältnisse hier draußen so kompliziert sein würden. Aber sie wollte sich keine Blöße geben, schließlich kannte sie die meisten Dinge dieser Welt aus dem Fernsehen, und so fügte sie rasch hinzu: „Ich meine, wer arbeitet in dieser Zentrale?" Sie hoffte inständig, dass es nicht nur Hunde sein würden.

„Intelligente Frage!" Odo sagte das wie ein Kompliment, aber doch ein wenig so, als würde er Katzen sowieso nicht besonders viel zutrauen.

„Damit es nicht zu irgendwelchen Bevorzugungen oder Benachteiligungen kommt, haben alle Arten, die in der Kanalufergesellschaft leben, ihre Vertreter in dieser Zentrale."

„Was für Vertreter?", fragte Donna, die gerne eins nach dem anderen wissen wollte.

„Jeweils ein Hund, eine Katze, eine Maus, eine Ratte, eine Krähe, eine Möwe und so weiter ..."

„Eine Möwe?" Donnas Schnurrbartspitzen zitterten vor Empörung. „Dieses Räuber- und Mörderpack?"

„Um den Frieden auf dieser Seite des Kanals zu festigen, mussten wir auch die Möwen mit einbeziehen. Sie spielen nun einmal eine bedeutende Rolle." Odo wies mit dem Kopf in Richtung Brücke, auf deren Geländer ein ganzer Klan saß und offenbar Ausschau nach Abfall hielt, der den Kanal heruntergeschwommen kam.

„Es gibt so viele von ihnen, dass sie sich lange für die absoluten Chefs gehalten haben. Aber mittlerweile ist selbst den Möwen klar, zumindest den intelligenteren unter ihnen, dass ohne gegenseitige Hilfe heute nichts mehr geht. Ich gebe zu, dass sie die geborenen Piraten sind, aber es ist schon viel besser geworden seit der Gründung des Obersten Rates – dem übrigens auch ich angehöre." Etwas wie verhaltener Stolz schwang in Odos Worten mit. „Wir Tiere haben alles gewissermaßen unter Kontrolle."

„Was alles?", fragte Donna.

„Zum Beispiel die Morde. Wir bringen uns hier nicht mehr gegenseitig um. Es gibt genug Nahrung für jeden von uns in der Stadt. Die Versorgung ist eine Frage der Organisation, aber das werden dir dann die frei lebenden Katzen, die unter der nächsten Brücke kanalaufwärts ihr Schlafquartier haben, genauer erklären. Jedenfalls wird hier öffentlich bekannt gemacht, nach welchem Schlüssel die Nahrung verteilt wird. Zuzügler müssen natürlich erfasst und mit dem Gesetz vertraut gemacht werden. Nur so kann man sie im Verteilungsplan berücksichtigen."

Donna bezog diese letzte Bemerkung auf sich selbst und beeilte sich zu sagen: „Ich habe nicht vor, mich länger hier aufzuhalten. Sobald ich meinen armen kleinen Dario wiedergefunden haben, kehren wir in unser Heim zurück. Du musst wissen, wir haben ein wunderbares Heim, in dem wir bestens versorgt werden." In diesem Moment knurrte Donnas Magen so laut, dass sie verschämt in die andere Richtung schaute.

„Aber bis dahin", meinte Odo beharrlich, „ich meine, bis wir wissen, wo dein Sohn wirklich steckt, und etwas zu seiner Rettung unternehmen können, brauchst du einen Platz zum Schlafen und etwas zu essen."

„Ich bin keine starke Esserin", sagte Donna obenhin, um von dem heftigen Knurren abzulenken.

„Trotzdem. Wenn wir nicht genau sind, kommt das System ins Kippen. Ich meine, du brauchst ja nur zu sagen, dass du eine Weile hier bleibst, versorgt werden musst und dich an die Gesetze hältst."

Sie waren unter der zweiten Brücke angekommen, und während Donna sich noch umsah, hatte Odo offenbar jemanden Bescheid gegeben. „Donna, komm her!", kläffte er gleich darauf. „Ich glaube, es gibt Nachrichten für dich."

Donna folgte Odo und sah zuerst nichts als einen Haufen alter Lumpen, Plastiktüten und geplatzter Koffer. Am anderen Ende des Haufens konnte sie dann einen bärtigen Mann erkennen, der mindestens drei Mäntel übereinander trug, auf einem alten Klappstuhl saß und rauchte.

„Das ist mein Meyer", flüsterte Odo, der Donnas Blick gefolgt war, „meine menschliche Bezugsperson."

Erst jetzt konnte sie einige Tiere zwischen den Lumpen ausmachen. Eine Ratte erhob sich auf die Hinterbeine, musterte sie eingehend und sagte dann: „Wenn du tatsächlich Donna bist, dann habe ich dir etwas mitzuteilen."

Donna zitterte vor Ungeduld und musste sich sehr zusammennehmen, um nicht loszufauchen. „Natürlich bin ich Donna. Wer sollte ich sonst sein? Also, sag schon!"

„Es gibt eine Menge schwarzer Katzen, das kannst du mir glauben. Bevor ich die Information weitergebe, brauche ich Beweise."

„Was für Beweise?" Donna war verzweifelt. So nahe am Ziel wurde alles wieder kompliziert.

„Sag mir zum Beispiel, wie der Vogel heißt, der die Information bei uns bestellt hat."

„Flitzschwinge", sagte Donna, „und jetzt verrat mir endlich, wohin sie Dario verschleppt haben."

„Und wie heißt der Kater, von dem du behauptest, dass er dein Sohn sei?"

Donna hätte die Ratte am liebsten mit einem einzigen gezielten Nackenbiss in die Kanäle der Ewigkeit befördert, aber zum Glück beherrschte sie sich rechtzeitig.

„Dario!", rief sie. „Dario! Dario! Zufrieden?"

Die Ratte kratzte sich hinterm Ohr. „Und wer bezeugt, dass du tatsächlich Donna bist?"

Da ließ sich eine krächzende Stimme aus der Luft vernehmen: „Schon gut, ich bezeuge, dass es Donna, die Mutter von Dario, ist!"

Donna war erleichtert. Schon wieder war Flitzschwinge ihr zu Hilfe gekommen.

„Wenn du es sagst, Flitzschwinge“, schnarrte die Ratte, „ist mir das Beweis genug. Also, der junge Kater namens Dario, Abstammung nicht hundertprozentig geklärt ...“

„Erlaube“, zischte Donna leise, aber die Ratte nahm es zum Glück nicht zur Kenntnis.

„Erscheinungsbild: Kartäuser, Temperament: bedächtig, wurde von der Besitzerin des Antiquitätengeschäftes Ecke Jasomirgottgasse – Brandstätte gekidnappt und wird gerade in deren Laden zwecks späterer Verwendung als Dekorationsgegenstand festgehalten.“

„Danke, Gorgon! Du hast wieder einmal hervorragende Arbeit geleistet“, sagte Flitzschwinge anerkennend und flatterte ein paar Mal mit den Flügeln, so als klatschte sie.

Auch Donna vergaß nicht, sich zu bedanken. „Also dann nichts wie hin“, sagte sie. „Kann mir einer sagen, wo sich diese Ecke Jasomirgottgasse – Brandstätte befindet?“

„Hm“, machte die Ratte. „Vor überstürzten Aktionen ist eindeutig zu warnen. Über Nacht ist das Geschäft zugesperrt, und selbst wenn jemand von uns zu deinem Sohn hineinkönnte, wäre Dario zu groß für unsere Fluchtwege. Die Rettung kann nur tagsüber erfolgen, im Schatten ein und aus gehender Kunden."

Donna war ganz geknickt. Sie hatte so gehofft, dass dem Spuk demnächst ein Ende bereitet würde und sie und Dario nur mehr vor dem Tor des Hauses, in dem Lew Leuwen wohnte, auf ihn warten müssten – und nun das. Flitzschwinge nickte verständnisvoll. „Klingt überzeugend. Vielleicht kann einer von euch dem Jungen klar machen, dass er sich wohl verhalten soll. Nur dann lassen die ihn sich so frei bewegen, dass wir an ihn rankommen."

„Wird gemacht!" Die Ratte war schon auf dem Weg.

„Meine Empfehlung an die Rätin Notburga."

„Wird ausgerichtet", rief Gorgon aus einer Betonspalte des gemauerten Kanalbettes. Und damit war die Ratte endgültig in ein unterirdisches Reich abgefahren.

„Tut mir leid, Donna", Flitzschwinge wandte sich wieder an sie, „du wirst dich, wie es aussieht, noch gedulden müssen. Wenigstens ist Dario inzwischen in Sicherheit. Was soll ihm in diesem Geschäft schon geschehen? Mit Dekorationsgegenständen scheinen die Menschen recht sorgsam umzugehen. Und gefüttert wird er sicherlich auch."

Donna war vor Sehnsucht nach den Ihren ganz klein geworden. Hunger und ein Gefühl der Verlassenheit quälten sie jetzt erst recht, wo Dario keine erkennbare Lebensgefahr mehr drohte und sie vorderhand nichts, aber auch gar nichts für ihn tun konnte.

Odo fuhr ihr tröstend mit der Zunge über den Rücken. Nicht dass sie das geschätzt hätte, aber sein Mitgefühl tat ihr in dieser Situation einfach wohl.

„Komm!“, sagte Odo. „Ich bring dich jetzt am besten zu den frei lebenden Katzen. Die sind auch versorgungsmäßig für dich zuständig.“

Er sprang auf und lief ein Stück voran. Donna folgte ihm mit gesenktem Kopf.

7

Dario hatte einige Zeit mit dem Dosenfutter zugebracht. Es schmeckte nicht schlecht, entsprach aber keineswegs seinen Erwartungen. Anfangs hatte er eher geschlungen, um den ersten Hunger zu stellen, anschließend hatte er ziemlich lange an den einzelnen Bröckchen herumgekaut, um dem Geheimnis des Dosenfutters auf die Spur zu kommen. Irgendein Geheimnis musste es ja haben, sonst würden die Katzen auf dem Bildschirm nicht immer so tun, als wären sie süchtig danach. Aber er kam und kam nicht dahinter. Es war eben doch nichts mit dem Lachs zu vergleichen. Dario putzte sich den Bart und leckte sein Fell glänzend, während es draußen ein für alle Mal finster wurde.

Nachdem Dario sich aufs Gründlichste gesäubert hatte, beschloss er seine Erkundungen fortzusetzen. Jetzt, wo er alle Zeit und Ruhe dazu hatte, wollte er sich nicht die kleinste Kleinigkeit seiner neuen Umgebung entgehen lassen.

Die Küche war so klein, dass außer einem Herd, einem Schrank und einem Tischchen kaum etwas Platz darin gefunden hatte. Und der Herd war auch bloß ein Gaskocher mit zwei Flammen, auf dem es Spuren verkohlter Milch gab, die sich tief ins Email gefressen hatten.

Auf dem Tischchen lagen Streichhölzer und eine verschmuddelte Serviette mit Spuren von Zizibes Lippenstift sowie die Dose mit Katzenfutter, aus der sie das Tellerchen für Dario gefüllt hatte. Sie hätte sie in den Kühlschrank stellen sollen, dachte Dario, bis morgen ist alles verdorben. Es blieb ihm also gar nicht anderes übrig als sich gleich zu bedienen. Er schob die Dose mit geschickten Pfotenschlägen bis zum Tischrand, über den sie auch planmäßig kippte. Dann rollte sie über den Boden. Da der Deckel noch immer drauf war, mit gefährlich gewellten, scharfen Metallrändern, war es gar nicht so einfach, an den Rest des Futters zu kommen, aber beharrlich und überlegend, wie es so seine Art war, erreichte Dario den größeren Teil und der Rest war ihm ohnehin nicht so wichtig. Schließlich war er satt und wollte sich weiter umsehen.

Mit einem Satz sprang er zu dem kleinen Spülbecken hinauf, in dem Zizibe nicht nur ihre Hände, sondern auch das Geschirr wusch, und was entdeckte er da? Was sein Herz einen Freudenwirbel schlagen ließ? Einen dicken schwarzen Hartgummistöpsel, mit einem kleinen Drahtring zum Herausziehen. Von diesem Augenblick an interessierte ihn nichts anderes mehr. Er betatzte den Ring und ruckelte daran, doch der Stöpsel schien ziemlich fest zu sitzen. Er versuchte es noch einmal, aber seine Pfoten waren offenbar nicht stark genug. Da mussten schon die Zähne ran. Er schnappte sich den Ring und riss den Stöpsel mit einem einzigen heftigen Ruck aus dem Abfluss, wobei er ihn schwungvoll in die Küche schleuderte. In Sekundenschnelle war Dario hinterhergesprungen und hatte den Stöpsel, kurz bevor er unter den Schrank gerollt war, eingeholt. Er packte ihn wieder mit den Zähnen und schüttelte ihn. Das war die beste Maus, die man sich denken konnte. Gespannt ließ er ihn wieder frei, neugierig, wo er diesmal hinrollen würde.

Nachdem Dario so eine ganze Weile mit dem Stöpsel gespielt hatte, war ihm nach einer kleinen Rast, schließlich hatte er noch die ganze Nacht vor sich. Auf der Suche nach einem geeigneten Ruheplatz probierte er sämtliche Kissen, Polsterbänke und Ohrensessel aus, um sich dann in einem gefütterten leeren Nährkorb zu verkriechen, in dem er sich am geborgensten fühlte. Bevor er sich aber endgültig zur Ruhe begab, musste er noch seine Krallen schärfen, man konnte nie wissen, ob man sie nicht beim Erwachen brauchte.

Die Seitenlehne eines Sofas bot sich geradezu an dafür. Sie war genau in der richtigen Höhe, dass er sich auch genüsslich dabei strecken konnte. Und das tat er auch, bevor er sich zusammenrollte und den dicken Schwanz über die Ohren legte, um so ungestört wie möglich ein Mützchen voll Schlaf zu nehmen.

Er träumte gerade von einem Stöpsel, so groß wie ein Flugzeug, als ihn ein merkwürdiges Geräusch zurück ins tägliche Leben holte. Gleich darauf sah er in der Dunkelheit, wie die Zähne des Sicherheitsschlosses sich langsam öffneten – so funktioniert das also, dachte er – und wie dann auch noch die untere und die obere Schnappschließe aufgingen. Dann öffnete sich die Tür des Hintereingangs und Ras Kachl kam vorsichtig hereingeschlichen. Ihm folgte ein zweiter, eher dürrer Kerl, der sich nur im Schatten von Ras Kachl zu bewegen schien.

Dario war schon beim ersten Geräusch tiefer in den Nähkorb gekrochen, so dass er, obgleich etwas Licht durch die Schaufensterscheibe hereindrang, nicht zu sehen war.

„Ich weiß genau, wo die böhmischen Gläser stehen. Du wirst sehen, Maritschek, ich finde sie sogar im Schlaf." Ras Kachl klang geradezu übereifrig.

„Du sollst aber nicht schlafen, sondern acht geben, dass dich von draußen niemand sieht. Nicht einmal deinen Schatten darf man ahnen. Sonst sind wir, ich meine, sonst bist du geliefert."

„Keine Angst, ich kenne den Laden hier wie meine Westentasche." Ras Kachl schien mehr zu schweben als zu gehen. Dennoch erkannte Dario ziemlich bald, dass Ras Kachl seine Schritte nicht sorgfältig genug berechnete. Er stieß an einen angelehnten Spazierstock mit einem Hundekopf als Knauf, der Dario schon bei seiner Ankunft aufgefallen war. Der Spazierstock fiel um und schlug auf der Platte eines Rauchtischchens auf, von dem er eine silberfarbene Glaskugel fegte. Sie zersprang in tausend Stücke.

Es hatte nicht viel gefehlt und Dario wäre vor Schreck aus seinem Versteck geschossen, aber da er von Anfang an gesehen hatte, wie ungeschickt Ras Kachl sich bewegte, hatte er mit einem Vorfall dieser Art schon gerechnet. „Bist du verrückt?", zischte der Kerl namens Maritschek. „Wenn du so weitermachst, haben wir bald sämtliche Nachtschwärmer vor der Tür. Ich hoffe, du trägst wenigstens Handschuhe!"

„Aber ja!" Ras Kachl gab nun doch mehr acht und öffnete vorsichtig eine Vitrine, um die böhmischen Gläser herauszunehmen. „Hab sie schon, die Wunderdinger. Du wirst mehr als zufrieden sein, wenn du sie siehst.“

„Los, komm schon, zurück in den Schatten!“ Maritschek öffnete ein Kistchen mit Holzwolle, das er mitgebracht hatte. Sobald Ras Kachl wieder bei ihm war, nahm er ihm die Gläser ab und verstaute sie kunstgerecht. „Ob sie mir tatsächlich gefallen, wird sich erst zeigen, wenn ich sie gegen's Licht gehalten habe.“

„Vergiss dabei nicht, wer sie dir verschafft hat. Ich werde dich vielleicht auch einmal um einen Gefallen bitten müssen.“

„Dazu braucht es ein bisschen mehr als ein paar läppische böhmische Gläser“, sagte Maritschek patzig. „Du weißt, weswegen ich mitgekommen bin. Also hol endlich das Vieh her!“

Ras Kachl leckte sich die Lippen und lächelte geradezu teuflisch. „Nichts leichter als das. Der Katz muss hier irgendwo sein. Gleich haben wir ihn.“

Ras Kachl ließ sich auf die Knie nieder und spähte unter die Tische und Stühle.

„Komm nur, mein Kleiner“, flötete er tückisch, „komm nur, du Miststück von einem Heringsdieb!“

Erst jetzt begann Dario zu begreifen, hinter wem sie eigentlich her waren. Aber wozu? Wozu sollte ihn jemand von hier fortholen wollen, wo er doch gerade erst begonnen hatte sich einzugewöhnen? Und dass dieser Jemand Ras Kachl sein sollte, ergab für Dario erst recht keinen Sinn. Ras Kachl hatte ihn doch zusammen mit Zizibe hierher gebracht. Die meisten Menschen benahmen sich offensichtlich im wirklichen Leben genauso unverständlich wie in den Filmen, die Lew Leuwen sich gelegentlich anschaute. Dario machte sich so klein wie möglich und hoffte, dass sie ihn nicht finden würden. Den Platz zu wechseln wäre jetzt zu riskant gewesen.

„Ich werde einen Besen nehmen und damit unter die Schränke und Kommoden fahren. Dann wird er schon zum Vorschein kommen", meinte Ras Kachl und wollte gerade den Besen holen, als Maritschek ihn anzischte. „Du wirst nichts dergleichen tun. Willst du unbedingt eine wilde Jagd zwischen den Vitrinen? Nichts da. Die Sache hat Zeit. Wir kommen ein andermal wieder." Er gab Ras Kachl ein Zeichen, dass sie gehen müssten, und legte den Finger auf den Mund, was so viel wie »Und keine Widerrede!« hieß.

Sie wandten sich beide der Tür zu und Dario hatte gerade ein wenig aufgeatmet, als dieser Maritschek den schwarzen Stöpsel bemerkte, ihn aufhob, näher betrachtete und ihn dann ein paar Mal so gekonnt im Kreis tanzen ließ, dass

Dario einfach nicht widerstehen konnte. Er kam aus seinem Nähkorb hervorgesaust und sprang nach dem Stöpsel, dass es nur so seine Art hatte. In diesem Augenblick stürzten sich die beiden Männer auf ihn und packten ihn, der eine am Kopf und der andere am Schwanz. Als sicher war, dass Dario nicht mehr entwischen konnte, musste Ras Kachl ihn festhalten, während Maritschek den Karton holte. In seiner Panik kratzte Dario Ras Kachl mit der Vorderpfote dermaßen scharf übers Gesicht, dass er blutete.

„Wart nur!“, rief Ras Kachl. „Das zahle ich dir heim!“ Und damit übergab er den Kater Maritschek, der beruhigend auf ihn einredete und ihn so geschickt hielt, dass er gar nicht kratzen konnte. „Mach den Karton auf, Ras! Muss ich dir denn alles vorkauen?“

Ras öffnete den Karton, und als Dario drinnen saß, setzte er den Deckel mit den Luftlöchern wieder drauf und schubste mit dem Fuß den Stöpsel, den Dario vor Schreck hatte fallen lassen, in Richtung Küche. Dann fragte er Maritschek: „Na, habe ich dir zu viel versprochen?“

„Ganz hübsch, das Bürschchen. Kann schon sein, dass er meinem Auftraggeber gefällt, bei seinem Fimmel für Rassekatzen. Übrigens, Ras, so wie du aussiehst, kannst du dich hier jetzt eine Weile nicht blicken lassen."

„Zum Glück habe ich der alten Zizibe erzählt, dass ich aufs Land fahre. Dieser Teufelskerl! Am liebsten würde ich ihn in einen Sack stecken, und ab damit in den Kanal."

„Dazu ist der Kleine viel zu hübsch. Vielleicht bringt er uns wirklich etwas." Maritschek setzte sich mit dem Karton unterm Arm in Bewegung. „Vergiss nicht, Ras, das Schloss zu beschädigen, sonst weiß sie gleich, dass du es warst."

Dario hörte ein Hämmern und dann das Klappen der Tür.

„Hast du die böhmischen Gläser?", fragte Maritschek.

„Aber ja", flüsterte Ras und sie marschierten hinaus in die Nacht.

8

Als sie in die Nähe der nächsten Brücke kamen, hielt Odo plötzlich inne. „Ich habe nichts gegen Katzen, Donna, glaub mir, aber ich fühle mich immer ein wenig unbehaglich, wenn ich mehreren von euch an einem Ort begegne."

Ganz meinerseits, dachte Donna, zog es aber vor, nichts zu sagen.

„Ich kehre jetzt um. Grüß bitte Webster von mir. Er soll sich seinen alten Schnüfflerkopf ein wenig zerbrechen, wie wir am besten an deinen Dario rankommen."

„Webster?", fragte Donna. „Wer ist Webster?" Aber Odo hatte bereits kehrtgemacht und lief in wilden Sprüngen davon.

„Websters Ruhm reicht ringsum rum", hörte Donna eine Stimme sagen, aber sie sah niemanden. Hinter dem Brückenpfeiler standen ein paar alte Flechtkörbe übereinander getürmt, so als habe jemand viele unbrauchbar gewordene Einkaufskörbe hier entsorgt. Sie waren so kunstvoll ineinander gesteckt, dass sie einerseits in die Böschung einzuwachsen schienen, andererseits wie eine geflochtene Festung wirkten.

Während Donna näher kam, konnte sie vielstimmiges Mauzen und Schnurren hören, und als sie ganz dicht vor der Korbburg stand, schob sich eine kleine bekrallte Pfote blitzartig zwischen dem Flechtwerk durch und kratzte sie am Ohr.

Donna fuhr zurück und gleichzeitig erklang das Gezeter einer Kätzin: „Üben kannst du am nächsten Leinenhund, aber doch nicht an dieser Katzendame, die uns mit ihrem Besuch beehrt, du ungezogener Bengel!"

„Du musst entschuldigen, meine Schöne, aber es ist immer dasselbe mit dem Nachwuchs. Die frechen kleinen Rotznasen sind einfach nicht zu bändigen."

Ein rot karierter Kater mit nur einem Ohr und einem Knick im Schwanz zwängte sich unter einem Korbdeckel hervor und hüpfte zu Donna herunter. Sein Fell sah nicht gerade gepflegt aus und das eine Auge schien etwas abbekommen zu haben, als das Ohr abhanden gekommen war. Er blieb zusammengekniffen und verlieh dem Blick des Katers etwas Überschlaues, so als habe er immer schon alles durchschaut.

„Ich vermute", er deutete mit dem Kopf eine Verbeugung an, „Odo, der Stinkende, hat meinen Namen nicht von ungefähr genannt. Ich bin Webster und stehe allzeit zu deinen Diensten.

Deine Schönheit hat mich vom ersten Augenblick an überzeugt."

Donna wusste nicht so recht, was sie von Webster halten sollte. Als Kater war er nicht gerade ihr Typ. Für einen Augenblick sah sie Darios Vater, den Perser Xerxes, vor sich und musste unwillkürlich seufzen. Aber hatte Odo sie nicht eigens an diesen Webster verwiesen?

„Ich soll dich von Odo grüßen. Er meinte, du könntest mir behilflich sein, meinen Sohn zu finden."

„Und ob! Bin ich nicht Webster, der Oberschnüffler? Mir entgeht nichts. Ich stöbere nach allem, was abhanden gekommen ist. Meine Erfolgsquote liegt bei neunundneunzig Komma neun Prozent. Ein paar Hinweise genügen und schon bin ich voll im Einsatz. Das weiß Odo, der Stinkende, natürlich."

Donna war ein wenig erstaunt, dass jemand sich selbst dermaßen loben konnte, und erinnerte sich an den anderen Hinweis von Odo.

„Ich bin Donna und brauche für kurze Zeit Quartier und Verpflegung. Aber nur, bis ich meinen armen kleinen Dario wiedergefunden habe. Ich bin auch bereit, eure Gesetze zu befolgen." Sie sagte das, obwohl sie nur eines der Gesetze kannte, nämlich das, einander nicht zu töten. Mittlerweile leuchtete es ihr sogar ein. Wahrscheinlich waren auch die anderen Gesetze vernünftig, aber sie würde ohnehin nicht lang genug bleiben, um das herauszufinden.

In verschiedenen Höhenlagen öffneten sich Korbdeckel einen Spaltbreit. Eine Katze nach der anderen zwängte sich heraus, sprang zu Donna herunter und begann sie zu beschnuppern.

„Willkommen, Donna", sagte eine dreifarbige ältere Katze, deren Bauchtasche tief herunterhing. Sie hatte bestimmt viele Generationen von Kätzchen geworfen. „Wir werden dir eine Schlafstelle zuweisen. Kinder, schaut nach, was an Vorräten da ist, und gebt Donna zu essen! Sie schaut unglücklich und hungrig drein. Ich heiße übrigens Muzza."

„Sie führt hier das Kommando", sagte Webster respektvoll und zugleich mit einem Anflug von Ironie, „also verdirb es dir nicht mit ihr. Sie kann ziemlich unwirsch werden."

„Halt die Klappe, Webster. Deine Bemerkungen sind wie die Krätze, sie jucken. Sei gegrüßt, Donna!" Muzza streckte Donna die Nase entgegen und die beiden Katzen berochen einander freundlich und eingehend.

„Jetzt erklär mir nur noch, Donna, wie eine so gepflegte und wohlgenährte Katze wie du am

Kanalufer landet“, sagte Muzza, die den feinen Lachshauch, der Donna noch immer umwehte, wohl bemerkt hatte. Und sie begann Donnas Fell zu lecken. Auch die anderen Katzen beteiligten sich an der Fellpflege – sei es, dass der Duft sie dazu angeregt hatte, sei es, dass sie Donna ein wenig aufmuntern wollten – und alle hörten sich Donnas Geschichte aufmerksam und bis zum Ende an. Als Donna dann mit einem Seufzer den Kopf auf die Pfoten legte, meinte Webster: „Verstehe! Es geht also darum, deinen Dario aus dem Antiquitätengeschäft Ecke Jasomirgottgasse – Brandstätte loszueisen, ohne dass die Leute, die ihn entführt haben, etwas merken, stimmt's?“ Donna nickte traurig mit dem Kopf. „Und Gorgon, die Ratte, die die Informationen geliefert hat, meinte, man könne sich frühestens morgen untertags daranmachen, ihn zu retten, da die üblichen Fluchtwege für meinen Dario zu klein seien ...“

„Gorgon also“, sagte Webster. „In Wirklichkeit heißt er Wenzel. Aber misstrauisch, wie die Ratten nun einmal sind, arbeiten sie alle mit Decknamen. Doch damit können sie mich nicht täuschen.“

Donna witterte einen kleinen Hoffnungsschimmer am Horizont. „Und was denkst du, Webster?

Meinst du auch, dass es keinen Sinn hat, jetzt gleich hinzugehen?“

Webster kratzte sich stürmisch an der Schulter und verfolgte dann etwas mit den Zähnen, das durch sein Rückenfell Reißaus nahm.

„Was tust du denn da?“, fragte Donna entgeistert.

Vielstimmiges Gelächter war die Antwort. Dann löste sich eine einzelne weibliche Stimme aus dem Gekreisch. „Seht nur, die feine Madam scheint nicht einmal zu wissen, was ein Floh ist!“ Wieder lachten alle und verrenkten sich auf ziemlich merkwürdige Weise.

„Das kann sich schnell ändern. Wart nur, vielleicht springt einer von den meinen auf sie über“, rief eine freche junge Kätzin, die noch nicht einmal geworfen hatte und sich nun heftig an Donnas Hinterteil rieb. Doch so schnell konnte sie gar nicht schauen, wie Muzza ihr eins über die Nase gewischt hatte, dass ein zarter kleiner Blutstropfen zurückblieb. „Verschnapp dich nicht an anderer Katzen Lebensumstände, Molly. Noch sind meine Krallen schärfer als deine Zunge!“ Die schwarz-weiße freche Kleine verzog sich schmollend und Muzza rief: „Wo bleibt denn das Essen für unseren Gast?“

In diesem Augenblick knurrte Donnas Magen wieder ziemlich laut und sie krümmte sich verschämt zusammen. Aber da kam schon ein kleiner grauer Kater mit einer alten Serviette, in die ein paar Bröckchen Gulaschfleisch gewickelt waren. Er legte das Bündel vor Donna hin, und obgleich der Geruch sie nicht gerade anregte, nickte sie dankbar mit dem Kopf und begann zu schlingen. So merkte sie kaum, wonach die Sache schmeckte. Und sie konnte es sich jetzt wirklich nicht leisten, heikel zu sein.

Einige der Katzen, vor allem jene, die Junge hatte, waren wieder in die Körbe zurückgekrochen, andere blieben um Donna herum sitzen und schauten ihr zu. Inzwischen hatte Webster Zeit genug gehabt, über Donnas Frage nachzudenken. „Wo Wenzel recht hat, hat er recht", antwortete er. „Es wäre tatsächlich nicht klug, heute Nacht noch eine Aktion zu starten. Aber ich kann mich zumindest schon mal umsehen."

„Du hast heute Nacht Restaurant-Dienst, Webster", meinte Muzza. „Vergiss das nicht!"

„Restaurant-Dienst?" Donna leckte sich ausführlich das hübsche kleine Maul und strich sich dann mit der Pfote mehrmals übers Gesicht.

Muzza setzte zu einem kleinen Vortrag an. „Eine der grundlegenden Erkenntnisse der Kanalufergesellschaft ist, dass genug Nahrung für alle da ist. Es ist nur eine Frage von Organisation und

Verteilung, dass wir uns einmal am Tag satt essen können.“ Wehmütig dachte Donna an die Zeit zurück, in der sie und Dario zweimal am Tag mit den feinsten Lachsstückchen gefüttert worden waren, und es schien ihr, als sei das alles bereits tiefste Vergangenheit.

„Wir hatten daher die Idee, uns die Restaurant-Abfälle zu teilen. Inzwischen ist genau festgelegt, wer wann und bei welcher Gaststätte die Fleisch- und Fischreste einsacken darf und wer sich um die sonstigen Überbleibsel kümmert. Damit es aber nicht zu Übergriffen von Tieren mit Zähnen auf Tiere mit Schnäbeln kommt – und umgekehrt –, haben wir eine Art Schutztruppe zusammengestellt. Das heißt, die einen schubsen den Fraß in einen Sack und die anderen geben acht, dass es zu keinerlei Kämpfen kommt.“

Donna hörte aufmerksam zu. „Ich dachte, es würde genügen, wenn alle versprechen, sich an die Gesetze zu halten?“

Muzza warf ihr einen belustigten Blick zu. „Versuch du einmal, an die Gesetze zu denken, wenn du ein Stückchen Steak oder gar Nieren oder Leber vor dir hast. Ich meine, natürlich wirst du versuchen, daran zu denken. Die Frage ist nur, ob es dir ohne fremde Hilfe gelingt. Und heute Nacht muss Webster diese Hilfe leisten.“

„Schon gut, schon gut", maulte Webster, „was tut man nicht alles fürs Gemeinwohl. Dabei könnte ich meine Talente – weiß Gott! – zu Höherem einsetzen."

„Reg dich ab, Webster, reg dich ab", knurrte Muzza.

„Du bist auch kein Kostverächter, wenn es um die Wurst geht. Und jetzt schau, dass du dich aufmachst, die Beschaffungskatzen sind schon unterwegs. Oder willst du warten, bis die Rabenvögel sich ans Frischfleisch machen?"

„Bin ja schon fort." Webster hüpfte behände die Böschung hinauf. „Und hinterher versuche ich Saroyan zu finden. Tschau, Bella!" Er winkte Donna mit seinem geknickten Schwanz und schon war er in der Dunkelheit verschwunden.

Es war längst Nacht geworden und Donna, deren Pfoten wieder zu schmerzen begonnen hatten, dachte nur mehr ans Schlafen.

Muzza schien ihre Gedanken erraten zu haben. „Weißt du was, Donna, du legst dich einstweilen in Websters Korb, bis wir etwas für dich finden. Wir müssen ohnehin anstückeln, sobald Odos Meyer uns wieder Körbe vorbeibringt." Sie kletterte an der Außenwand der Korbburg empor und deutete Donna ihr zu folgen. Websters Korb war einer der obersten, nämlich der mit der besten

Aussicht, wie es sich für den Oberschnüffler gehörte. Muzza zwängte sich hinein, trat ein paar der verwurstelten Lumpen darin zurecht und meinte dann: „Für diese Nacht wird es schon gehen. Ich lege mich jetzt ebenfalls hin. Wenn du etwas brauchen solltest, ich bin nebenan."

„Sag mit bitte noch, wer dieser Saroyan ist." Donna war zwar zum Umfallen müde, aber der Name Saroyan klang so geheimnisvoll, dass sie ihre Neugier nicht zügeln konnte.

Muzza, die mit den Vorderpfoten schon wieder auf dem Korbrand stand, wandte den Kopf und Donna kam es so vor, als glitzerten Muzzas Augen vor gefühlvollen Erinnerungen.

„Was soll ich dir sagen, meine Liebe? Stell dir den Kater aller Kater vor, kalkweißes, halblanges Haar, ein kastanienfarbenes Barett und einen buschigen kastanienfarbenen Schwanz. Dazu ein blaues und ein gelbes Auge und Kräfte, wie sie nur Schwimmkatzen haben. Ja, Donna, du hast richtig gehört."

Donna schreckte hoch. Sobald sie sich hingesetzt hatte, war sie ins Dösen geraten.

„Im Gegensatz zu uns allen liebt Saroyan das Wasser, und früher, als der Kanal noch nicht so voller Abwässer war und auch noch Fische darin schwammen, machte Saroyan sich einen Spaß daraus, ins Wasser zu springen und den ein oder anderen Fisch zu fangen."

Donna schüttelte sich bei dem Gedanken, im Kanal zu schwimmen, überhaupt ein Bad zu nehmen, dennoch faszinierte sie die Gestalt dieses Saroyan, der so merkwürdige Vorlieben zu haben schien. Sie begann zu schnurren und ihre Pfoten knickten ein, bis sie mehr lag als saß, während Muzza mit ihrer Erzählung fortfuhr.

„Saroyan ist von sehr weit her gekommen. Wenn ich mich recht erinnere, heißt der See, an dessen Ufern seine Eltern fischten und jagten, Vansee. Menschen aus jener Gegend hatten Saroyan später mit hierher gebracht. Ihr kleiner Sohn wollte nicht ohne seinen Kater in den Zug steigen. Damals hieß Saroyan noch Arslan, was so viel wie Löwe bedeutet. Aber die Menschen fanden hier keine Arbeit und es ging ihnen eher schlecht als recht. Eines Tages entdeckte ein holländischer Katzenzüchter Saroyan und bot dem Vater des kleinen Jungen so viel Geld, dass er es sich in der Not, in der er und seine Familie lebten, nicht leisten konnte, das Angebot auszuschlagen."

Donnas Augen schlossen sich, aber sie hörte noch immer zu und vor ihrem inneren Blick setzte sich die Gestalt eines Katers mit kastanienbraunem Barett und einem blauen und einem gelben Auge zusammen.

„Saroyan wurde also in ein Auto gepackt, das Schlimmste, was man unsereinem antun kann, und ab ging es nach Holland. Aber dort gefiel es Saroyan ganz und gar nicht. Er wurde in einen Käfig gesperrt und immer wieder gekämmt und mit Vitamintabletten gefüttert. Er sollte für eine Ausstellung vorbereitet werden. Und als es dann so weit war, nützte Saroyan die Gelegenheit. Nachdem man ihm die Medaille umgehängt hatte – er hatte den ersten Preis gewonnen –, hüpfte er plötzlich von seinem Podest und zwängte sich blitzartig zwischen den Beinen der Umstehenden durch. Noch bevor jemand begriffen hatte, was vor sich ging, war Saroyan verschwunden.

Es gelang Saroyan, sich unbemerkt bis zum Fluss in dieser fremden Stadt durchzuschlagen. Wie du weißt, Donna", Donna hob den Kopf und riss erschrocken die Augen auf, aber Muzza fuhr ruhig fort, „haben wir Katzen einen hervorragenden Orientierungssinn, und Schwimmkatzen erst recht, sobald sie in die Nähe von Wasser kommen. Und ob du es glaubst oder nicht, Saroyan ist den ganzen Weg hierher zurück abwechselnd geschwommen und gelaufen. Er hat fast zwei Monate dazu gebraucht. Als er dann endlich am Ziel war, musste er feststellen, dass seine Menschen nicht mehr hier lebten. Man hatte sie, da sie weder eine Aufenthaltsgenehmigung noch Arbeit hatten, ausgewiesen und zurück an den Vansee geschickt. Aber da sie seinerzeit nicht ohne Grund von dort weggegangen waren, war es höchst unwahrscheinlich, dass sie tatsächlich dorthin zurückkehrten. Du kannst dir vorstellen, wie sich der arme Saroyan fühlte. Er zog hierher ans Wasser, das war die Zeit, in der ich ihn kennen lernte, und wurde einer der Gründungsväter der Kanalufergesellschaft, wenn du verstehst, was ich meine."

Donna verstand nicht, aber das machte nichts. Es war so angenehm, dem Dahinplätschern von Muzzas leisem Gerede zuzuhören.

„Und dann?", frage Donna automatisch, als Muzza plötzlich eine Pause machte.

„Ich dachte, du schläfst schon." Muzzas Stimme war ganz weich geworden. „Dann? Dann kam, was in solchen Fällen zu kommen pflegt. Einmal mit Menschen gelebt – für immer die Freiheit verloren. Es ist, als wären Katzen, die bei Menschen aufgewachsen sind, ein für alle Mal auf sie angewiesen. Eines schönen Tages also trabte Saroyan in die Stadt und adoptierte einen Menschen. Er hatte ihn schon längere Zeit beobachtet, auch sein Laden gefiel ihm – und so ging er einfach hinein. Von da an hieß er Saroyan, angeblich nach einem Schriftsteller, dessen Vorfahren ebenfalls aus

der Gegend um den Vansee stammten. Du wirst es nicht glauben, Donna, aber genauso war es."
Diesmal hob Donna die Augenlider nicht mehr. Ihr Schnurren war in ein zartes Schnarchen übergegangen.

Muzza schüttelte den Kopf. Mein Gott, dachte sie, diese Menschenkatzen. Nicht nur, dass sie in ständiger Abhängigkeit leben, sie halten auch nichts mehr aus.

Donna träumte von Xerxes, dessen langes Haar dieselben Silberspiegel aufwies wie das von Dario. Xerxes erklärte ihr gerade, dass er mit jenem sagenhaften Saroyan seit Langem bekannt sei, als Katergeruch und eine starke Pfote auf ihrer Schulter sie weckten.

„Ei der Daus", hörte sie jemanden sagen, „Gnädigste haben sich ja schon in mein Bett gelegt. Ich bin entzückt ..." Aber dieser Jemand war Webster, der Schnüffler, und nicht Xerxes. Als Donna das, noch halb träumend, begriffen hatte, fauchte sie kurz, um sich seiner dreisten Umarmung zu erwehren.

„Nur nicht so spröde, meine Schöne! Ich habe Nachrichten, bei denen dir die Augen herausfallen und du mich mit erhobenen Pfoten um Hilfe bitten wirst", flüsterte Webster, wenn auch nicht leise genug.

Schon ließ Muzza sich aus dem Nebenkorb vernehmen. „Webster, du alter Knickschwanz, werd ja nicht zudringlich! Wenn du etwas zu sagen hast, sag es, aber versuch nicht auf diese Weise Donna näher zu kommen!"

„Was habe ich dir gesagt", flüsterte Webster noch leiser. „Die alte Schrulle ist von einer Ruppigkeit, dass noch ein Reisigbesen von ihr lernen könnte." Er hatte sich nun neben Donna gesetzt, die nach einem herzhaften Gähnen wieder ganz wach war.

„Schieß los", sagte sie, „was hast du herausgebracht? Konntest du mit diesem Saroyan sprechen?" Sie zitterte geradezu vor Wissbegier und ihre Schnurrhaare sträubten sich.

Webster schmiss sich in Pose. „Also, ich hoffe, du sitzt gut." Eine besonders dumme Redewendung, bei dem wenigen Platz, der in Websters Korb zur Verfügung stand. „Nachdem ich meinen Dienst beendet hatte, wollte ich Saroyan besuchen, aber der war nicht zu Hause. Er geht nachts gerne in der Stadt spazieren. Manchmal nimmt er auch ein Bad im Springbrunnen, aber dazu ist es jetzt noch zu kalt. Du musst wissen, er ist auch nicht mehr der Jüngste, Muzzas Generation eben!" Er schnitt ein Gesicht in Richtung Korbwand. Generation hin, Generation her, Muzzas Ohren waren noch so scharf wie die einer jungen Kätzin und das ließ sie Webster, den Oberschnüffler, auch wissen. „Du altes Schandmaul, lass gefälligst mich und Saroyan aus dem Spiel."

„Der Lauscher an der Wand ...", meinte Webster spitz und wandte sich wieder an Donna. „Um nicht mit leeren Pfoten zu dir, meine Schöne, zurückzukehren, spazierte ich zu besagtem Antiquitätengeschäft. Ich strich mehrmals an der Auslage vorbei, konnte aber vor lauter Krimskrams im Inneren des Ladens nicht erkennen. Einer Eingebung folgend", Webster streckte sich und schaute Donna von der Seite an, ob sie das Wort »Eingebung« auch entsprechend zu würdigen wusste, „also, einer Eingebung folgend – Eingebungen sind meine Stärke, musst du wissen – versuchte ich unter dem Haustor durch in den Innenhof zu kommen, was mir auch gelang. Ich pirschte mich an den Hintereingang heran, um nach Spuren zu suchen und anwesende Menschen oder Tiere zu erschnüffeln, und was soll ich dir sagen? Die hintere Tür stand offen. Ich reckte mich, so hoch es ging, um das Schloss zu inspizieren. Volltreffer! Jemand hatte daran herumgefummelt. Es wirkte beinah wie aufgebrochen, aber etwas war faul an der Sache. Nun, Webster, dann nichts wie rein, sagte ich mir."

„Und?“ Donna bebte vor gespannter Erwartung am ganzen Körper. „Und?“

„Und dann ...“, sagte Webster ausgedehnt, „dann geschah leider gar nichts. Dein kleiner Dario war nur mehr als leise Duftspur vorhanden. Ich suchte alles ab, fand hinter einem Vorhang eine beinah leere Katzenfutterdose und eine Plastikwanne mit Streu, die er benutzt hat. Ansonsten nichts, außer diesem Ding hier, das er eine Zeit lang zwischen den Zähnen gehabt haben muss.“ In diesem Moment zog Webster einen schwarzen Hartgummistöpsel an einem kleinen Metallring unter sich hervor.

Als Donna den Stöpsel erblickte, brach sie in wildes Klagen aus, so dass ringsum in den Körben alle kleinen Katzen erwachten und jämmerlich schrien. „Mein armer kleiner Dario!“, rief sie ein ums andere Mal und biss dann so heftig in den Stöpsel, als wäre dieser an allem schuld, was nicht einmal so ganz falsch war.

„Wenn du mich fragst“, redete Webster nun begütigend auf sie ein, „ist nichts weiter passiert, als dass man deinen reizenden kleinen Dario wieder einmal gestohlen hat. Aus Liebe, aus Bewunderung, was weiß denn ich. Wenn er dir, meine Schöne, auch nur im Entferntesten ähnlich ist, kann ich es sogar verstehen. Und nichts am Tatort wies darauf hin, dass man ihm etwas zuleide getan hätte. Keine verstreuten Fellbüschel, keine Angstpisse, kein Katzenblut. Jemand hat einen Narren an ihm gefressen und ihn an sich genommen, glaub mir. Wahrscheinlich geht es deinem kleinen Dario besser als uns allen."

„Aber ich will ihn wiederhaben", stöhnte Donna, noch immer mit dem Stöpsel im Maul. „Er ist mein Kind und er war noch nie in der Welt draußen."

„Schon gut, schon gut!" Webster rieb seine Backe an Donnas Backe und sie ließ den Stöpsel fallen. „Jetzt ruhen wir uns erst einmal aus und morgen versuche ich dann Wenzel zu erwischen. Er hat schon einmal herausgefunden, wo dein Sohn sich aufhält. Die Ratten sind ausgesprochen geschickt, wenn es sich um die Beschaffung von einzelnen Informationen handelt, auch wenn es ihnen ansonsten an jeglicher Eingebung und Kombinationsgabe fehlt." Und Webster versuchte es sich so bequem wie möglich zu machen.

Aber Donna ließ das nicht zu. „Ich bitte dich, Webster, wart nicht bis morgen. Tagsüber verkriechen sich die Ratten womöglich, da findest du diesen Wenzel nie. Sei ein Freund, hilf einer Mutter in Not" – Donna zog wirklich alle Register – „und mach diesen Wenzel ausfindig. Jetzt gleich! Auch er wird seine Zeit brauchen.

Ich habe keine Ruhe, bis ich weiß, wo mein armer kleiner Dario sich aufhält. Ich werde mitkommen und dir die Pfoten lecken, wenn du müde bist. Bitte, Webster, tu es für mich!“

Webster seufzte. Er wusste, dass er Donnas Bitten irgendwann nachgeben würde, warum also nicht gleich. An Schlaf war unter diesen Umständen ohnehin nicht zu denken. Er gähnte noch einmal ausführlich und kletterte dann aus seinem Korb.

„Gewonnen, gewonnen…“, grummelte er. „Also, komm! Beklag dich aber nicht, wenn dir die Gegend nicht gefällt. Wir müssen unter die Erde.“

9

Es war nicht viel, was Dario durch die Luftlöcher in seinem Karton sehen konnte, aber es war genug, um die nächtliche Straße erkennen zu können. Ras Kachl und Maritschek, der Dario trug, gingen ziemlich rasch und bogen mehrmals in weitere Gassen ab, bis sie vor einem Auto Halt machten. Maritschek stellte den Karton mit Dario auf die Motorhaube und suchte nach den Schlüsseln, während Ras Kachl die böhmischen Gläser in ihrem Karton fest an sich gedrückt hielt und ansonsten nur Blicke für den Wagen hatte, den er mit glühenden Augen begeistert anblinzelte.

„Cooler Karren, was?“, sagte Maritschek stolz.

„Eine Wunder-Wanne, ein Gold-Geschoß, ein Flieger-Flitzer ...“ Wer weiß, welche Kosenamen Ras Kachl noch eingefallen wären, wenn nicht Dario inzwischen genau den richtigen Winkel errechnet hätte, in dem er seinen Rücken gegen den Kartondeckel pressen musste, um diesen mit einem einzigen Ruck vom Unterkarton zu drücken. Die Blicke der beiden Männer folgten gebannt dem durch die Luft fliegenden Deckel, der auf die Straße fiel, sich noch ein paar Mal drehte und wendete und schließlich auf einer seiner fünf Seiten – und zwar nicht auf der oberen – liegen blieb. Dario war inzwischen mit einem Satz, der dem täglichen Training mit Donna alle Ehre machte, in die entgegengesetzte Richtung gehüpft und nach ein paar meisterlichen Sprüngen in einem Hauseingang verschwunden.

„Hast du Worte? Dieser abgefeimte Bursche!", rief Maritschek und sauste hinter Dario her, während Ras Kachl mit den an sich gedrückten böhmischen Gläsern wie angewurzelt neben dem Auto stehen blieb.

Jemand muss das Haustor offen gelassen haben, durch das Dario in den Eingang geprescht war. Auf den ersten Blick gab es dort nur eine Möglichkeit, sich zu verstecken, nämlich hinter einem Wust von Altpapier, das zur Abholung bereitstand. Zitternd quetschte Dario sich zwischen zwei von den Stapeln hindurch in die hintere Ecke und kletterte in dem schmalen Schacht empor, bis er zu einem Hohlraum zwischen mehreren verrutschten Zeitungsbündeln kam, in den er sich pressen konnte. Er verschob die Bündel ein wenig, bis sie einen Sehschlitz freigaben. Durch den konnte Dario Maritschek nun hereinkommen sehen.

Beinah nachtblind, wie Menschen nun einmal sind, kniff Maritschek vergebens die Augen zusammen, er konnte nichts sehen. Erst als er sich ein wenig an die Dunkelheit gewöhnt hatte, bemerkte er die Altpapierstapel und näherte sich mit höhnischem Grinsen, war er doch sicher, dass Dario sich darin versteckt hatte. Plötzlich rieb er ein Streichholz an und Dario dachte schon, er würde den ganzen Stapel in Brand setzen, um ihn auszuräuchern. Aber da hatte er Maritscheks Schläue unterschätzt.

„Ja, wo glüht denn dieser böse Katzenblick?", hörte er ihn sagen, in einem Tonfall, als locke er ihn, und als Dario endlich begriff, was er im Schilde führte, war es bereits zu spät. Maritschek hatte seine im Dunkeln leuchtenden Augen schon erspäht und wusste nun ganz genau, wo Dario sich versteckt hielt.

Dario zitterte mit geschlossenen Augen und wusste, dass es kein Entkommen geben würde. Er dachte an die Trainingsformel Nummer eins von Donna und beschloss den Gegner ganz nahe an sich herankommen zu lassen, um ihn dann mit einem unvermuteten Scheinangriff so zu erschrecken, dass er entwischen konnte.

Maritschek kam immer näher und näher, aber dann ging er einfach zu weit. Er entzündete noch ein Streichholz und hielt es zu nahe an den Stapel, wahrscheinlich um Dario noch mehr Angst zu machen – und da fing eine der Zeitungen tatsächlich Feuer.

„Nanu", rief Maritschek selbst überrascht. Im Erdgeschoss öffnete sich eine Tür und im selben Moment ging das Licht im Eingang an. Ein großer dicker Mann kam geradewegs auf Maritschek zu, der sich noch immer eifrig bemühte das Feuer auszublasen, wobei er es nur noch mehr anfachte.

„Was soll das denn werden?", grollte es aus dem großen dicken Mann und dann brüllte er, so laut er konnte: „Brandstifter!" Und noch einmal: „Brandstifter!"

Da blieb Maritschek nichts anderes übrig als Fersengeld zu geben, und zwar so rasch, dass der große dicke Mann ihm nicht folgen konnte. Der aber schlug sogleich mit einem Fußabstreifer auf den kleinen Brandherd ein.

Schon öffneten sich Türen und schlaftrunkene Bewohner kamen die Stiegen herunter. Jeder wollte wissen, was denn passiert sei.

„Ruf doch einer die Polizei", rief der große dicke Mann, der nun das Feuer zur Gänze gelöscht hatte. „Das war gewiss der gesuchte Feuerteufel, glaubt es oder glaubt es nicht. Er hat gerade versucht, unser Haus anzuzünden."

Dario hatte die Aufregung unter den Hausbewohnern längst genutzt und sich in einen der im Eingang abgestellten Kinderwagen geflüchtet. Er wühlte sich unter die abknöpfbare Plastikplane und war nun fürs Erste in Sicherheit. Er verstand die Welt nicht mehr, seit er aus dem Fenster gesprungen war. Er konnte sich keinen Reim darauf machen, dass ihn immer wieder jemand mitnehmen wollte. Weshalb kümmerten sich die Menschen überhaupt um ihn und ließen ihn nicht einfach in Ruhe und gehen, wohin er wollte? Er hätte es sich schon zugetraut, zu Lews Wohnung zurückzufinden, aber man ließ ihn ja nicht.

Das sollte ein für alle Mal anders werden. Er war Maritschek und Ras Kachl entwischt und würde von nun an viel vorsichtiger sein. Kein schwarzer Badewannenstöpsel sollte ihn mehr ins Unglück stürzen. Doch bevor er etwas unternahm, musste er dringend ein wenig schlafen. Sein Kopf fühlte sich schwer an wie ein Stein, das war schlecht fürs Denken. Sobald er den Schrecken überschlafen hatte, würde er einen genauen Plan machen und sehen, wie er auf dem schnellsten Weg nach Hause kam.

Als die Hausbewohner sich allesamt langsam wieder zurückzogen, schlief Dario bereits tief und fest und sammelte Kräfte für all die Schwierigkeiten, in die er noch geraten würde. Diesmal war ja alles glimpflich abgegangen. Dank meines vorzüglichen Trainings mit Donna, hatte Dario sich kurz vor dem Einschlafen noch einmal vorgesagt. Und als er sich dann Donna in all ihrer Strenge, aber auch Fürsorge vor Augen führte, wurde ihm ganz flau vor Heimweh.

„Frühstück", konnte Dario Donna ganz deutlich rufen hören. „Auf, auf, du Faulpelz. Wasch dich und putz dir die Pfoten! Der Lachs ist frisch geschnitten!" Noch im Schlaf leckte er sich die Lippen und fuhr sich mit den dicken Vordertatzen über den Schnurrbart. In diesem Augenblick hob jemand die Plastikplane an und Dario begriff, dass er geträumt hatte.

„Kinder, kommt, seht auch das an! Ist das nicht die hübscheste Katze auf Gottes Erdboden?" Dario blickte in das Gesicht einer blonden jungen Frau, die ein Baby im Arm hielt, zu dem offenbar der Kinderwagen gehörte. Gleich darauf umringten drei weitere Gesichter den Wagen und drei ungeschnäuzte Nasen hingen bedrohlich über der Plastikplane. Ein Quieken und Kreischen ertönte und Dario legte vor Schmerz die Ohren an. »Jö!«, »Wumm!«, »Wusch!« und »Super!« waren die einzelnen Laute, aus denen das Getöse sich zusammensetzte, bis eines der Kinder, der

Stimme nach ein Mädchen, lauthals fragte: „Ist die überhaupt echt?“ Und ein kleiner Bub darauf sagte: „Wart, ich probier!“, und Dario dermaßen fest in den Schwanz zwickte, dass er entsetzt auf- und aus dem Kinderwagen sprang.

„Nicht weglaufen!“, rief das dritte Kind mit einer kleinen zornigen Stimme. „Nicht weglaufen!“

Aber Dario war wieder einmal auf der Flucht, und da er bemerkte, dass das Haustor offen stand, wischte er hinaus und mischte sich unauffällig unter die Menge auf der Straße.

Das war leichter gesagt als getan. Aber zum Glück waren die meisten Menschen so mit sich selbst beschäftigt, dass sie keinen Blick für ihn hatten. Auch erwies sich Darios Blaugrau als echte Tarnfarbe, wie er sich so am Schmutziggrau der Haussockel entlangdrückte und die Augen nach dem nächsten Versteck offen hielt. Auf den Weg nach Hause würde er sich wohl erst nachts wagen können, wenn er nicht riskieren wollte aufs Neue geschnappt zu werden.

10

Webster und Donna bewegten sich ziemlich rasch durch die Dunkelheit. Mitternacht war schon vorüber und es war kalt geworden. Viel über null Grad konnte es nicht sein und die Geschwindigkeit war das Einzige, was die beiden der Kälte entgegenzusetzen hatten. Sie liefen an der Kanaluferböschung entlang, bis sie an einen Kanalausfluss kamen, durch den stinkendes warmes Wasser in den Hauptkanal sprudelte. Zu beiden Seiten des Abwasserbaches befand sich je eine Art schmaler trockener Pfad in der riesigen Betonröhre. Einen davon betraten Webster und Donna nun.

„Tagsüber kommt man hier gar nicht durch", bemerkte Webster, „nur nachts geht es, wenn die Menschen in ihren Betten liegen und ihre Wasserhähne und Klospülungen nicht betätigen."

Donna versuchte sich nach Möglichkeit die Pfoten nicht nass zu machen, schon gar nicht mit diesem Kloakenschleim. Vor Ekel atmete sie ganz flach, um den Gestank nicht zu riechen.

„Ich hab dich gewarnt", meinte Webster, „aber du wolltest ja nicht hören."

„Dauert es noch lang?“, stieß Donna gepresst hervor.

„Je schneller wir vorankommen, desto eher gelangen wir in andere Bereiche der Kanalisation. Oder“, fügte er schmunzelnd hinzu, „wir gewöhnen uns einfach daran …“

„Nie im Leben“, zischte Donna und versuchte Webster anzutreiben, indem sie so knapp hinter ihm herlief, dass sie gelegentlich mit der Nase an seine Hinterläufe stieß.

Nachdem sie eine ganze Weile so in vollkommener Finsternis dahingetrabt waren, ließ sich plötzlich Lichtschimmer ausmachen.

„Wir kommen nun zur Kanalkreuzung »Innere Stadt«, erklärte Webster. „Da stoßen eine Vielzahl von Wasserarmen zusammen und in irgendeinem der Gänge haben die Ratten ihr innerstädtisches Hauptquartier.“

Das Rauschen, das sie die ganze Zeit über als Nebengeräusch begleitet hatte, wurde erkennbar stärker und es stank auch nicht mehr ganz so bestialisch, als sie zu besagtem Knotenpunkt kamen. Lampen in Drahtgehäusen spendeten spärliches Licht an der Stelle, wo die Kanäle sich auf verschiedenen Ebenen kreuzten und ineinander flossen oder über- und untereinander vorbeiführten. Für die Menschen, die in diesen Kanälen arbeiten mussten, waren Metallleitern an den Wänden angebracht.

„Wir müssen tiefer“, sagte Webster witternd. „Für gewöhnlich haben die Ratten hier ihre ersten Posten, aber ich sehe niemanden.“

Tiefer, dachte Donna, wie den tiefer?

„Kennst du dich mit Leitern aus?“, fragte Webster überflüssigerweise. Donna sträubte sich allein bei dem Gedanken, dass sie auf so einer Leiter abwärts steigen sollte, das Fell.

„Du kannst doch klettern, Donna?!“ Webster ließ nicht locker. Donna dachte an ihren und Darios Kletterbaum, an Lew Leuwens Vorhänge und an die Zimmerpalme, der sie als junge Katze mit ihren Kletterkünsten den Garaus gemacht hatte.

„Schau mir gut zu, meine Schöne! Du setzt zuerst eine Hinterpfote auf die Sprosse unter dir, dann ziehst du eine Vorderpfote nach, dann wieder eine Hinterpfote ...“

„Mach dir bloß um mich keine Sorgen“, zischte Donna nervös. „Ich komme schon. Wär doch gelacht, wenn ich so eine blöde Leiter nicht hinuntersteigen könnte.“

„Wie du meinst, Donna.“ Webster kletterte die Leiter hinab, als sei er auf einer geboren worden. „Wenn du Hilfe brauchst, lass es mich wissen.“

Donnas Herz klopfte. Sie schloss die Augen und tastete mit der Hinterpfote nach der nächsten Sprosse. Wie glitschig sich das alles anfühlte. Ihr Körper hing nun zwischen zwei Sprossen ausgestreckt, aber wie sollte sie die Vorderpfoten nachholen ohne abzustürzen?

„Was ist, Donna? Kommst du oder hast du es dir anders überlegt?“, hörte sie Webster von weit unten rufen.

„Klar komme ich!“ Was du kannst, kann ich noch lange, dachte sie. Sie musste nur den Trick herausfinden. Ihre Krallen kratzten an dem Metall, während sie die eine Vorderpfote herunterholte.

„Nicht stehen bleiben!“, rief Webster. „Links eins, zwei, rechts eins, zwei!“

Donna versuchte es, aber sie hatte den Rhythmus noch nicht gefunden.

„Linke Hinterpfote runter, rechte Vorderpfote nachziehen, rechte Hinterpfote runter, linke Vorderpfote nachziehen!“, kommandierte Webster.

Links, rechts, links, rechts. Irgendwie schien die Sache in Schwung zu kommen.

„Nicht übertreiben, Donna, links, rechts, aber langsam!“

Es klappte. Sollte Webster nur Augen machen, wie rasch sie das gelernt hatte. Links, rechts, links, rechts, es ging ganz von alleine. Halt! So schnell wollte sie es auch wieder nicht. Aber es ließ sich nicht mehr aufhalten. Mit einem Mal war Donna, als hätten die Leitersprossen unter ihren Füßen sich aufgelöst oder wären sonst wohin verschwunden, und sie flog, besser gesagt, sie stürzte. Und dann machte es plötzlich »Platsch!« und die Welt versank in Nässe und üblen Gerüchen.

„Hast du mir einen Schreck eingejagt, Donna! Bist du in Ordnung?“ Webster stieß sie mit der Nase an. Donna streckte die Beine, machte einen Buckel, um zu sehen, wie es um sie stand, und schüttelte dann das Fell. Zum Glück war es nur eine Pfütze gewesen, in die sie gefallen war, und nicht der Kanal. Auch so grauste ihr schon zur Genüge.

„Du warst auf dem besten Weg“, meinte Webster anerkennend. „Du hättest dich nur nicht so beeilen dürfen. Du wirst sehen, hinauf geht es leichter.“

Donna sagte gar nichts, sondern begann augenblicklich, ihr Fell sauber zu lecken.

„Dafür ist jetzt keine Zeit, meine Schöne, wir müssen weiter. Ich rieche die Bande schon. In Kürze kommen wir zu einem Knick mit ein paar Hohlräumen, wo wir höchstwahrscheinlich Wenzel oder einen anderen Informationsbeschaffer treffen. Dann nichts wie unser Problem vorgebracht und wieder raus aus den Röhren!"

Donna setzte sich beklommen in Bewegung. Nichts auf der Welt würde sie noch einmal in diese Schächte bringen, und wenn es nicht um Dario gegangen wäre, hätte sie auf der Stelle kehrtgemacht.

Sie kamen nun zu einem wesentlich älteren Teil des Kanalsystems, zumindest vermutete Webster das, denn die Wände waren nicht betoniert, sondern bestanden aus Steinen, die durch Lehm miteinander verbunden waren. Jetzt konnte auch Donna die Ratten riechen und gleich darauf waren sie schon zu hören.

„Pst!", machte Webster. „Wir müssen von nun an ganz leise sein. Sie scheinen eine ihrer vielen Versammlungen abzuhalten und könnten unsere Anwesenheit als Einmischung in ihre Angelegenheiten empfinden." Er verfiel in einen geduckten Schleichschritt und Donna machte es ihm unwillkürlich nach.

„Sobald ich Wenzel erspähe, werde ich versuchen, ihm ein Zeichen zu geben." Webster kroch einen schmalen Pfad empor, der zu einer Art natürlicher Plattform führte, und reckte den Hals, um über ihren Rand nach unten zu schauen. Donna, die sich ganz knapp hinter ihm hielt, konnte förmlich spüren, wie er zurückzuckte.

„Sssst!“, entfuhr es ihm. „Das ist vielleicht ein Ding!“

Donna drängte sich neben ihn, um zu sehen, was ihn so stutzig gemacht hatte. Bei dem Anblick, der sich ihr bot, begann es ihr zu gruseln: Da war eine Ansammlung von Hunderten von Ratten, die sich tratschend und schmatzend in dem Hohlraum dort unten drängten, so als feierten sie ein Fest oder hätten sich zumindest zu allgemeiner Belustigung zusammengefunden. Aber Donna erblickte unter ihnen drei Ratten, die mit seitlich gewandtem Kopf in Demutshaltung auf dem Bauch lagen, mit je drei Ratten über ihnen, die die Zähne bissbereit entblößt hatten.

In diesem Augenblick sagte eine von drei anderen, besonders großen und schon ein wenig angegrauten Ratten, die erhöht auf einem Stein saßen: „Werte Bürgerinnen und Bürger des Kanalbereichs I, Innere Stadt, wir sind zusammengekommen, um Recht zu sprechen und Urteile zu fällen, die aus Gründen der Sicherheit unserer Gemeinschaft absolut notwendig sind, wie hart sie auch erscheinen mögen.“

Und eine zweite Ratte fuhr fort: „Wie ihr alle wisst, konnten wir nur deshalb in so großer Zahl und mit so hohem Lebensstandard überleben, weil unsere Werte, nämlich Solidarität, Disziplin und eiserne Geheimhaltung nach außen, sich als die besten erwiesen haben. Diese unsere Werte rechtfertigen daher auch jede Form von Strenge, ja, sie erfordern sie geradezu."

Ein Großteil der Ratten spendete Beifall, indem sie mit allen vieren auf den Boden trampelten.

„Deshalb, und nur deshalb, wird bei uns Verrat mit der Höchststrafe geahndet. Es ist euch bekannt, dass ganze Völker in unser Land nachdrängen, Völker, die sich aus allen möglichen Teilen der Welt in unser »gelobtes Land« aufmachen. Und dabei ist ihnen nicht klar, dass dieses »gelobte Land« das Ergebnis einer arbeits- und einfallsreichen Lebensführung ist und nur so lange Bestand hat, als seine Bürger in größter Unbestechlichkeit und ausnahmslos die beschlossenen Gesetze anerkennen und befolgen."

„Jawohl!", ertönte es aus Hunderten von Kehlen.

„Ich klage unsere drei Informationsbeschaffer, Kaspar, mit dem Decknamen Sargon, Mausi, mit dem Decknamen Iguna, und Wenzel, mit dem Decknamen Gorgon, des möglichen Hochverrats an und plädiere für die Höchststrafe durch Beißen bis zum Tode."

„Das darf doch nicht wahr sein", flüsterte Donna mit erstickter Stimme.

Nun meldete sich die dritte Ratte zu Wort. Nach Richter und Staatsanwalt die Verteidigung, dachte Donna, die wie Lew Leuwen eine Vorliebe für amerikanische Gerichtssaalkrimis hatte.

„Meine sehr verehrten Damen und Herren, hohes Gericht. Erlauben Sie, dass ich einiges zur Klärung des Delikts beitrage, das den drei Angeklagten zur Last gelegt wird. Im Klartext heißt das nichts anderes, als dass Wenzel, Mausi und Kaspar auf Grund ihrer Tätigkeit als Informationsbeschaffer eine besondere Leidenschaft für das Sammeln von Informationen entwickelt haben ..."

„Für das Sammeln verbotener Informationen", warf die Ratte von der Staatsanwaltschaft ein.

„... entwickelt haben, wobei sie die Grenzen überschritten und Staatsgeheimnisse aufdeckten, die nur unser Oberster Dreier-Rat wissen darf. Ich betrachte diese Art von selbsttätiger Schnüffelei als Berufskrankheit, die in einzelnen Fällen sogar in Besessenheit ausarten kann."

„Weswegen sie so gefährlich ist!", warf die Ratte von der Staatsanwaltschaft ein.

„Na, na", flüsterte Webster so leise, dass wirklich nur Donna es hören konnte, „nur keine Übertreibungen! Der arme Wenzel ist alles andere als ein besessener Schnüffler. Er ist höchstens ein Tüftler – und ich verstehe etwas davon."

„Ich will das Verhalten der drei durch meine Verteidigung weder beschönigen noch entschuldigen. Was ich möchte, ist, dass ihnen keine böse Absicht unterstellt wird, damit ihnen im Interesse ihrer Familien eine gute Nachrede zugesichert bleibt. Hohes Gericht, ich bitte um ein ehrenvolles Urteil für Kaspar, Mausi und Wenzel."

„Sie werden sie doch nicht verurteilen!" Donna wäre am liebsten hinuntergesprungen und hätte dem hohen Gericht ihre Meinung gefaucht.

Die Ratte, die am Anfang gesprochen hatte, räusperte sich mehrmals und erhob sich dann auf die Hinterbeine.

„Werte Anwesende, werte Vertreter von Anklage und Verteidigung. Da es keine Garantie dafür gibt, dass die drei Informationsbeschaffer Kaspar, Mausi und Wenzel die von ihnen zu Unrecht beschafften Informationen, sprich Staatsgeheimnisse, auch im Falle von Folterung durch nachdrängende Eindringlinge wahren könnten ..."

„Was heutzutage durchaus denkbar ist", mischte sich die Ratte von der Staatsanwaltschaft ein drittes Mal ein, was ihr von der Ratte der Verteidigung einen empörten Blick sowie einen Pfotenrempler eintrug.

„... wahren könnten", wiederholte die Ratte von der Rechtssprechung, „bleibt dem Gericht nichts anderes übrig, als die drei Angeklagten wegen möglichem Hochverrat zur Höchststrafe durch Beißen bis zum Tode zu verurteilen. Das Urteil wird sofort vollstreckt.“

Wieder spendeten die anwesenden Ratten laut Beifall, indem sie mit allen vieren auf den Boden trampelten.

Und ehe Donna und Webster auch nur genauer hinsehen konnten, hatten sich die Gebisse der drei Henkerratten in die Hälse der drei Verurteilten geschlagen, die alle noch einmal laut auffiepten, um sich gleich darauf im eigenen Blut zu wälzen, bis sie ausgezuckt hatten.

„Nichts wie weg hier“, sagte Webster plötzlich, wie aus einem bösen Traum erwacht. „Bisher waren sie ganz von ihrer Hinrichtungszeremonie abgelenkt, aber wenn sie uns bemerken, geht es uns womöglich auch noch an den Kragen. Ich glaube nicht, dass sie uns mit diesem ihrem Geheimnis gerne entkommen lassen würden.“

Donna hatte bereits kehrtgemacht und Webster lief neben ihr her. Aber als sie in den Weg, den sie gekommen waren, einbiegen wollten, bemerkten sie eine Gruppe von Ratten, denen wohl die Luft im Versammlungsraum zu dick geworden war.

Donna und Webster bremsten gerade noch rechtzeitig, das heißt, ohne von den Ratten bemerkt zu werden, drehten dann auf der Stelle um und nahmen einen anderen Gang, der bereits wesentlich mehr Wasser führte als der, durch den sie ins Kanalnetz eingestiegen waren.

„Ich werde ja ganz nass“, rief Donna unglücklich, aber Webster trieb sie nur zu noch größerer Eile an.

„Komm, komm, wir laufen möglicherweise um unser Leben, falls dir das noch nicht klar geworden sein sollte. Bete lieber, dass dieser Kanalarm genau der ist, den ich meine, nämlich einer, auf dem wir entwischen können, sonst haben wir wenig Chancen, mit heiler Haut davonzukommen.“

Sie galoppierten nun in Höchstgeschwindigkeit dahin und achteten nicht auf das spritzende, stinkende Wasser, als sie plötzlich vor sich einen Wachtposten erblickten, der dreifach besetzt war. Sie scheinen eine Vorliebe für die Zahl Drei zu haben, dachte Donna angewidert und Webster sagte leise: „Zum Umkehren ist es zu spät, aber ich mache das schon. Bleib cool. Bleib einfach ganz cool!“

Die drei Ratten traten ihnen mit entblößten Zähnen entgegen. „Was macht ihr denn hier? Das ist unser Gebiet und wir dulden darin keine Fremden. Schon gar keine anderen Arten.“

Spielt euch nur nicht so auf, dachte Donna. Mit euch Dreien werden wir beide spielend fertig, auch wenn ihr eure abwasservergifteten Zähne noch so bleckt.

Aber dann besann sie sich doch auf Websters Bitte, einfach cool zu bleiben, und schaute so unbeteiligt wie möglich, so als ginge sie das Ganze gar nichts an. Dabei klopfte ihr Herz so heftig, dass es sie beinahe verraten hätte.

„Verzeiht", sagte Webster geradezu unterwürfig. „Das hier ist Donna und ich bin Webster, wir sind beide Mitglieder der Kanalufergesellschaft."

„Was euch noch lange nicht dazu berechtigt, in unser Revier einzudringen", schnarrte die größte der drei Ratten.

„Es handelt sich um einen Notfall. Wir mussten einen von euren Informationsbeschaffern beauftragen, einen gewissen Dario so rasch wie möglich ausfindig zu machen."

„Und warum seid ihr noch immer so in Eile?", fragte die zweite Wächterratte misstrauisch.

„Verzeiht", sagte Webster und konnte ein Grinsen kaum unterdrücken. „Aber die Dame", er deutete auf Donna, „kann sich nicht an die Düfte hier drinnen gewöhnen."

Die drei Wächterratten verzogen das Gesicht und wieherten, ja sie kugelten sich geradezu, was

Donna in Wut versetzte. Wenn ich könnte, wie ich wollte ..., dachte sie.

Jedenfalls gaben ihnen die Ratten nun den Weg frei.

„Wo ist der nächste Ausstieg?“, fragte Webster wie beiläufig.

„Ihr steht sozusagen davor“, antwortete die dritte und kleinste Ratte. Und tatsächlich führte, keine Schwanzlänge entfernt, eine Leiter empor, die sie in der Aufregung nur noch nicht bemerkt hatten. Donna nahm all ihre Intelligenz zusammen und folgte Webster, so als wäre sie immer schon auf Leitern herumgeklettert.

11

Dario machte ein paar Schritte, duckte sich, machte ein paar Schritte und duckte sich wieder in den Schatten von Mauervorsprüngen und Hauseingängen oder von Beinen, die Männern gehörten, die, an eine Hauswand gelehnt, einen Blick in die Zeitung warfen.

Es war ein regnerischer Tag mit einem Hauch von Föhn, den die Leute für einen Vorboten des Frühlings hielten. Sie schnupperten von Zeit zu Zeit in die Luft, ob nicht vielleicht schon frisches Grün zu riechen war.

Und dann sah Dario sie – nämlich Zizibe – auf der anderen Straßenseite, wie sie nach etwas in ihrer Handtasche kramte und dabei auf ihr Geschäft zuhielt, das sich hier irgendwo in der Nähe befinden musste. Dario hätte es wahrscheinlich mit geschlossenen Augen wiedergefunden, aber er hatte keine Lust hinzugehen. Obgleich er natürlich gerne das Gesicht von Ras Kachl gesehen hätte, wenn er Dario, am Montag wieder auf dem blauen Ohrensessel gesessen hätte, als sei überhaupt nichts geschehen. Andererseits konnte man nicht wissen, was Ras Kachl als Nächstes aushecken würde. Dass er Katzen nicht leiden konnte, hatte Dario von Anfang an gemerkt.

Zizibe wusste ja noch gar nicht, dass das Schloss an ihrem Hintereingang beschädigt war und dass Dario mitsamt den böhmischen Gläsern fehlte.

Er aber hatte nicht vor, dabei zu sein, wenn sie die Polizei verständigte. So viel wusste er aus den Krimis, die er zusammen mit Donna und Lew angeschaut hatte, nämlich dass in so einem Fall erst einmal die Polizei geholt wurde.

Während er so vor sich hin dachte, vergaß er ganz, dass auch Zizibe ihn bald sehen würde, wenn er sich nicht schleunigst versteckte. Schon hob sie den Kopf und blickte auf seine Seite herüber und er konnte gerade noch hinter eine Mülltonne schlüpfen, die neben einem Hauseingang stand.

Zizibe wechselte nun sogar die Straßenseite und kam geradewegs auf Dario zu, obwohl sie ihn gewiss nicht bemerkt hatte und auch jetzt nicht bemerken konnte. Was aber hatte sie im Sinn? Denn, dass sie etwas im Sinn hatte, war klar, so zielstrebig, wie sie auf ihn zusteuerte.

Leise zitternd lugte Dario aus seinem Versteck hervor und verfolgte jede von Zizibes Bewegungen. Sie ging ganz dicht an ihm vorüber und blieb dann stehen. Erst jetzt hob Dario den

Blick zu dem Schaufenster, in das Zizibe wohlwollend schaute. Sie klopfte sogar mit dem kleinen Finger an die Scheibe und machte dieselben schmatzenden Geräusche, die Dario schon von ihr kannte.

Dann bemerkte er ihn, den riesigen Kater mit dem blauen und dem gelben Auge, der da zwischen Stapeln von Büchern wie hingegossen lag und auf Zizibes Bemühungen, seine Aufmerksamkeit zu erregen, überhaupt nicht reagierte.

Oh, dachte Dario und Freude durchfuhr ihn, endlich jemand von meiner Art. Er konnte es kaum erwarten, dass Zizibe weiterging, und als sie es tat, musste er erst noch eine Möglichkeit finden, unbemerkt in die Buchhandlung hineinzukommen, bevor er sich diesem prächtigen Kater nähern konnte.

Noch hatten die Geschäfte geschlossen, und erst als es vom nahen Dom her neun Mal schlug, hörte Dario, wie die verschiedenen Kaufleute ihre Rollbalken hochzogen und die Türen aufsperrten. Manche – so auch der Buchhändler – hielten ihre Türen dann erst einmal ein Weilchen offen, um die Räume durchzulüften.

Das war Darios Chance. Behände hüpfte er hinter der Mülltonne hervor durch den offenen Eingang, und als er Schritte im Laden hörte, wischte er sofort unter den Büchertisch, auf dem der große Kater schlief.

Am Rand des Büchertisches hingen Plakate und bildeten eine Art Vorhang, hinter dem sich ein Katzenklo und zwei Schüsselchen, eines mit Trockenfutter und eines mit Wasser, verbargen. Der Anblick dieser vertrauten Gegenstände nach all dem Unbekannten und Abenteuerlichen der letzten Stunde setzte in Dario plötzlich die Verdauung in Gang. Und nachdem er in aller Eile die Streu benutzt hatte, fiel ihm erst auf, wie hungrig er eigentlich war. Er machte sich mit großem Appetit über die paar Fleischkekse her. Als er dann sein Gesicht aus dem Schüsselchen mit Wasser hob, blickte er geradewegs in ein blaues und ein gelbes Auge, die ihn unverwandt und nicht gerade einladend anstarrten.

„Entschuldige", stotterte Dario erschrocken, „ich wollte dich wirklich nicht berauben."

„Das würde ich dir auch nicht geraten haben", grollte es eher sanft aus der weißen, dicht behaarten Schnauze.

„Aber wenn du wüsstest, was ich seit gestern alles erlebt habe, würdest du mir sicher verzeihen."

„Na, dann lass hören", sagte der andere und setzte sich neben ihn, wobei er einen eindeutigen Blick auf seine leer gefressene Futterschüssel warf. „Na ja“, meinte er dann gedehnt, „wenn wir uns ein wenig gedulden, gibt es bald etwas Frisches. Das waren ohnehin nur die Reste meiner Nachtration.“

Dario begann zu erzählen, aber nach einigen Sätzen unterbrach ihn der andere. „Die Vorgeschichte kenne ich schon. Wenn es stimmt, was man mir zugetragen hat, bist du Dario, der Sohn von Donna und Xerxes.“

Dario nickte verblüfft. „Woher weißt du das?“

„Ich bin Saroyan“, gähnte der große weiße Kater mit dem kastanienfarbenen Barett und dem kastanienfarbenen Schwanz. „Bei mir laufen noch immer die Fäden zusammen.“

„Was für Fäden?“, fragte Dario erstaunt.

„Oder sagen wir besser, die Informationsstränge, die die innere Stadt durchziehen. Ich hatte heute früh, kurz bevor ich von meinem Nachtausflug hierher zurückkam, eine kleine Unterredung mit Flitzschwinge ...“

„Der Riesenrabenkrähe?“, fragte Dario kleinlaut.

„Mit Flitzschwinge, das heißt Kreszenz von Kranebitten, und sie hat mir die Geschichte erzählt, soweit sie sie wusste. Übrigens, deine Mutter sucht dich seit genau zweiundzwanzig

Stunden. Sie ist hinter dir her zum Sperrmüllplatz gelaufen. Aber als sie dort ankam, warst du schon weg und so ist sie bei den frei lebenden Katzen unter einer der Innenstadtbrücken gelandet."

Dario seufzte und seine Augen wurden ganz glasig.

„Jetzt erzähl mir den Teil, den außer dir niemand kennt."

Dario erzählte, wie er zu Zizibe beziehungsweise wie Zizibe zu ihm gekommen war, wie Ras Kachl und Maritschek ihn gekidnappt und wie er sich nun hierher gestohlen hatte, wobei er beinahe wieder Zizibe in die Arme gelaufen wäre.

„Interessant", meine Saroyan, als Dario mit seinem Bericht zu Ende war, „das heißt, dass die Nachfrage nach Kartäusern sprunghaft gestiegen ist. Du wirst gut auf dich aufpassen müssen, Dario, damit es dir nicht so ergeht wie mir in jungen Jahren. Ich bin damals bis nach Holland entführt worden."

„Aber ich bin doch gar kein Kartäuser", sagte Dario bescheiden. „Ich weiß gar nicht, was alle haben."

„Das spielt in diesem Fall keine Rolle. Du siehst aus wie einer, und schwups!, landest du dort, wo Kartäuser gerade gebraucht werden. Einen

Stammbaum zu fälschen ist für einen geschickten Menschen kein Problem.“

Das waren schöne Aussichten. Darios Schnurrbarthaare zitterten und er wusste nicht mehr, was er sagen sollte.

„Na, na, deshalb musst du nicht gleich Trübsal blasen. Ich habe dir das alles nur gesagt, damit du wachsam bleibst. Ich werde dir auch noch ein paar Tricks verraten, ich bin nämlich ein Meister im Entkommen. Ich habe lange in Freiheit gelebt, musst du wissen, bis ich mich wieder für einen Menschen entschieden habe. Und ich habe meine Freiheit in Wirklichkeit nie aufgegeben. Dass ich tagsüber hier liege, kommt meinen Ansprüchen entgegen und freut meinen Menschen. Nachts aber gehe ich, wohin ich will. Siehst du die Katzentür dort neben dem Belüftungsschacht? Sie führt nach draußen. Aber du wirst sie von draußen nur erkennen, wenn du weißt, wo sie ist, so gut ist sie getarnt. Sie garantiert mir die Freiheit und ich verdanke sie meinem Menschen, der genauso intelligent ist wie wir Katzen. Ich habe mich immer wieder gefragt, was es mit dieser Beziehung zwischen uns und unseren Menschen auf sich hat, die ja von Natur aus nicht vorgesehen ist. Es muss etwas ganz Besonderes sein, auf das man nicht mehr verzichten kann, wenn man es einmal erlebt hat. Ich glaube, die Menschen nennen es Liebe. Habt ihr, du und deine Mutter, vor, zu eurem Menschen zurückzukehren?“

„Auf jeden Fall“, mauzte Dario, „ich dachte sogar schon daran, heute Nacht den Weg zu Lews Wohnung zu suchen und so lange vor dem Haustor zu warten, bis er kommt.“

„Riskant! Bei deinem Aussehen viel zu riskant! Gibt es wenigstens ein gutes Versteck in der Nähe eures Haustors?“

„Keine Ahnung. Ich habe, wie du von der Riesenrabenkrähe weißt, unsere Wohnung durch die Luft verlassen und bin davor noch nie außer Haus gewesen. Außerdem möchte ich jetzt erst einmal zu dieser Innenstadtbrücke gehen und Donna finden, sonst macht sie noch die ganze Stadt verrückt wegen mir.“ Er sagte »Donna« und nicht »meine Mutter«, wohl ein erstes Anzeichen dafür, dass er anfing, erwachsen zu werden.

„Auf jeden Fall musst du bis zum Abend warten“, sagte Saroyan. „Tagsüber in der Stadt herumzustreichen ist nicht nur wegen des Verkehrs gefährlich. Du bleibst am besten bei mir, und solange das Geschäft offen ist, hier unten. In der Mittagspause kannst du dich von mir aus ein wenig freier bewegen. Heute ist langer Samstag, das heißt, die Öffnungszeiten sind die eines gewöhnlichen Wochentages. Abends, nach Geschäftsschluss, kannst du dann durch meine Katzentüre deiner Wege gehen."

Saroyan drängte Dario sanft in die Ecke und setzte sich zwischen ihn und die beiden Schüsseln. „Duck dich!", flüsterte er ihm zu, als eines der Plakate hochgezogen wurde und zwei Hände nach den Schüsseln griffen. „Es ist besser, wenn niemand weiß, dass du bei mir bist. Am Ende fällt es dieser Zizibe noch ein, sich hier nach dir zu erkundigen. Die Leute denken immer, mein Mensch wüsste alles über Katzen, auch über gestohlene."

Kurz darauf zeigten sich wieder die Hände und eine tiefe freundliche Stimme war zu hören. „He, Saroyan, bis du hier unten? Ich möchte dich nicht stören, aber ich schätze, du wirst Appetit haben." Und die gefüllte Fleischschüssel wurde an ihren Platz zurückgeschoben, ebenso die mit Wasser. Dann senkte sich auch der Vorhang wieder.

Saroyan roch an der Schüssel. „Gustostückchen", sagte er genießerisch und nahm einen Bissen, während Dario höflich daneben sitzen blieb und versuchte, sich nicht anmerken zu lassen, wie sehr ihm das Wasser im Munde zusammenlief.

Saroyan kaute noch, als er sich von der Schüssel abwandte. Dann stieß er einen Laut aus, der eine gewisse Ähnlichkeit mit einem Seufzer hatte, und meinte großzügig: „Komm, iss dich satt! Du bist noch im Wachsen, da hat man immer Hunger. Außerdem musst du bis zum Abend fit sein."

Dario, der sich gerade darauf gefasst gemacht hatte, diesmal leer auszugehen, ließ sich das nicht zweimal sagen und fraß, so schnell er konnte, falls Saroyan es sich doch noch anders überlegte.

Aber Saroyan überlegte es sich nicht und Dario war voller Bewunderung für sein selbstloses Verhalten ihm gegenüber.

„Bevor ich dich heute Abend zu deiner Mutter schicke – vielleicht bringe ich dich auch bis zur Brücke –, werde ich dir noch erklären, welche Regeln man auf dieser Seite des Kanals befolgen muss." Saroyan hatte sich auf seine einwärts gebogenen Vorderpfoten niedergelassen und Dario putzte sich, nachdem er die Schüssel spiegelblank geleckt hatte.

„Ich nehme an, du hast noch nie etwas von der Kanalufergesellschaft gehört. Wie denn auch, wenn du nie zuvor außer Haus warst. Aber wenn du zu Donna willst, ist es gut, wenn du über die einfachsten Regeln und Gesetze Bescheid weißt."

„Gehörst du auch zu dieser Kanal- – wie heißt sie? – Kanalufergesellschaft?", fragte Dario.

„Ich gehöre zu ihren Begründern“, sagte Saroyan. „Mir ist die Sache mit dem Verteilungsschlüssel eingefallen.“

„Mit was für einem Verteilungsschlüssel?“ Dario hatte seine Vorliebe für unbekannte und kompliziert klingende Worte.

„Ich hatte damals auf meinem Weg von Holland zurück hierher viel gesehen und noch mehr erlebt, aber es lief immer wieder auf dasselbe hinaus: Dort, wo die Tiere gelernt hatten, sich zusammenzuschließen, um das Vorhandene gemeinsam und mit Verstand zu nutzen, gediehen die Gesellschaften. Doch dort, wo die einzelnen Arten sich gegenseitig bekämpften, herrschte Chaos und niemand hatte einen echten Vorteil. Aber um die vorhandene Nahrung sinnvoll verteilen zu können, ist es wichtig, dass man weiß, wer beteiligt werden soll, das heißt, dass jeder, der innerhalb der Gesellschaft leben möchte, registriert werden muss ...“

„Was meinst du mit registrieren?“, warf Dario zaghaft ein.

Saroyan wurde klar, dass er den armen Dario ein wenig überfordert hatte. „Also, damit meine ich, dass alle Mitglieder der Kanalufergesellschaft gemeldet sein müssen, damit man weiß, wie viele zu versorgen sind. Wer davon Fleischfresser ist und wer sich von Pflanzen ernährt oder sich selbst versorgt und so weiter."

„Du meinst, es müssen Berechnungen angestellt werden ..." Alles, was mit Rechnen zu tun hatte, interessierte Dario außerordentlich.

„Du sagst es." Saroyan zuckte anerkennend mit dem Schwanz.

„Man muss die Menge der Nahrungsmittel durch die Zahl der Tiere dividieren, um herauszufinden, wie viel auf jedes einzelne maximal kommen kann. Und dann muss man den wöchentlichen Durchschnitt an benötigter Nahrung für die einzelnen Arten dazu in ein Verhältnis setzen ..." Seine mathematische Fantasie war wieder einmal mit Dario durchgegangen.

Saroyan musterte ihn belustigt. „Ich werde Odo bei Gelegenheit sagen, dass du ein guter Rechnungsführer und Planungsmathematiker für uns wärst. Aber der Verteilungsschlüssel ist nur die eine Seite des Plans, nach dem unsere Gesellschaft funktioniert ..."

Dario, der noch immer über die eine Seite und ihre rechnerische Grundlage nachdachte, hörte immer weniger auf das, was Saroyan sagte. Als dieser plötzlich fragte: „Und was muss daher logischerweise das oberste Gesetz sein?", fing er zu stottern an und es war klar, dass er schon ein

Weilchen nicht mehr richtig bei der Sache gewesen war.

„Ein bisschen viel für den Anfang, stimmt's?“, meinte Saroyan schmunzelnd und schlug dann vor, erst einmal eine Mütze voll Schlaf zu nehmen. Dario war froh über die Ruhepause. Es war genau die Zeit, in der er auch sonst, nach dem Training mit Donna, zu schlafen pflegte. Und kaum hatte Saroyan zu reden aufgehört, fielen ihm auch schon die Augen zu. Er merkte gerade noch, wie Saroyan sich erhob und den Platz unter dem Büchertisch verließ.

Als Dario erwachte, wusste er im Augenblick gar nicht, wo er war. Erst als er die blank geleckte fremde Futterschüssel erblickte, fiel ihm alles wieder ein. Er gähnte ausführlich und streckte sich, dass er doppelt so lang wurde, als wenn er eingerollt da lag.

Es war so still im Laden, dass Dario es wagte, seine Nase zwischen den Spalt in dem Vorhang aus Plakaten zu stecken. Niemand schien im Laden zu sein. Wahrscheinlich handelte es sich um die von Saroyan erwähnte Mittagspause und so fasste er sich ein Herz und verließ sein Versteck unter dem Büchertisch. Es war kein sehr großer Laden und doch wurde Dario beinah schwindlig von den vielen verschiedenfarbigen Bucheinbänden, die von überall her auf ihn herabschauten. Auch Lew Leuwen besaß eine Anzahl von Büchern, aber verglichen damit war das gar nichts. Hinter dem Tisch mit der Kasse saß niemand. Der ganze Raum war in schummriges Licht gehüllt und ein Blick nach draußen bestätigte Dario, dass es schon wieder regnete.

12

„Und was jetzt?“, fragte Donna, nachdem sie auch noch den letzten Tropfen Kloakenschleim aus ihrem Fell geschüttelt und sich sauber geleckt hatte.

Sie waren ein ganzes Stück weiter nördlich wieder aus dem Kanalsystem gestiegen und der Schrecken der letzten Stunden saß ihnen noch tief in den Gliedern.

Webster, der gerade mit seinem Bauchfell beschäftigt war, ließ sich ein wenig Zeit mit der Antwort.

„Sag schon! Was sollen wir als Nächstes tun?“ Donna setzte sich neben Webster und leckte ihm die Stellen, an die er selbst nicht herankam.

„Die Ratten können wir für eine Weile vergessen“, meinte Webster sachlich, „bis wir in Erfahrung gebracht haben, wer ihre neuen Informationsbeschaffer sind. Und selbst dann fragt sich, wie rasch die Neuen sich eingearbeitet haben. So gut wie der arme Wenzel weiß natürlich keiner Bescheid. Ich fürchte, wir werden Geduld haben müssen.“

Geduld war ein Wort, das bei Donna ein nervöses Zucken der Schwanzspitze auslöste. „Verstehe“, sagte sie, aber da war nicht viel zu verstehen, außer dass sie noch immer nicht wusste, wo Dario steckte, und wieder eine Hoffnung, das herauszufinden, sich zerschlagen hatte.

„Hör zu, Donna." Webster versuchte so tröstend wie möglich zu klingen. „Wir gehen jetzt erst einmal ins Körbchen. Dein kleiner Dario ist im Augenblick bei irgendjemandem in Sicherheit, mach dir da keine Sorgen. Und sobald wir uns ausgeruht haben, machen wir uns selbst auf die Suche. Wir werden Odo und Flitzschwinge um Hilfe bitten, auch die Mäuse könnten sich einmal nützlich machen. Sie sind zwar im Allgemeinen nicht so erfolgreich wie die Ratten, aber klein und unscheinbar, wie sie sind, können sie in Löcher kriechen, in die wir höchstens schnuppern können."

Donna sah ein, dass es keinen Sinn hatte, sich weiter auf irgendwelche Aktionen zu versteifen. Auch war sie unendlich müde, jetzt, wo die unmittelbare Gefahr vorüber war, und ihre Pfoten schmerzten wieder. Die wunden Stellen waren in der Nässe wieder aufgegangen und es war höchste Zeit, dass sie den versäumten Schlaf nachholte. Sie stand auf und auch Webster machte sich auf die Beine.

Es war so kalt geworden, dass sie dachten, es gäbe Nachtfrost, und so beeilten sie sich, zu ihrer

Brücke und den Körben zu kommen. Sie benützten den asphaltierten Radweg, weil sie darauf am schnellsten vorankamen.

Donna und Webster waren in Gedanken noch immer bei den Hinrichtungen, deren Zeugen sie zufällig geworden waren.

Im Gegensatz zu den meisten anderen Tierarten, die Mitglieder der Kanalufergesellschaft waren, hielten die Ratten also noch an der Todesstrafe fest. Aber da sie das als innere Angelegenheit betrachteten, war bei den Zusammenkünften des Obersten Rates nie die Rede davon gewesen. Auch waren keine Beschwerden eingegangen. Wer hätte sich denn beschweren sollen? Wie sie bei der Urteilsvollstreckung gesehen hatten, applaudierten die Ratten, denn alle, die es nicht persönlich betraf, waren damit einverstanden. Und die, die es persönlich betraf, konnten nicht mehr Beschwerde einlegen, weil sie tot waren.

„Wenn man als Informationsbeschaffer bei den Ratten derart gefährdet ist, verstehe ich nicht, dass sich immer wieder jemand um dieses Amt bewirbt", sagte Donna, „ich jedenfalls würde mich nicht dafür melden." Aber Webster, der die Ratten besser kannte, meinte, dass sie sich geradewegs dazu drängten. Für sie bedeute die Gemeinschaft und deren Wohl einfach alles. Die Informationsbeschaffer gälten als etwas Besseres und daher würde man es nur als gerecht empfinden, wenn sie auch strenger zur Verantwortung gezogen würden. „Alles, was recht ist", bemerkte Donna und schüttelte sich, „ich würde dennoch in keinem Fall hingerichtet werden wollen, und schon gar nicht wegen einer Sache, die ich nicht begangen habe, sondern nur begehen könnte."

„Ich auch nicht", sagte Webster im Brustton der Überzeugung. Dann spitzte er die Ohren.

Je näher sie der Brücke, unter der die Körbe standen, kamen, desto deutlicher war ein Gekreisch und ein Lärmen zu vernehmen, das sich höchst besorgniserregend anhörte, da es nicht etwa fröhlich klang, sondern empört und verzweifelt.

So erschöpft Donna und Webster auch sein mochten, sie legten gewaltig zu und sprangen durch die Nacht dahin, mit glühenden Augen, sobald ein Lichtschein sie traf, mit gestreckten Körpern und wippenden Schwänzen.

Als sie endlich angekommen waren, schien die ganze Korbburg in heller Aufregung. Es dauerte eine Weile, bis in dem Tohuwabohu jemand in der Lage war, ihnen zu erklären, was vorgefallen war.

„So weit sind die von drüben in ihrer Frechheit noch nie gegangen“, rief Muzza und ihr Fell war noch immer gesträubt.

„Was ist denn passiert?“, fragte Webster, Böses ahnend.

„Sind sie am Ende wieder herübergekommen?“

Eine andere Kätzin machte beim Verweis auf das Vorgefallene einen Buckel und rief dann: „Nicht nur, dass sie die Vorratskörbe geplündert haben, diesmal haben sie auch Molly mitgenommen.“

„Die kesse, kleine Molly?“, fragte Webster und Donna erinnerte sich, dass das der Name der jungen Katze war, die ihr zuvor einen Floh anhängen wollte.

„Wenn ihr uns fragt, ist Molly freiwillig mitgegangen“, krähten ein paar Junge, die erst vor Kurzem entwöhnt worden waren.

„Es ist nicht wegen Molly, ihr kennt sie ja, sie befindet sich im ersten Liebesrausch!“ Muzza schnippte mit dem schütteren Schwanz. „Die kommt wieder, sobald sie Junge im Bauch hat. Es geht um die Art und Weise. Nicht nur, dass die ganze Gang einfach herübergekommen ist und eine grässliche Nachtmusik veranstaltet hat, so sind die Jungen nun einmal. Aber sie sind regelrecht eingestiegen und haben an sich gerafft, was sie an Vorräten finden konnten, und haben auch noch Rabatz gemacht. Einige der Unsrigen mussten ganz schön Haare lassen. Sie haben uns auch dermaßen unflätig verhöhnt, dass nicht einmal ich ihre Ausfälligkeiten wiederholen möchte."

„Und das will etwas heißen!" Webster konnte es sich nicht verkneifen. „Diese dummen Jungen!"

„Das war kein dummer Jungenstreich", behauptete die andere Kätzin, die übrigens Lissy hieß. „Es ging um die Kanalufergesellschaft. Sie nannten uns Schlappschwänze und Resteverwerter, die die Art verraten hätten. Von stolzen Jägern wären wir zu Schleim scheißenden Abfallsammlern geworden und so weiter und so fort. Deshalb würden sie uns unsere Jugend abspenstig machen, damit zumindest aus ihr noch richtige Katzen würden, die von Mäusen und Vögeln lebten, wie es sich nach der Weise der Altvorderen gehört."

„Aber unsere Vorräte schmecken ihnen erstaunlich gut", bemerkte Webster. Er sah sich um. „Fehlt außer Molly sonst noch jemand?"

Fast alle frei lebenden Katzen hatten sich auf dem kleinen Platz vor der Korbburg versammelt. Auch Muzza drehte den Kopf und zählte die Häupter ihres Klans.

„Bummi, Fredy und Joe sind ihnen nachgesetzt, um Molly zu befreien, aber sie werden keinen Erfolg haben. Auf der anderen Seite schon gar nicht, wo die anderen jeden Winkel kennen. Wir können nur hoffen, dass sie halbwegs gesund wiederkommen."

„Zu dumm, dass ich nicht da war", murmelte Webster, „ich hätte mir ihre Visagen gut eingeprägt und ..."

„Und gar nichts", fuhr Muzza ihm über den Mund. „Glaubst du, du hättest gegen diese jungen, ewig hungrigen und zu allem entschlossenen Kerle etwas ausrichten können? Die hätten sogar Odo, den Stinkenden, in die Flucht geschlagen. Es waren mindestens acht. Da hätte ich dich sehen wollen."

„Was weißt denn du von meinen geheimen Ermittlungen und welche Erfolge ich damit erziele", maulte Webster gekränkt.

„Deine Ermittlungen in Ehren, Webster, aber hier geht es um »Kampf von Katz zu Katz«." Muzza war noch immer ziemlich aufgebracht. „Glaub mir, ich weiß noch, wie es für die frei Lebenden vor der Gründung der Kanalufergesellschaft war. Was wir brauchen, ist besserer Schutz. Wir müssen wieder Wachen aufstellen, wie am Anfang, als wir uns hier niedergelassen haben. Und unsere Jungen müssen besser trainiert werden."

Donna nickte still. Auch ihr ging nichts über gutes Training und sie hatte bei Dario in dieser

Hinsicht keinerlei Ausreden gelten lassen, gerade weil er von Natur aus ein Faulpelz war. Sie hoffte, dass dieses Training ihm nun zugute kommen würde, in welcher Lage auch immer er sich befand. So wie es auch ihr zugute gekommen war. Sie betrachtete ihre geschwollenen Pfoten. Ohne ihr tägliches Training in Lews Wohnung hätte sie diesen Tag und diese Nacht wohl nicht so gut überstanden.

„Und du, Donna?“, fragte Muzza sie nun, nachdem ihre Erregung etwas abgeklungen war. „Was hast du in Erfahrung bringen können?“

Donna seufzte. „Nichts, als dass es Arten gibt, die ihre Verräter umbringen, noch bevor sie etwas verraten haben.“

Muzza rieb ihre Backe an Donnas Ohren. „Ein Unglück kommt selten allein“, flüsterte sie, „am besten, wir überschlafen alles.“

13

Dario war auf den Büchertisch gehüpft und hatte sich auf den Platz gesetzt, an dem er Saroyan hatte liegen sehen, als er sich am Morgen vor Zizibe versteckt hatte.

Draußen drückten sich zwei junge Menschen die Nase an der Scheibe platt und betrachteten ein Buch, das, gar nicht weit von Dario entfernt, aufgeschlagen dalag. Dann entdeckten sie Dario. Sie zeigten mit dem Finger auf ihn, lächelten und sprachen miteinander, was er an ihren Mundbewegungen sehen konnte.

Und plötzlich erblickte Dario in der Ferne wieder Zizibe, die, wenn ihn nicht alles täuschte, wieder auf das Schaufenster zuhielt, wahrscheinlich um Saroyan noch einmal zu bewundern. Aber bevor er sich weiter über ihre möglichen Gründe Gedanken machte, hüpfte er vom Tisch und lief dann ganz einfach davon, nämlich weiter in den Laden hinein, anstatt – wie am vernünftigsten gewesen wäre – wieder in seinem Versteck zu verschwinden.

Die Tür zum nächsten Raum war nur angelehnt und Dario drückte sie mit der Nase auf, um zu sehen, was sich dahinter befand.

Das größte Möbel außer den Bücherschränken an den Wänden war ein Schreibtisch, voll geräumt mit Ordnern und Papieren, mit einer grünen Lampe, die aber nicht eingeschaltet war. Auf dem Schreibtisch stand ein Tablett mit Geschirr, darunter ein leerer Joghurtbecher, dessen Deckel so fein säuberlich abgeleckt war, dass Dario sogleich an eine Katzenzunge denken musste.

Dario war auf den Schreibtisch gehüpft und trippelte mit sanften Pfoten über die Papiere hin und dann sah er etwas, das ihn vor Staunen wieder ein paar Schritte rückwärts machen ließ. Auf einem schwarzen Ledersessel, dessen Lehne man zurückklappen und dessen Fußstütze man hochziehen konnte, so dass das Ganze einem Sofa ziemlich ähnlich sah, lag ein Mann und schlief. Und auf seinem Bauch, auch noch seine Brust bedeckend, schlief Saroyan, den Kopf auf die linke Seite des Mannes gebettet, genau über seinem Herzen.

Dario setzte sich und starrte die Schlafenden verwundert an und mit einem Mal hatte er das Gefühl, dass diese beiden Wesen etwas verband, von dem er so gut wie gar nichts wusste. Ein Vertrauen, das übermächtig war und das diese beiden aneinander gedrückt schnarchen ließ, als könne ihnen nichts und niemand etwas anhaben.

Dario konnte sich an dem Anblick kaum satt sehen, obgleich er keinesfalls wollte, dass sie ihn hier auf dem Schreibtisch ertappten. Behutsam setzte er Pfote hinter Pfote im Rückwärtsgang und hüpfte, so leise es ging, vom Schreibtisch.

Leicht verwirrt schlich er zur Tür und schoss dann mit ein paar Sätzen in sein Versteck zurück. Er hatte noch immer das Bild der beiden Schlafenden vor sich und plötzlich fühlte er sich einsam und verlassen. Er dachte an Donna und an Lew und dass er so etwas mit Lew nie erlebt hatte. Bisher war immer Donna das Maß aller Dinge gewesen. Und Lew war derjenige, mit dem man ein wenig spielen konnte, dem der Badewannenstöpsel gehörte und der den Lachs brachte.

Plötzlich wurde Dario klar, dass es noch viel mehr auf dieser Welt gab, als er bisher kennengelernt hatte. Und bei aller Niedergeschlagenheit, die ihn befiel, wenn er seine Lage überdachte, war er doch neugierig auf alles, was noch kommen würde. Dario war dermaßen im Nachdenken versunken, dass er gar nicht bemerkt hatte, wann die Buchhandlung wieder geöffnet worden war. Mittlerweile konnte er durch den Spalt zwischen den Plakaten den Schatten von menschlichen Beinen erkennen, die sich bedächtig durch den Laden bewegten. Dann öffnete sich der Spalt,

Saroyan kam hereingestelzt und streckte sich des Langen und Breiten, ehe er sich wieder zu ihm setzte. Er begann sich eingehend der Fellpflege zu widmen und Dario fühlte sich verpflichtet, ihm dabei zu helfen, schon aus Dankbarkeit für die großzügige Gastfreundschaft.

„Wo waren wir stehen geblieben?“, fragte Saroyan, nachdem er noch einmal ausführlich gegähnt hatte.

Diesmal war Dario ausgeruhter als am Vormittag und sein Gedächtnis funktionierte ganz gut. „Du fragtest, was logischerweise das oberste Gesetz der Kanalufergesellschaft sein müsse.“

Saroyan nickte. „Und? Weißt du es inzwischen?“

Dario hatte auch darüber lange nachgedacht. „Wenn tatsächlich genug für alle da ist, muss keiner keinem etwas wegnehmen.“

„Du sagst es. Aber was folgt daraus?“

„Dass keiner mit keinem ums Überleben kämpfen muss.“

„Und weiter?“

„Dass keiner keinen fressen muss?“

„Du hast einen scharfen Verstand, Dario! Also: Schluss mit dem Morden!“

„Und du meinst, das könnte weltweit funktionieren?“, fragte Dario zaghaft.

„Was heißt weltweit? Die Welt geht mich nichts an. Ich rede von den Tieren am diesseitigen Kanalufer, wo auch ich lange gelebt habe. Irgendjemand muss schließlich den Anfang machen. Und wenn sich das Modell bewährt, wird es überall nachgeahmt werden."

„Halten sich denn alle daran?", fragte Dario. „Ich meine, kommt nicht immer wieder etwas vor, das die ganze Ordnung durcheinander bringt?"

Saroyan legte den Kopf zurück. „Gelegentlich höre ich davon. Aber im Großen und Ganzen hat der Oberste Rat alles unter Kontrolle. Es lebt sich ganz gut auf unserer Seite des Kanalufers."

Dario dachte eine Weile nach. „Warum bist du dann nicht dort geblieben?"

Saroyan wischte sich den Schnurrbart sauber. „Es war eine rein persönliche Entscheidung, mich in meinem Alter ins Privatleben zurückzuziehen, nachdem ich meine besten Jahre dem Aufbau der Gesellschaft gewidmet hatte. Und ich habe oft genug meine Kräfte für den Frieden dort eingesetzt. Da, fühl selbst!"

Dario konnte unter Saroyans noch immer glänzendem, halblangen Fell eine Reihe von Narben ertasten, die auf heftige Gefechte schließen ließen.

„Die Kanalufergesellschaft ist eines und meine privaten Vorlieben sind ein anderes. Ich hoffe, du verstehst.“

„Und es interessiert dich gar nicht mehr, ob und wie es mit dieser Gesellschaft weitergeht?“, fragte Dario enttäuscht.

„Und ob es mich interessiert. Was glaubst du, warum ich mich immer wieder mit Odo, dem Stinkenden, oder Flitzschwinge, ja selbst mit Notburga, der Ratte aus dem Kanal, treffe? Sie suchen meinen Rat, gerade weil ich außerhalb stehe. Manchmal hat man aus einer gewissen Entfernung einfach den besseren Blick. Glaub mir, ich weiß, wovon ich rede. Ich komme von weit her, wurde nach weit hin entführt und lebe mitten in der Stadt. Ich habe tatsächlich viel gesehen …“

In diesem Augenblick wurde die Tür der Buchhandlung energisch aufgerissen und Dario erspähte ein Paar Beine, das ihm irgendwie bekannt vorkam. Gleich darauf ertönte die Stimme von Zizibe, die sich mit einem ganzen Wortschwall an den Buchhändler wandte. „Verzeihen Sie vielmals, dass ich so bei Ihnen hereinplatze, aber ich werde eine Vermutung nicht los, nämlich dass mein wunderschöner, blaugrauer, kleiner Rassekater sich hierher geflüchtet haben könnte. Sie müssen wissen“, sie legte ihre Visitenkarte auf den Ladentisch, „bei mir ist heute Nacht eingebrochen worden und es fehlt nichts, außer ein paar böhmischen Gläsern und meinem kleinen Kartäuser …“

„Wie heißt er denn, Ihr kleiner Kartäuser?“, fragte der Buchhändler ruhig und hielt sich die Visitenkarte vors Gesicht.

Zizibe zuckte die Achseln. „Du meine Güte, er hat noch gar keinen Namen. Ich habe ihn ja auch erst gestern gefunden.“

„Gefunden?“ Der Buchhändler kratzte sich am Ohr. „Vielleicht ist er dorthin zurückgelaufen, woher er gekommen ist. Katzen haben das so an sich.“

„Er saß tief drinnen im Sperrmüll, auf dem Abladeplatz außerhalb der Stadt. Gewiss ist er nicht von ungefähr dort gelandet. Ich wollte dem armen, kleinen, zitternden Ding ein Zuhause geben und habe sogleich meinen Angestellten losgeschickt, um Streu und Dosenfutter zu kaufen. Übrigens, ich glaube, ich habe ihn meinen kleinen Schmusekater genannt.“

„Und was bringt Sie auf den Gedanken, Ihr kleiner Schmusekater könnte sich hierher geflüchtet haben?“ Der Buchhändler öffnete die Kasse und nahm für einen anderen Kunden Wechselgeld heraus.

„Wo Katzen sind, laufen Katzen zu! So heißt es doch, nicht wahr? Und als ich mir während der Mittagspause ein wenig die Beine vertreten habe – man muss schließlich etwas für seine Figur tun –, ging ich sozusagen um den Block und da kam ich wieder einmal an Ihrer wunderschönen Auslage vorbei, in der sonst immer Ihr großer Kater liegt. Diesmal war er nicht da, aber ich bildete mir ein, dass ein kleiner grauer Schatten vom Tisch gehüpft ist. Zuerst dachte ich, ich hätte mich getäuscht, aber dann ließ es mir keine Ruhe mehr und deshalb bin ich jetzt wiedergekommen."

„Bemerkt habe ich nichts", meinte der Buchhändler, „aber schauen wir einfach nach!"

Saroyan machte Dario ein Zeichen, er möge sich ducken, sprang in seine Plastikwanne und plusterte sich vordergründig auf, bis Dario ganz und gar hinter ihm verschwunden war. Gleich darauf wurde eines der Plakate gelüpft, der Buchhändler schaute herein und rief: „Schmusekater? Entschuldige, Saroyan, dass ich dich gerade dabei stören muss, aber hast du vielleicht einen gewissen Schmusekater gesehen?"

Über der Schulter des Buchhändlers tauchte Zizibes platinblonder Kopf auf und sie machte wieder jene schmatzenden Geräusche, die Dario so gut an ihr kannte.

Saroyan scharrte andeutungsweise mit der Vorderpfote in der Streu und machte sich heimlich noch größer.

„Ach, ist der Ihre schön", rief Zizibe mit schmeichlerischer Stimme. „Was ist das für eine Rasse? Er muss einen ganz ausgefallenen Stammbaum haben. Ich kann mich nicht erinnern, je einem so riesigen Katzenvieh begegnet zu sein."

„Ich habe seinen Stammbaum nie gesehen", sagte der Buchhändler, während er sich wieder aufrichtete, „falls er tatsächlich so etwas wie einen Stammbaum haben sollte, aber er sieht aus wie eine Vankatze."

„Vankatze?" Gerade dass Zizibe nicht fragte: „Welches Jahrhundert?", wie sie es von ihren Antiquitäten her gewohnt war.

„Vankatzen kommen vom Vansee, der in der heutigen Türkei liegt. Und was sie von allen anderen Katzen unterscheidet, ist, dass sie gerne schwimmen."

„Schwimmen?", rief Zizibe. „Vielleicht sollte ich mir auch so eine Vankatze zulegen und sie täglich im Springbrunnen ihre Runden drehen lassen." Sie platzte beinahe vor Lachen über diese Vorstellung.

„Wie Sie gesehen haben, hat sich Ihr Schmusekater nicht hierher geflüchtet", sagte der Buchhändler trocken. „Außerdem hätte ich es bemerken müssen, wenn er einfach hier hereinspaziert wäre."

„Nun ja", meinte Zizibe und musterte sämtliche Tische und Regale aufs Eingehendste. „Sollte mein kleiner Schmusekater doch noch bei Ihnen auftauchen, bitte ich um Ihren Anruf."

„Wird gemacht." Der Buchhändler widmete sich bereits einem anderen Kunden, der im Gegensatz zu Zizibe ein Buch kaufen wollte.

„Besten Dank", zwitscherte Zizibe und kam gefährlich nahe an den Plakaten vorbei, unterließ es dann aber, wohl aus Höflichkeit, noch einmal nachzuschauen.

Saroyan und Dario atmeten erleichtert auf, als sie Zizibe davonstöckeln hörten.

Und Saroyan konnte gar nicht so rasch aus dem Katzenklo heraus, wie Dario hineinmusste, so sehr hatte ihn der Besuch von Zizibe aufgeregt.

14

Wo mit der Suche anfangen? Der Morgen war mit Schlafen und halbherziger Geschäftigkeit vergangen. Webster hatte Odo benachrichtigt und Odo hatte versucht, Flitzschwinge zu erreichen. Aber nirgends gab es eine Spur von Dario und die Ratten hielten sich bedeckt. Die Wahl der neuen Informationsbeschaffer schien noch nicht abgeschlossen und niemand konnte sagen, wann es so weit sein würde.

Auch stand Donnas Suche nach Dario nicht mehr im Mittelpunkt des Interesses in der Korbburg. Seit Molly entführt worden war, hatte sich die Stimmung verändert und die frei lebenden Katzen beratschlagten über die verschiedensten Schutz- und Verteidigungsmaßnahmen. Es genügte offensichtlich nicht mehr, sich gegen Leinenhunde zu wehren und gegen Menschen, die sie zu Versuchszwecken verkaufen wollten, jetzt musste man sich auch wieder vor Tieren der eigenen Art vorsehen. Muzza schimpfte die ganze Zeit lautlos vor sich hin und die anderen Katzen schauten ziemlich triefäugig aus dem Pelz.

Nicht dass sich jemand ernsthaft um Molly Sorgen gemacht hätte. Aber man musste von nun an weitere Überfälle befürchten und die Vorräte sichern. Und die Vorstellung, die Gangs könnten ihre Drohung wahr machen und nicht nur ausgewachsene, sondern auch kleine Katzen entführen, um sie an ihre eigene vorsintflutliche Lebensweise zu gewöhnen, löste Nervosität und Unbehagen aus. Muzza behauptete immer wieder, man müsse dieses oder jenes tun, aber einen richtigen Plan hatte auch sie nicht, wie Webster spitz bemerkte.

Die drei jungen Kater, die die Gang in der Nacht zuvor verfolgt hatten, waren am Vormittag ziemlich zerzaust zurückgekommen. Es sah so aus, als hätte man sie das Fürchten gelehrt. Sie verzichteten sogar darauf, die Kämpfe, in die sie offensichtlich verwickelt gewesen waren, des Langen und Breiten zu schildern und mit ihren Taten zu prahlen. Sie leckten bloß ihre Schrammen und verschwanden fürs Erste in den Körben, um sich auszuschlafen.

„Ja, ja“, meinte Webster ironisch, „meine Fähigkeiten schmälern, die Gefahr unterschätzen und kein Konzept haben – so stelle ich mir die Verteidigung des diesseitigen Kanalufers und seiner Werte vor.“

Muzza war schon dabei, ihm wieder einmal über den Mund zu fahren, als sie sich eines Besseren besann. „Wo du recht hast, hast du recht, Webster", ihre Augen wurden größer und ihr Blick durchdringender, je tiefer sie in seinen Korb hineinstarrte, „und ich komme nur zu gerne auf deine Fähigkeiten zurück. Wie wär's mit einem kleinen Ermittlungsspaziergang auf der anderen Seite? Um herauszufinden, was die Kerle vorhaben, und vor allem, wann sie wieder losschlagen?"

Webster stützte das Kinn auf den Korbrand und meinte seelenruhig: „Du glaubst doch nicht im Ernst, Muzza, dass ich ans andere Ufer muss, um in dieser Angelegenheit zu ermitteln?" Er streckte sich, bis sein Kopf zitterte.

„Glaube ich schon", schnappte Muzza zurück. „Es sei denn, du wärst ein Hellseher."

„Lass mich überlegen." Webster kniff sein verunstaltetes Auge noch mehr zusammen. Dann streckte er eine Pfote aus dem Korb, als wolle er feststellen, ob es regnete. „Ich könnte mich erst einmal bei den Möwen umtun ..."

Muzza hatte inzwischen in einem anderen Korb nach dem Rechten gesehen, kam nun wieder zurück und drängte: „Was liegst du denn noch hier rum, Knickschwanz, wenn sie drüben bereits die Messer wetzen? Wahrscheinlich willst du mit deinem ganzen Getöne nur Dampf ablassen, nicht wahr?“

„Dampf?“, fragte Donna, die noch gedöst hatte. „Was für einen Dampf?“

„Vergiss es, meine Schöne. Muzza ätzt wie gewöhnlich.“ Aber Muzza war inzwischen von der obersten Zinne der Burg gehüpft, denn Odos Meyer kam gerade wieder einmal mit ein paar ausrangierten Körben. Niemand wusste, wo er sie herhatte, aus welchen Mülltonnen er sie zog oder von welchen Abfallhaufen er sie fischte. Es schien ein Tick von ihm zu sein. Er besserte die Körbe so weit aus, dass keine Ästchen mehr abstanden, an denen man sich verletzen konnte. Dann fügte er sie kunstvoll in die Burg, wobei er das Erdreich lockerte, sie andrückte, um sie dann an der Rückseite mit Lehm zu verschmieren, bis sie fest saßen. Schließlich verkeilte er sie ineinander, so dass sie sich gegenseitig stützten und auch nicht den Halt verloren, wenn eine Kätzin mit Jungen sich darin einrichtete.

Die Katzen, die Odos Meyer als ihren Wohltäter betrachteten, umstrichen nur zu gerne seine Beine und rieben ihre Backen an seiner Drillichhose, die alle Gerüche des Kanalufers verströmte. Gelegentlich holte Odos Meyer auch einen Leckerbissen aus den Taschen seiner drei übereinander gezogenen Mäntel, was Odo für eine Übertreibung hielt. Aber so war sein Meyer nun einmal. Und während er so vor sich hin arbeitete, sang er meistens noch. Sein Lieblingslied war eines über einen »Tramwayschienenritzenkratzer«, aber er sang an diesem Tag auch Lieder, in denen der Wein eine Rolle spielte, die Stadt und der Fluss, an dem sie gar nicht lag, sowie der Tod und der Himmel, der angeblich nach dem Tod kam. Und das alles klang dermaßen traurig, dass Odo einfach nicht anders konnte als mitzusingen. Die beiden Stimmen wiederum versetzten die Katzen in eine Art Starre, die sie an Ort und Stelle bannte.

Nur Webster schien sich der Wirkung dieser Gesänge entziehen zu können. „Das weicht einem ja das Gehirn auf“, murrte er. „So sentimental können wirklich nur Menschen und Hunde sein.“ Er putzte sich und machte sich zum Ausgehen fertig. Bevor er den Korb verließ, sah er noch einmal nach Donnas Pfoten, die zum Glück nicht mehr geschwollen waren. Dennoch schien es besser, wenn sie sich noch ein wenig schonte und erst am Abend wieder mit ihm loszog.

„Ich werde bei meinen Ermittlungen selbstverständlich auf alles achten, was mit Mollys Entführung und Darios Verschwinden zusammenhängen könnte. Sei also guten Mutes, meine Schöne. Am Abend weiß ich sicher schon, wo wir weitersuchen müssen", meinte Webster, ehe er sich in den verhangenen Nachmittag hinausbegab und zuerst auf einen der Brückenaufgänge zuhielt. Er plante einen Erfahrungsaustausch mit einer der vernünftigeren Möwen ohne gleich mit der Tür ins Haus fallen zu wollen. Ganz traute auch er diesen eleganten Banditen nicht.

Kurz darauf schaute Muzza zu Donna herein. „Du kannst jetzt umziehen, Donna, in einen der neuen Körbe. Da du alleinstehend bist, nimm dir einen der höher gelegenen. Die unteren sind für die Kätzinnen mit Nachwuchs reserviert! Du liegst am besten deinen neuen Korb zuerst ein wenig ein."

Sie setzten sich gemeinsam in Bewegung.

„Das Schlimmste ist diese Ungewissheit", seufzte Donna. „Keine Ahnung davon zu haben, wo man suchen soll, geschweige denn, was mit meinem armen kleinen Dario passiert ist."

„Wer sagt denn, dass etwas mit ihm passiert ist? Vielleicht hat er sich selbstständig gemacht und ist bereits auf dem Weg nach Hause. Oder er ist schon längst wieder daheim und du weißt es nur nicht. Ich meine, du musst dich langsam mit dem Gedanken vertraut machen, Donna, dass Kinder erwachsen werden, und das schneller, als man denkt."

Donna seufzte noch einmal. Natürlich hatte auch sie an diese Möglichkeit bereits gedacht, aber die war ihr als die unwahrscheinlichste von allen erschienen. Denn selbst wenn Dario den Weg nach Hause finden sollte, war sie überzeugt, dass er nicht unbeschadet ans Ziel gelangen würde.

„Er ist doch noch so klein", flüsterte Donna, „und weiß überhaupt nichts von der Welt."

Muzza schaute sie belustigt an. „Bei denen vom ersten Wurf macht man sich immer die meisten Sorgen. Glaub mir, ich weiß, wovon ich rede. Und jetzt komm!"

Bevor sie sich vor den neuen Körben trennten, bat Muzza Donna noch, heute Nacht Mollys Platz im Beschaffungstrupp zu übernehmen. „Wir müssen gut versorgt sein, wenn wir gewappnet sein wollen", meinte sie. „Wer weiß, was noch alles auf uns zukommt."

„In Ordnung", sagte Donna, „ich bin gerne bereit euch zu helfen, wo immer ich kann, wenn ich dabei nur Gelegenheit habe, meinen armen kleine Dario zu suchen."

Der neue Korb war noch ein wenig spröde und Donna wechselte immer wieder die Seite, um ihn geschmeidiger zu machen. Sie kaute ein wenig an den besonders sperrigen Weidenruten herum, aber diese Tätigkeit erschöpfte sie zusehends und sie schlief, auf dem Bauch liegend, tief und fest und erwachte erst wieder, als jemand ganz nahe an ihrem Ohr etwas maunzte.

„Genug gemützt!“ Sie dachte schon, es sei Lew, da das zu seinen Lieblingssprüchen gehörte, und für einen Augenblick hatte sie die Hoffnung, alles sei so wie früher. Sie hätten ihr Abenteuer, das mit Darios Fenstersturz so unglückselig begonnen hatte, gut zu Ende gebracht und wären wieder in Lew Leuwens Obhut gelandet.

„Deinen Schönheitsschlaf in Ehren, Donna, aber es ist Zeit, dass du dich an die Arbeit machst.“ Es war Lissy, die sie mit der Pfote am Ohr gestupst hatte und sie nun aufforderte, ihr zu folgen.

Der Beschaffungstrupp war gerade dabei, aufzubrechen. Etwa sieben Katzen trugen je ein zusammengefaltetes Plastiksackerl im Maul und hielten sich eng aneinander. Webster war offenbar noch nicht zurückgekommen. Lissy nannte die Namen der Lokale und in welcher Reihenfolge sie sie abklappern sollten. Nicht nur Donna, auch zwei ganz junge Katzen waren zum ersten Mal dabei.

„Und nehmt wirklich nur unseren Katzenanteil mit“, sagte Lissy. „Wie ihr wisst, müssen die Krähen, Ratten, Mäuse und ein paar freilebende Hunde ebenfalls satt werden.“

„Also dann, denkt an die Zurückgebliebenen, vor allem an die säugenden Kätzinnen und ihre Jungen", rief Muzza ihnen noch nach.

Als Erstes kamen sie zum einem Café, das bereits geschlossen hatte. Sie stürmten den Hinterhof und machten sich über die bereitgestellten Eimer her. Der Besitzer hatte offensichtlich längst begriffen, was mit all den Wurstenden, Schinkenstreifen, Tatar-Krümeln und Milchresten geschah, und machte ihnen das Einsacken leicht, beziehungsweise das Fressen – denn erst einmal füllten sich die Mitglieder des Beschaffungstrupps selber den Bauch. Hungrige Katzen speicheln nämlich zu stark, als dass sie ihr Maul als Werkzeug verwenden könnten.

Als sie dann alle einigermaßen satt waren, begannen sie damit, die Essensreste einzustecken. Jeweils drei Katzen hielten den Rand des Sackerls so, dass die vierte die Bröckchen einwerfen konnte. Schließlich wurde die Tüte am oberen Rand zusammengefasst und je nach Gewicht von einer oder zwei Katzen gezogen.

Donna war so baff, dass sie ein Weilchen vergaß, den Mund wieder zuzumachen. Und als dann die Reihe an sie kam, die Tüte aufzuhalten, und erst recht beim Ziehen, stellte sie sich noch ein wenig ungeschickt an. Aber intelligent, wie sie war, lernte sie es schnell.

Nicht überall war die Arbeit so einfach. Bei einigen Lokalen waren akrobatische Tricks vonnöten, um die Mülleimer zu öffnen oder sich durch geschlossene Tore in einen Hinterhof zu zwängen. Manchmal begegneten sie dabei auch anderen Trupps, Dohlen vor allem, aber auch Hunden. Da lernte Donna die Funktion der Kontrolleure kennen, die genau darauf achteten, dass jeder Trupp nur einsackte, was ihm zustand.

Als alle Säcke halbwegs gefüllt waren, kam der anstrengendste und unkätzischste Teil der Beschaffungsarbeit, nämlich das Ziehen. Stöhnend und fluchend zerrten sie die gefüllten Säcke hinter sich her. Dabei mussten sie auch noch höllisch aufpassen, dass kein Mensch sie beobachtete. Das könnte, wie Muzza immer wieder betonte, schwerwiegende Folgen für die Katzenhaltung im Allgemeinen haben. Man denke nur an die schamlose Nutzung der Arbeitskraft von anderen Haustieren durch den Menschen. Und das dürfte auf keinen Fall riskiert werden.

„Wenn also“, schärfte Lissy Donna und den jungen Katzen ein, „ein Mensch euch in die Quere kommt, tut so, als hättet ihr nur damit herumgespielt, und lasst das Sackerl liegen, wie leid es euch auch tun mag, verstanden?“

15

Saroyan hatte Dario nach Einbruch der Dunkelheit durch die Stadt geführt, bis kurz vor die Brücke, unter der die frei lebenden Katzen ihre Korbburg hatten. Dario fragte sich, warum Saroyan, der noch immer dem Obersten Rat der Kanalufergesellschaft angehörte, nicht weiter mitkommen wollte. Aber der machte nur vage Andeutungen, nämlich, dass er dort eine gewisse Kätzin wieder sehen würde, die einmal in seinem Leben eine bedeutende Rolle gespielt hatte, und das wolle er sich im Augenblick nicht antun. Man sei nicht jederzeit in der Lage, sich seiner Vergangenheit zu stellen.

„Du gehst die Böschung hinunter“, sagte Saroyan, „bis du zu einem kunstvollen Gebilde aus Weidenkörben kommst. Dort meldest du dich. Alles Weitere ergibt sich von selbst. Mach’s gut, Kleiner. War schön, dich kennen gelernt zu haben!“ Und Saroyan wandte sich wieder stadteinwärts.

Dario betrachtete den Kanal, der vor seinen Augen dunkel und geheimnisvoll dahinzog. Die Straßenlaternen waren bereits angegangen und weiter flussabwärts tutete ein Nebelhorn. Ihm gefiel die Stadt, ihre Konturen waren von all den Lampen wie mit Lichterketten beleuchtet. Besonders die Brücken hatten es ihm angetan. Er setzte sich, um das Schauspiel in Ruhe genießen zu können. Der von einem Ufer zum anderen flutende Verkehr, die vielen Stockwerke der hell erleuchteten Häuser, die Scheinwerfer der Flugzeuge, die langsam zum Flughafen hin einschaukelten, der Geruch nach Benzin und Abwasser, all das verband sich zu einer Mischung, die Darios Aufmerksamkeit aufs Höchste erregte.

Und er begann zu zählen. Er errechnete, wie viele Häuser im Durchschnitt zwischen zwei Brücken standen, wie viele Stockwerke sie hatten und wie viele Fenster es pro Stockwerk gab. Daraus leitete er die annähernde Anzahl der Wohnungen ab und wie viele Quadratmeter Wohnfläche auf einen Menschen, ob mit oder ohne Katzen, kamen.

Von nun an würde es ein Leichtes sein, die Entfernungen in diesem Gebiet einzuschätzen und seine Schritte so zu setzen, dass er auch im Falle von größerer Eile wissen würde, wohin er sprang.

Die Brücke lag vor ihm, genauso wie die Böschung, die er nur hinunterzulaufen brauchte, um Donna wiederzusehen. Aber erst wollte er die abendliche Stadt noch ein wenig auf sich wirken lassen. Wer weiß, wann er wieder die Ruhe und die Gelegenheit dazu haben würde.

Auf dem Radweg längs der Kanaluferstraße wurde ein Mensch von einem grimmig dreinschauenden, keuchenden Hund in Richtung Brücke gezogen und Dario schüttelte angewidert den Kopf. Wie hässlich man wird, wenn man sich so plagt, dachte er, und es ekelte ihn vor den Schaumflocken, die der Hund von Zeit zu Zeit aus seinem Maul schüttelte.

Der Hund hatte ihn ebenfalls gesichtet. „Was glotzt du denn so blöd?“, keifte er. „Wart nur, wenn ich erst von der Leine komme.“

Dario nahm das nicht weiter ernst. In der Straße, auf die er von Lews Fenster aus blicken konnte, wurde nie ein Hund von der Leine gelassen. Einmal angeleint, für immer angeleint, dachte Dario. Aber das war wohl ein Trugschluss.

In dem Augenblick, in dem der Hund die Brücke erreicht hatte, beugte sich sein Herr mit begütigenden Worten zu ihm hinunter und öffnete den Karabiner.

Dario traute seinen Augen nicht. Und bevor er sich noch für eine der von Donna gelernten Strategien entscheiden konnte, sauste der Hund mit gefletschten Zähnen geradewegs auf ihn zu, schlug dann einen Haken, um nicht unmittelbar in Darios Krallen zu rennen. Diesen Augenblick nützte Dario, um sich ebenfalls in Bewegung zu setzen, mit einem Wort, er lief davon. Und erst als er schon eine Weile so schnell gelaufen war, wie er nur laufen konnte, bemerkte er, dass er über die Brücke lief.

„Ich kriege dich, ich kriege dich", kläffte der Hund, dessen Herr vergeblich versuchte, ihn zurückzupfeifen. „Rex!", ertönte es immer wieder und immer heftiger. „Rex, komm her! Rex, du kommst sofort zurück! Rex, bei Fuß!"

Rex heißt das Biest also, dachte Dario. Wie einfallslos!

Auch im Fernsehen hieß diese Art von Hunden immer Rex.

Dario spürte, wie Rex näher kam. Sein keuchender Atem kitzelte ihm schon den Schwanz. Sie hatten mehr als die Hälfte der Brücke in diesem Schweinsgalopp zurückgelegt und Dario fürchtete zu Recht, dass Rex ihn demnächst erwischen würde. So schnell er auch rannte, es half nichts. Die Beine von diesem Rex waren einfach zu lang.

„Ich mache Katzengulasch aus dir, jawohl, Katzengulasch!" Und wie Rex das herauswürgte, zweifelte Dario nicht im Geringsten daran, dass er es auch tun würde, sobald er ihn beim Schwanz hatte. Also strengte er sich noch mehr an, er lief so schnell, dass er förmlich ans Ende der Brücke zu fliegen schien. Seine Ohren lagen ganz eng am Kopf und seine Beine streckten sich, als gehe es darum, vom Dach eines Hauses auf das des nächsten zu springen.

Dann hörte Dario, wie das mächtige Gebiss von Rex zuschnappte, und er spürte einen kleinen Riss, der durch seinen ganzen Körper ging. Offensichtlich hatte Rex zugebissen und nur die Haare von Darios Schwanzspitze zu fassen gekriegt. Und das schien ihn noch mehr zu ärgern, da der Schnapper ihn eine Schnauzenlänge zurückgeworfen hatte – die er aber im nächsten Moment schon wieder aufholte.

Wenn Donna bloß wüsste, in welcher Situation er sich hier, gar nicht weit von ihr, befand. Ihr würde schon etwas einfallen, um Rex ein wenig abzulenken, um ihm, Dario, den nötigen Vorsprung zu verschaffen.

Zu zweit würden sie diesen Rex aufs Eleganteste abschütteln. Eine Sekunde lang dachte Dario daran, zu schreien, aber Donna würde ihn nicht hören. Erst recht nicht jetzt, wo sie schon beinahe am anderen Ufer angekommen waren.

In diesem Augenblick ertönte mehrstimmiges, heftiges Kampfgefauche, und ehe Dario begriff, was geschehen war, konnte er Rex vor Schmerz aufheulen hören. Dario lief noch ein Stück, um sicherzugehen, dass er tatsächlich entkommen war. Als er dann stehen blieb und sich umdrehte, konnte er kaum glauben, was er sah. Rex lief jaulend und mit eingezogenem Schwanz zu seinem Herrn zurück, der auch noch laut mit ihm schimpfte. Er konnte einem beinah leid tun, ja, ja, beinah.

Nicht weit von Dario schienen sich zwei junge Kater vor Vergnügen zu kugeln.

„Der wird sich hüten noch einmal so hier angeschossen zu kommen", meinte der eine und stelzte auf Dario zu, um ihn zu beschnuppern.

„Danke", sagte Dario. „Wenn ihr nicht gewesen wärt, hätte er Katzengulasch aus mir gemacht." Die zwei kugelten sich wieder.

„Das hätte er wohl gerne, dieser Köter. Aber das gestatten wir nicht. Niemand macht aus irgendjemandem Katzengulasch, solange wir hier etwas zu sagen haben. Schon gar nicht so ein müdes Schlappohr."

„Und wir haben hier etwas zu sagen", erklärte der andere junge Kater und kam ebenfalls auf Dario zu.

„Es war ganz schön knapp, das könnt ihr mir glauben. Ein paar von meinen Schwanzhaaren hat er sich schon einverleibt."

„Allein ist man in einem solchen Fall übel dran", sagte der eine Kater, der sich als Maunzer vorstellte. Und der andere, der Raunzer hieß, fügte hinzu: „Darum gehören wir auch zur Säbelzahn-Gang. Wenn du keine Freunde hast, überlebst du hier nicht. Kommst du mit?" Sie hatten ihn ausführlich berochen und offenbar für vertrauenswürdig oder zumindest für harmlos befunden.

Dario überlegte einen Augenblick. Er war Donna näher als je in den letzten zwei Tagen. Nur diese Brücke trennte ihn von ihr, aber er brachte es nicht fertig, zu sagen, dass er eigentlich zu seiner Mutter wollte. Ihm war klar, dass Maunzer und Raunzer sich über ihn lustig gemacht hätten. Die beiden schienen kaum älter zu sein als er und doch hatten sie offenbar wesentlich mehr Erfahrung in den Dingen des Lebens.

„Komm schon", sagte Maunzer, „wir gehen einen heben auf den Schreck. Der Schock ist dir noch anzusehen. Sag bloß, du bist neu hier draußen?!"

„Gewissermaßen", antwortete Dario, „obwohl ich schon gestern aus dem fünften Stock gesprungen bin, entführt und dann auch noch gestohlen wurde."

„Klingt ganz schön cool für eine Samtpfote wie dich. Hast du noch mehr solcher Geschichten auf Lager?", fragte Raunzer.

Und Maunzer meinte: „Ich weiß einen Ort, wo du damit sogar ein bisschen Eindruck schinden kannst. Sind auch eine paar nette Pussen da – und die Drinks haben es in sich.“

Dario erhob sich zögernd. Er musste sich auf der Stelle entscheiden. Donna machte sich gewiss Sorgen um ihn. Aber wie würde das aussehen, wenn er plötzlich kniff und heim zu Mama rannte, wenn das Leben sich endlich von der richtigen Seite zeigte. Und ohne es zu merken, lief er bereits neben Maunzer und Raunzer her.

16

„Nachtschatten?“, fragte Webster. „Und ob ich das Lokal kenne. Es spielt nur leider bei der Beschaffung keine Rolle, da die Reste scheint’s anderswohin verschwinden.“

Donna schwieg und dachte mit Wehmut an all den Lachs und Kaviar, den Lew Leuwen für sie und Dario nach Hause gebracht hatte.

Und nun begriff auch Webster. Schmunzelnd leckte er über Donnas Backe, aber die roch mittlerweile wie die der anderen frei lebenden Katzen. Der Hauch von Luxus war längst verflogen.

„Nur gelegentlich landet etwas in dem Abfalleimer beim Kücheneingang. Echte Feinschmecker kriegen rechtzeitig Wind davon und genehmigen sich dort ein kleines Extrafrühstück“, erinnerte sich Webster.

„Was Muzza gesagt hat, geht mir nicht aus dem Kopf“, sinnierte Donna. „Vielleicht hat Dario tatsächlich den Heimweg geschafft und ich hänge vergebens hier herum, während Lew und Dario keine Ahnung haben, wo ich hingeraten bin.“

„Genießt du denn die Freiheit kein bisschen, meine Schöne?" Webster leckte ihr den Hinterkopf und Donna antwortete mit einem kleinen Seufzer.

„Darüber habe ich noch gar nicht nachgedacht. Natürlich freut es mich, wenn ich mich nachts frei bewegen kann. Aber solange ich meinen armen kleinen Dario nicht gefunden habe, ist es nur das halbe Vergnügen. Lew fehlt mir ebenfalls."

„Worauf warten wir dann noch?" Webster erhob sich, und Donna, der das Maul noch vom Ziehen der Säcke wehtat, schüttelte ihr Fell und folgte ihm.

Webster hatte noch nichts über seine Ermittlungen vom Nachmittag gesagt. Sie waren entweder so geheim oder so erfolglos gewesen, dass er es vorzog, sie unerwähnt zu lassen. Und Donna war taktvoll genug, nicht weiter nachzufragen.

Wieder einmal sprangen die beiden die Böschung empor und stahlen sich, jede Deckung nutzend, in die Innenstadt. Es war schon einiges nach Mitternacht und die Gefahr, von Fußgängern entdeckt zu werden, hatte abgenommen. Erstens waren nicht mehr allzu viele Menschen unterwegs und zweitens befanden sich die, die noch unterwegs waren, in einem merkwürdigen Zustand, der sie mehr nach innen als auf die Gehsteigränder schauen ließ.

Als sie vor Lew Leuwens »Nachschatten« standen, bemerkte Donna, dass sie während der Beschaffungstour schon einmal ganz nahe daran vorbeigekommen war, ohne dass sie es wahrgenommen hatte. Sie setzten sich hinter die Buchsbaumbüsche, die in großen Tontöpfen links und rechts vom Eingang steckten, und warteten auf den geeigneten Augenblick. Aber die meisten Gäste, in der Mehrzahl Männer ohne Begleitung, ließen die Tür dermaßen schnell und heftig hinter sich zufallen, dass Donna und Webster befürchten mussten, sie könnten ihre Schwänze beim Hereinhuschen nicht rasch genug nachziehen. Also fassten sie sich in Geduld.

Plötzlich öffnete sich die Tür sperrangelweit und Lew Leuwen höchstpersönlich erschien in ihr, um ein paar Mal tief durchzuatmen. Da gab es für Donna kein Halten mehr. Sie sprang hinter dem Tontopf hervor auf Lew zu und rieb sich an seinen Beinen.

„Puma-Pussy?", fragte Lew ungläubig. Donna hätte gerne genickt, aber es wurde nur ein Schnurren daraus.

Hinter Lew Leuwen tauchte Hedi, die Servierhilfe, auf. Sie hatte gerade den Gürtel mit der Zahltasche abgenommen und schöpfte ebenfalls frische Luft.

„Ich möchte wetten, dass das die eine von meinen beiden verschwundenen Katzen ist", sagte Lew und begann Donna zu streicheln. „Ich kann mir nur nicht vorstellen, wie sie hierhergekommen ist. Ausgerechnet hierher! Ich könnte es noch verstehen, wenn sie plötzlich vor meiner Haustür sitzen würde. Aber hier? Was für ein Zufall!"

„Es gibt so viele schwarze Katzen", sagte Hedi, „und gewiss hätten alle gerne ein Stückchen Lachs."

„Bist du wirklich mein Kaffeetörtchen, mein kleines Schreckgespenst?"

Ja, ja, ja, dachte Donna, wie sehr muss ich dich denn noch beschmusen, damit du mir endlich glaubst? Und sie reckte den Kopf, damit Lew die drei weißen Haare auf ihrer Brust sehen konnte, die sie von den meisten anderen Katzen unterschied.

Lew hob sie hoch. „Auch die drei Haare stimmen", sagte er, obwohl Hedi schon wieder im Inneren des Lokals verschwunden war. „Aber meine Katze war immer viel spröder."

Blödmann, dachte Donna. Jetzt ist keine Zeit für Fragespielchen. Begreifst du es immer noch nicht: Ich bin ich! Lew drückte sie fest an sich und kraulte sie hinter den Ohren. „Aber wenn du Donna bist, wo ist Dario?"

Donna starrte ihm in die Augen. Genau das will ich von dir wissen. Und sie legte so viel Nachdruck in ihren Blick wie nur möglich.

„Dario?", wiederholte Lew. „Wo ist Dario?"

Lews Augen wurden feucht. „Jetzt weiß ich, dass du es bist. Wo immer Dario hingeraten sein mag, Donna ist zu mir zurückgekommen!" Und er drückte sie noch fester, so dass sie nach alter Gewohnheit mit allen vieren zu rattern begann. Lew ließ sie los und fing an zu lachen.

„Kein Zweifel! Die gute alte Donna, meine Puma-Pussy, ist wieder da. Und wenn mich nicht alles täuscht, steht dir der Sinn nach einem kleinen Imbiss!"

Das war Websters Stichwort. Mit erhobenem Knickschwanz, als steche er mit einem Spazierstock in die Luft, kam er würdevoll, wenn auch mit einer gewissen Vorsicht, näher.

Donna wandte sich nach ihm um und wartete, bis er auf derselben Höhe war wie sie. Dann leckte sie ihm andeutungsweise das Ohr, damit Lew erkennen konnte, dass er zu ihr gehörte.

Lew fielen beinah die Augen heraus. „Ja, wen haben wir denn da?! Sag bloß, Donna du hast dir diesen Piraten-Typ da angelacht?"

Pirat hin, Pirat her, dachte Donna, im Grunde ist das meine Sache.

„Ich verstehe“, scherzte Lew weiter, „die Natur geht vor. Wer weiß, vielleicht hat dieser Kater ganz andere Qualitäten …“ Webster streckte sich und musterte Lew mit seinem »Alles-durchschaut«-Blick. „… das Aussehen kann es ja wohl nicht gewesen sein.“

Bei aller Liebe, aber du hast es nötig, dachte Donna. Du bist zwar mein liebster Mensch, aber ein Bild von einem Mann bist du auch nicht gerade – soweit ich das beurteilen kann.

„Ihr seid bestimmt beide hungrig“, sagte Lew und streichelte Donna noch einmal den Rücken. „Hedi“, rief er der Servierhilfe zu, „bring alles, was übrig geblieben ist. Die Rückkehr von Donna muss gefeiert werden.“

Freu dich nur nicht zu früh, dachte Donna. Nachdem Dario nicht bei dir aufgekreuzt ist, muss ich Schlimmes befürchten. Und ich muss natürlich weitersuchen.

Hedi kam mit einer großen Schüssel, die gut gefüllt war, und stellte sie vor Donna und Webster hin.

„Und so habt ihr beide, du und Dario, tagein, tagaus gelebt?“, fragte Webster andächtig. „Nicht zu fassen, was für Glückspilze manche Katzen sind.“

„Rede nicht lange, friss!“, sagte Donna, eine Spur schnippischer, als sie eigentlich wollte. Dann machten sie sich beide über die zarten Stückchen her. Es geht eben nichts über Lachs, dachte Donna und Lew Leuwen holte sich einen Stuhl und schaute gerührt zu, wie ein Happen nach dem anderen verschwand.

„Du kommst jetzt mit mir nach Hause, Donna", erklärte Lew, „und wenn unser Glück anhält, sitzt Dario dort vor der Tür."

„Das ist immerhin eine Möglichkeit", ließ Donna Webster wissen, „die ich überprüfen muss. Ich fahre mit ihm, und wenn Dario den Weg nach Hause nicht gefunden hat, mache ich mich wieder aus dem Staub. Mittlerweile kenne ich mich gut genug aus in der Gegend."

„Bist du sicher?", fragte Webster und leckte sich ausführlich das Maul. „Oder soll ich dir entgegengehen? Zumindest am Kanalufer."

„Wenn du nichts Besseres zu tun hast." Donna sagte das ziemlich beiläufig.

Webster grinste. „Nach dieser Einladung hier schulde ich dir einen Gefallen."

„Übertreib bloß nicht." Donna wandte sich wieder an Lew und strich ihm um die Beine. Er nahm sie hoch. „Verabschiede dich von deinem Freund. Wir sperren jetzt den Laden zu und fahren nach Hause."

17

„Komm schon, Kleiner", Maunzer und Raunzer hatten Dario in die Mitte genommen, „hier geht's lang!" Sie wischten über die nächtliche, vom Nieselregen glatte Straße zum Eingang eines Lokals, das Maunzer schlichtweg als das *Katerloch* bezeichnete.

„Duck dich!", rief Raunzer und schon verschwand er unter einer Hartgummiklappe, einer so genannten Katzentür.

„Das ist Baracks Pforte", erklärte Maunzer, „und das dort drüben ist Barack!"

Barack saß in einer Ecke, langhaarig und aprikosenfarben, mit halb geschlossenen Augen. „Lumpazi, Schnurz und Haderlump sind unter Tisch fünf", sagte er, „und von den Pussen sind auch ein paar da!" Erst jetzt öffnete Barack die Augen ganz und erblickte Dario. „Wo habt ihr denn den her?"

„Ein Fundstück, Barack, ein Fundstück. Aber wir bürgen für ihn ... vorläufig!"

„Dann seht zu, dass er unbemerkt bleibt. Maritschek war heute schon hier und hat etwas von einer grauen Samtpfote erzählt, die ihm angeblich entwischt ist."

Darios Herz machte bei dem Wort Maritschek einen Satz und er duckte sich so hinter Raunzer, dass er tatsächlich kaum mehr auszumachen war.

Der Raum war nur spärlich beleuchtet, aber Dario sah von seinem Platz unter dem Tisch aus ohnehin nur Beine. Lauter Männerbeine in matschverkrusteten Schuhen und nass gespritzten Hosen. Selbst wenn er freie Sicht gehabt hätte, wären die Gestalten in dem dichten Zigarettenqualm nur Umrisse geblieben.

„Macht schon", sagte Barack, der sorgfältig die Lage überblickt hatte, „der Weg ist jetzt frei, es schaut gerade keiner!"

Sie robbten unter Tisch fünf, wo sich schon eine ganze Gesellschaft versammelt hatte. Tisch fünf war menschenleer, es saß keiner mehr daran, obwohl die Bierpfützen am Boden noch ziemlich frisch waren.

Maunzer stellte Dario vor und erzählte, wie und wo sie ihn gefunden hatten.

„Ist der hübsch!", sagte eine der Pussen und beschnupperte Dario ausführlich.

„Einfach süß!", meinte eine zweite und schnupperte ebenfalls. „Zum Fressen süß!", erklärte eine dritte und leckte ihm die Nase.

„Beherrscht euch!", murrte der, den sie Haderlump nannten, ein kohlrabenschwarzer Kater ohne ein einziges weißes Haar. „Wir sind schließlich auch noch da!“

„Lasst uns erst mal einen Schluck trinken!“ Lumpazi, offensichtlich der Anführer, ein ziemlich großer schwarzweißer Kater, deutete auf eine der Bierpfützen. „Und dann soll uns der Kleine ...“

„Dario!“, sagte Dario bescheiden, aber unüberhörbar.

„... dann soll uns Dario erzählen, wie es ihn hierher verschlagen hat.“

Die drei Pussen waren mit Darios Fellpflege beschäftigt. „Trink nur“, sagte die eine, „und du wirst dich entspannen.“

Misstrauisch roch er an der merkwürdigen Flüssigkeit, an der ihn nur reizte, dass er sie noch nie gekostet hatte. Raunzer gab ihm einen Stups, dass er mit der Nase hineinfiel und sie zumindest ablecken musste. „Sei nicht so zimperlich! Was ein rechter Kater ist ...“

„Werden will“, fügte Maunzer gönnerhaft hinzu, „übt sich beizeiten in des Katers Gewohnheiten.“

Nicht dass ihm dieses Getränk sonderlich gut geschmeckt hätte – aber um sich vor den anderen keine Blöße zu geben, tauchte er seine Zunge ein und schlabberte einen Teil der Pfütze auf, bis Haderlump „Halt!“ schrie. „Fürs erste Mal reicht's. Sonst kotzt er uns hier noch alles voll.“

Dario spürte, wie ihm innerlich warm wurde, und es fing an, ihm unendlich wohl zu tun, wie die Pussen sich um ihn kümmerten. Er fühlte sich mit einem Mal größer und mutiger als die letzten Tage, in denen Furcht und Schrecken überwogen hatten. Er war sicher, dass alles, was auch noch kommen mochte, ein gutes Ende nehmen würde. Er begann nun ebenfalls mit der Fellpflege und leckte, was ihm gerade am nächsten war, eine Schulter, eine Pfote, eine Nasenspitze.

„Genug pussiert!", rief Schnurz, ein mageres, getigertes Zotteltier von einem Kater. „Du schuldest uns noch deine Einstandsgeschichte, Dario. Und sieh zu, dass sie unterhaltsam ist."

Dario fühlte plötzlich das Feuer der Rede in sich aufsteigen. Schon wollte er mit seiner Begeisterung für Badewannenstöpsel anfangen, als ihm blitzartig einfiel, was Flitzschwinge damals dazu gesagt hatte: »Kätzchen-Schnickschnack«. Damit konnte er dieser Gesellschaft hier nicht kommen, so viel war ihm klar, auch wenn einiges vor seinen Augen zu verschwimmen drohte.

„Sag schon, Kleiner", Maunzer stieß ihn in die Seite, „wie war das mit dem fünften Stock?"

„Ach das meinst du?" Dario tat, als habe er sich eben erst wieder daran erinnert. „Na ja, ich saß auf dem Fensterbrett unserer Wohnung ..."

„Wohnung?", rief Haderlump entgeistert. „Du kommst tatsächlich aus einer Wohnung? Wer von uns kann sich noch an eine Wohnung erinnern?"

„Hauptsache, er kommt nicht von der anderen Seite und ist keiner von Muzzas Schleppenträgern", brummte Lumpazi.

„Muzza?", fragte Dario.

„Vergiss es! Niemand, den du kennen müsstest. Und jetzt erzähl!"

„Unser Mensch, Lew Leuwen, hatte das Fenster offen gelassen und ich saß da und schaute den Tauben zu. Wie sie so auf und ab flatterten, hin und her, unter den Giebeln des nächsten Daches und über ihn hinaus, wie sie sich gurrend auf dem Sims niederließen und einander verfolgten, wieder aufflogen und abwärts glitten. Meine Zähne begannen zu schnattern und es fiel mir immer schwerer, mich zu beherrschen. Da tauchte eine Riesenrabenkrähe auf, flog genau unter meinen Fenster vorüber und da ..."

„Und da was?", riefen alle drei Pussen wie aus einem Mund, der ebenfalls leise schnatterte.

„Da sprang ich", sagte Dario, „und landete genau auf dem Rücken des riesigen Vogels. Wir begannen zu trudeln und landeten – ich konnte es selbst kaum glauben – schließlich auf einem Sperrmüllwagen."

„Sapperlot!“, rief Barack, der sich mittlerweile zu ihnen gesellt hatte. „Und du bist mit dem Leben davongekommen? Der Vogel hat dich nicht einmal geblendet?“

„Beinahe“, sagte Dario, „beinahe wäre es dazu gekommen. Aber er musste sein Gefieder in Ordnung bringen und hatte daher den Schnabel voller geknickter Federn …“ Dario sagte das auf eine höchst drollige Weise. Das Bier hatte seine Wirkung getan und die Katzen kugelten sich.

„Den Schnabel voller geknickter Federn …“, ächzte Lumpazi, „das kann ich mir vorstellen. Und dann? Was war dann?“

„Ich wurde auf einen Müllhaufen gekippt.“

„Immer noch besser, als geblendet zu werden“, meinte Schnurz.

„Das allemal“, fügte Haderlump hinzu.

„Und entführt!“, fuhr Dario fort.

„Entführt? Du meinst, richtig gekidnappt? Von wem?“ Maunzer leckte noch immer an der Bierpfütze.

„Von der Antiquitätenhändlerin Zizibe und ihrem Angestellten Ras.“

„Ras Kachl? Na, dem ist alles zuzutrauen. Warst du das am Ende, der ihm die Tätowierung auf der Stirn verpasst hat?“, fragte Barack.

„Ja, als er und Maritschek mich aus Zizibes Laden gestohlen haben.“

„Die beiden waren letzte Nacht hier. Es ging auf zwei Uhr morgens zu und sie schienen übelster Laune."

„Ich habe mich nur ein wenig gewehrt, so wie man es mir beigebracht hat."

„So wie man es mir beigebracht hat ... wie gewählt sich der Kleine ausdrückt", bemerkte Haderlump. „Bisher jedenfalls hast du mehr Glück als Verstand gehabt. Es wird sich schon noch herausstellen, was man dir wirklich beigebracht hat."

Dario konnte seinen Kopf nicht mehr gerade halten. Irgendwie landete der immer auf den Pfoten. Und dort lag er dann, dick und schwer und schmerzend.

„Bier trinken, jedenfalls nicht", meinte Schnurz, „das wirst du erst lernen müssen."

„Er steht noch unter Schock", behauptete Maunzer.

„Bedenkt, was er gestern und heute alles erlebt hat. Und dann noch diese Geschichte mit Rex!"

„Mit welchem Rex?", fragte Haderlump.

„Du weißt schon, der Köter, der immer kläfft, er würde Katzengulasch aus uns machen."

„Ach der. Ich hoffe, ihr habt es ihm gezeigt."

„Sein Herr wird sich um ihn kümmern müssen. Rex kam ziemlich lädiert zu ihm zurück."

„Und der Kleine ist nur davongerannt?" Haderlump strich sich den langen Schnurrbart.

„Ja, aber das ziemlich schnell. Er ist besser in Form, als man es von so einer Samtpfote erwarten würde."

Sie hatten sich alle mit eingerollten Vordertatzen auf den Bauch gelegt und hingen eine Weile ihren bierigen Träumen nach, bis Barack sie zum Aufbruch mahnte.

„Sperrstunde, meine Freunde!", sagte er mehrmals ungeduldig. Tatsächlich waren alle Gäste schon verschwunden und Baracks Mensch fing an, die Stühle auf die Tische zu stellen, damit sein Schankgehilfe den Bretterboden von den vielen Kippen und den restlichen Bierpfützen reinigen konnte.

Die Katzen erhoben sich eine nach der anderen, streckten sich und rissen das Maul zu einem unsäglichen Gähnen auf.

Nur Dario kam nicht so recht auf die Beine. Da biss ihn Raunzer freundschaftlich ins Ohr. „He, Kleiner, schlappmachen gilt nicht. Die Nacht ist jung und ihren besten Teil haben wir noch vor uns."

Dario fühlte sich hundsmiserabel und wusste gar nicht mehr so genau, wo er überhaupt war. Als er den anderen taumelnd und torkelnd durch Baracks Pforte gefolgt war und ihm die raue Nachtluft um die Nase blubberte, musste er sich erst einmal übergeben. Danach wurde ihm ein wenig leichter und er war wieder so weit klar im Kopf, dass er sich an die letzten Stunden, seit seiner Trennung von Saroyan, erinnern konnte.

„Wohin geht es eigentlich?“, fragte er kleinlaut, nachdem er mit dem ganzen Trupp schon eine Weile am Kanalufer entlanggehirscht war.

„Wirst du schon sehen, wir sind gleich da!“, meinte Maunzer und überholte Schnurz und Haderlump, um sich mit Lumpazi an die Spitze zu setzen.

Das Einzige, was Dario erkennen konnte, war die Richtung, und die führte zweifellos stadtauswärts. Die Büsche und Bäume auf der Böschung standen immer dichter und das Ufer des Kanals war bald nicht mehr von Betonwänden, sondern von Naturstein gefasst. Unter einer Weide in Wassernähe konnten sie eine Gruppe von Katzen sitzen sehen.

„Das sind die Schwertkrallen“, flüsterte eine der Pussen Dario ins Ohr.

Je näher sie kamen, desto deutlicher konnte Dario die einzelnen Kater, lauter verwegen dreinblickende, ziemlich struppige Kerle, erkennen. Einigen hing sogar links und rechts je ein Mäuseschwanz aus dem Maul, was sie besonders kämpferisch aussehen ließ und zu ihrem Outfit zu gehören schien. Auch sagten sie zur Begrüßung

„Miei!“ und nicht „Miau!“, was eher herausfordernd klang.

Die Pussen der Schwertkrallen saßen ein wenig abseits, und die Pussen, die mit den Säbelzähnen gekommen waren, setzten sich zu ihnen. Gedankenverloren trottete Dario hinter ihnen drein, bis ihm im letzten Moment einfiel, dass er ja ein Kater war, und er sich neben den Säbelzähnen niederließ.

„Was seid ihr für eine schlafmützige Bande!“, zischte der, zu dem sie Boss sagten und der wohl der Obermacher der Schwertkrallen war. „Wir dachten schon, ihr hättet den Schwanz eingezogen und euch nach Oberkanalien verdrückt, anstatt mit uns zu kämpfen.“

Da die Mäuseschwänze in den Mundwinkeln festgeklemmt werden mussten, konnte der Boss das Maul nicht allzu weit aufmachen. Nur gerade so weit, dass man verstand, was er sagte. Es klang ziemlich gepresst und eher undeutlich. Wohingegen die Säbelzähne das Maul umso weiter aufrissen, so als wollten sie die mangelnden Mäuseschwänze durch kräftiges Kreischen wettmachen.

Dario konnte nicht sagen, was ihm mehr imponierte. Einerseits fand er, dass die Mäuseschwänze dem Gesicht eines Katers erst die richtige Würde verliehen. Andererseits kam ihm die

Sprechweise der Säbelzähne wie ein eindrucksvoller Kampfgesang vor, der dem Gegner Angst machen musste.

„Wer ist das erste Paar?“, fragte der Boss. „Von unserer Seite hat sich der Graue gemeldet.“

„Von uns Haderlump“, antwortete Lumpazi. „Übrigens haben wir einen Neuen dabei. Er heißt Dario und ist noch nicht trocken hinter den Ohren. Jetzt sind wir genauso viele wie ihr.“

„In Ordnung“, meinte der Boss und ein spitzgesichtiger, schwarz-grauer Kater robbte auf den Platz in der Mitte zwischen den drei Gruppen.

Von der anderen Seite näherte sich Haderlump.

„Worum geht es bei diesem Kampf überhaupt?“, fragte Dario unvermittelt.

Einen Augenblick herrschte verdutztes Schweigen.

Der Boss antwortete als Erster. „Es geht um die Pussen, verstanden? Vor allem und in erster Linie um die Pussen.“

„Gar nicht wahr!“, widersprach eine auffallend hübsche junge Pusse mit einem gestreiften Mützchen und in weißen Stiefelchen. „Oder denkst du, wir könnten uns nicht auch ohne das ständige Gemurkse einen Kater unter euch wählen? Ich persönlich finde gar nichts an aufgeschlitzten Ohren und verschwollenen Augen.“

„Halt den Mund, Molly. Du weißt offenbar nicht, was du sagst“, erwiderte der Boss streng, wenn sein Ton auch viel milder klang als zuvor.

„Weiß ich doch, Boss. Ich habe mich zum Beispiel schon auf den ersten Blick in deine blauen Augen verliebt – noch bevor ich dich kämpfen sah.“

Der Boss wusste nicht so recht, wie er darauf antworten sollte. Einer seiner Kumpane, den sie den Dicken nannten, kam ihm zu Hilfe. „Ausnahmen bestätigen die Regel“, sagte der. Und damit hatte es sich vorerst.

„Zweitens“, der Boss warf sich noch mehr in Positur und schlenkerte dabei ein wenig mit den Mäuseschwänzen, „zweitens geht es beim Kampf um die Jagdgründe. Wer sich wo ausbreiten darf, kapiert?“

„Als ob wir nicht alle genug Platz hätten“, schnabelte Molly zurück. „Es ist nur eine Frage der Organisation.“

„Wenn das eine von unseren Pussen wäre“, brummte Lumpazi, „dann müssten wir uns diesen Schwachsinn nicht länger anhören.“

„Meinst du?“, keifte eine der Pussen, die mit den Säbelzähnen gekommen waren, ihn an. „Aber ich glaube, du irrst dich gewaltig.“

„Was wollt ihr denn?“, warf Schnurz ein. „Diese Molly ist eine von drüben. Die sind eben nicht gescheiter.“

„Was sie sagt, klingt jedenfalls logisch“, maulte die Pusse, die Dario so niedlich gefunden hatte.

Schnurz schüttelte sich. „Pussen, die logisch denken? Das ist ja ganz was Neues!“

Mittlerweile hatten sich der Graue und Haderlump bis in Kampfnähe aneinander herangemacht. Ehe man sich's versah, war der Graue in die Luft gesprungen und landete so jäh auf Haderlumps Rücken, dass dieser nur mehr den Kopf wenden konnte, den Grauen aber nicht mehr zu fassen bekam. Der Graue versuchte seine Zähne in Haderlumps Gurgel zu schlagen und trat ihn gleichzeitig mit allen vieren, deren Krallen ausgefahren waren. Haderlump war ein gewitzter Kämpfer, der das nicht lange mit sich machen ließ. Er schüttelte den Grauen ab, packte ihn, bis wiederum der Graue sich ermannte und Haderlump die Krallen ins Gesicht schlug.

Da Haderlump auf nichts so viel zugutehielt wie auf seine meergrünen Augen, nahm er alle Kräfte zusammen, wand sich aus den Krallen des Grauen und sprang seinerseits auf dessen Rücken. Er drückte ihn mit seinem Gewicht so lange zu Boden, bis er schließlich als Sieger anerkannt wurde.

Dario, der ernsthafte Kämpfe nur aus dem Fernsehen kannte – und da waren es Kämpfe zwischen

Menschen gewesen –, hatte mit riesigen Pupillen und pochendem Herzen zugeschaut und den Kampf mit größter Spannung bis zum Ende verfolgt. Er erschrak heftig, als Maunzer ihn anstieß und grinsend fragte: „Na, Kleiner, hast du nicht auch Lust, gegen einen von denen anzutreten?"

Dario schüttelte sich. Er hatte sich bis dahin nur als interessierten Beobachter gesehen und nicht im Entferntesten daran gedacht, selber zu kämpfen. Jetzt öffnete er zwar den Mund, aber es kam nichts Gescheites heraus.

„Also mach dir nicht gleich in den Pelz. Es muss ja nicht unbedingt heute sein. Aber wenn du bei uns Säbelzähnen mitmischen willst, musst du dir Rang und Stimme erkämpfen."

Und Lumpazi fügte hinzu: „Da fährt die Eisenbahn drüber, mein Kleiner. Wir haben zu viele Feinde, als dass wir es uns leisten könnten, auf Wonne und Waschtrog zu machen."

„Feinde?", fragte Dario. „Was für Feinde?"

„Ich rede jetzt nicht von den harmlosen Gegnern wie Mäusen, Singvögeln, Tauben, jungen Eichkätzchen, Blindschleichen, Eidechsen und was sich sonst noch hier rumtreibt. Ich rede von Krähen, Möwen, Dohlen, Ratten, Leinenhunden und den gefährlichsten von allen, den Mardern ..."

„Kampf den Mardern!“, riefen die umsitzenden Kater und Pussen wie aus einem Mund.

„Ich dachte, Marder leben im Wald“, sagte Dario einfältig.

„Sie lebten einmal im Wald“, erwiderte Lumpazi. „Inzwischen haben sie ihren Feldzug zur Eroberung der Städte begonnen. Sie fressen eine Menge von dem Gummizeug, das in den Autos verpackt ist. Weiß der Geier, wie sie es anstellen, das zu verdauen, aber sie schaffen es.“

„Im Gegensatz zu uns, die wir schon Bauchgrimmen haben, wenn wir uns eine Wurst samt Plastikhaut einverleiben“, beklagte sich Raunzer.

„Umso mehr müssen wir gewappnet sein, sozusagen kampfgestählt, um uns unserer Haut zu wehren“, erklärte Maunzer.

Dario sagte nichts mehr. Ihm war klar, dass er sich irgendwann an diesen Kämpfen beteiligen musste. Zum Glück nicht sofort. Inzwischen erntete Haderlump die Früchte seines Sieges und machte mit einer der Pussen, die mit den Schwertkrallen gekommen waren, ein Treffen aus.

„Wer sind die Nächsten?“, fragte nun Lumpazi mit einer Stimme, die gewiss am ganzen Kanalufer zu hören war. Haderlumps Sieg hatte die Säbelzähne in Führung gebracht und das gab ihnen enormen Auftrieb.

18

Donna hatte gar nicht mehr gewusst, wie angenehm es war auf Lew Leuwens Schoß zu sitzen und von ihm gekrault zu werden. Selbst die kurze Fahrt mit dem Auto ließ sich, an Lew geschmiegt, ertragen. Und als er wieder einmal keinen Parkplatz vor dem Haus fand, sondern drei Mal um den Block fahren und eine Parklücke suchen musste, gab sie ihren Platz nur ungern auf. Sie war auf den Rücksitz gekrochen und hatte sich mit den Vorderpfoten am Fenster aufgestützt. Und als sie alle drei Male, die sie am Haustor vorbeigefahren waren, weit und breit keinen Dario entdecken konnte, fasste sie schweren Herzens den Entschluss, erneut zu entwischen.

Während Lew sich auf das Einparken konzentrierte, rieb Donna zum Abschied noch einmal zärtlich ihre Backe an seiner Wange. In diesem Augenblick, in dem er die Tür öffnete, sprang sie aus dem Auto und lief fort.

„Donna!“, rief Lew ihr entgeistert nach. „Donna, bleib da! Du kannst doch nicht schon wieder abhauen!“ Auch er schien bemerkt zu haben, dass

Dario nicht vor dem Haustor saß. „Warte, Donna!“, rief er noch, nachdem er ebenfalls ausgestiegen war. „Wir suchen Dario gemeinsam!“

Aber Donna war schon unterwegs. Gemeinsam geht nicht, dachte sie. Du hast nämlich keine Ahnung, mein Lieber, was hier draußen los ist. Glaub mir, nicht die geringste Ahnung hast du. Du fährst von deiner Wohnung in den »Nachtschatten« und wieder zurück, aber was sonst in dieser Stadt und an ihrem Kanal vor sich geht, davon hast du keinen blassen Schimmer.

Sie lief um den Block und noch einmal am Haustor vorüber, um ganz sicher zu sein. Lew war ihr nachgelaufen und dachte schon, sie würde auf ihn warten, aber das konnte sie nicht, denn Dario war nirgendwo zu sehen. Um sich einen weiteren Abschied zu ersparen, sprang sie in wilden Sätzen in Richtung Kanal davon.

Nur langsam verklangen Lews Rufe und Donna drückte es beinah das Herz ab. Verdammt, dachte sie, warum ist man nur so hin und her gerissen? Warum können nicht alle, die man liebt, am selben Ort sein? Oder, dachte sie weiter, warum liebt man nur die, die am selben Ort sind?

Es war so spät in der Nacht, dass es nur mehr wenig Verkehr gab, und so musste Donna kaum warten, ehe sie die Uferstraße überqueren konnte.

Am Brückenaufgang hielt sie an, setzte sich und starrte in die Lichter auf der anderen Seite. Es war sehr still im Vergleich zum Lärm des Tages und der Zeit vor Mitternacht. Gelegentlich war das Rascheln einer Maus zu hören oder das schlaftrunkene Gurren der Tauben unter den Dächern. Die eine oder andere Möwe quengelte im Schlaf, und aus der Ferne, weiter stadtauswärts, erklang Katermusik vom anderen Ufer her.

Donna war klar, dass es auch auf der anderen Kanaluferseite frei lebende Katzen gab, aber seit Molly entführt worden war, hatte sie keine gute Meinung von ihnen. Wer weiß, was für schräge Gewohnheiten die dort drüben hatten. Außerdem musste sie noch immer an die toten Kätzchen denken. Sie erinnerte sich nur mit einem gewissen Sträuben der Nackenhaare an ihre Rückfahrt vom Sperrmüllplatz, die sie am anderen Ufer entlanggeführt hatte.

Und mit einem Mal sah Donna sie. Während sie den Blick über den Kanal, das andere Ufer und die Brücke schweifen ließ, wurde sie von einer Bewegung beunruhigt, die am äußersten Brückenrand stattfand.

Sie erkannte nicht sofort, was es war, das sich dort regte. Instinktiv hielt sie den Atem an. Diese sich schlängelnden Bewegungen, von einem schmalen Kopf ausgehend, bis zur Spitze eines langen, leicht gebauschten Schwanzes, dieses sichere Balancieren am äußersten Rand der Brücke, dieses ständige Wenden des Kopfes …

Donna starrte und starrte, bis kein Zweifel mehr möglich war. Marder! Eine Marderfamilie! Das Weibchen, zwei Junge und zum Schluss das sichernde Männchen. Tiere wie alle anderen, wenn man ihnen so zusah, wie sie den Kanal überquerten, anmutig und vorsichtig, ihre Jungen beschützend, offensichtlich auf der Suche nach neuen Jagdgründen.

Sie bewegten sich ziemlich rasch und kamen näher und näher, während Donna ihnen bewundernd zuschaute ohne sich von der Stelle zu rühren.

In diesem Augenblick schienen sie sie zu wittern. Das Weibchen hob den Kopf, stockte, als sei es auf ein Hindernis zu seinen Füßen gestoßen, prüfte ausführlich, was die leichte Brise ihm zutrug, und drehte sich dann um, als wollte es mit den Seinen beratschlagen, was zu tun sei.

Ruhig Blut, dachte Donna, nicht dass ich vor euch davonlaufen würde, aber ich habe heute schon genug erlebt, um mich noch auf Experimente einzulassen. Sie erhob sich ruhig und so, als wären die Marder gar nicht da. Dabei beobachtete sie sie weiterhin aus den Augenwinkeln.

Die Marder stutzten, doch als sie Donnas Absicht merkten, nämlich sich so unauffällig wie möglich zu entfernen, taten sie so, als gäbe es Donna gar nicht, und gingen ihres Weges.

Es kostete Donna einiges an Überwindung, so unbeteiligt Fuß vor Fuß zu setzen, wie es nötig war, um die Marder nicht herauszufordern. Aber sie schaffte es und entfernte sich damit aus ihrer unmittelbaren Reichweite.

Doch dann musste sie wieder an die Vogelköpfe denken, die sie am anderen Ufer gesehen hatte, Köpfe, die aus reiner Mordlust abgebissen worden waren, und ihr Schritt beschleunigte sich unwillkürlich. Sie verfiel in einen wahren Schweinsgalopp und hätte beinahe Webster über den Haufen gerannt, der ihr gemächlich entgegenkam.

„Nur keine Panik, meine Schöne“, sagte Webster, nachdem er sich noch rechtzeitig in Sicherheit gebracht hatte.

„Ach, du bist es! Gut, dass du da bist, Webster. Ich dachte schon ...“

„Was dachtest du? Dass ich ein Gespenst bin?“

Donna war noch immer ziemlich in Fahrt. „Lass uns weiter flussaufwärts gehen! Inzwischen erzähle ich dir von den Gespenstern, die ich gesehen habe, Gespenster, die alles andere als Gespenster sind.“

„Du sprichst in Rätseln, meine Schöne!“

„Ich sage nur ein Wort – und du wirst alles verstehen: Marder!“ Donnas Schnurrbartspitzen sträubten sich noch im Nachhinein.

„Marder? Aber doch nicht auf unserer Seite?“

„Eine ganze Familie. Ich habe sie beobachtet, wie sie, auf dem äußersten Rand der Brücke balancierend, herübermarschiert sind.“

„Das nenne ich eine Nachricht!“ Webster war vor Verblüffung stehen geblieben. „Und du bist dir ganz sicher?“

Auch Donna hielt inne und brachte ihr Gesicht so nahe an das von Webster, dass sich ihre Nasen berührten. „Schau mir in die Augen, Webster! Glaubst du, ich bin blind?“

„Keinesfalls“, sagte Webster und fuhr mit der Zunge über Donnas zarte Nase. „Aber bis vor zwei Tagen warst du ständig in einer Wohnung. Woher willst du überhaupt wissen, wie Marder aussehen?!“

„Erstens“, Donna holte tief Luft, „bin ich auf dem Lande aufgewachsen und zweitens“, sie blies Webster ihren noch immer nach Lachs duftenden Atem ins Gesicht, „unterschätzt du die Bedeutung des Fernsehens. Ich habe in einer Sendung mehr Marder aus der Nähe gesehen als du in deinem ganzen Leben.“

„Ist ja schon gut. Ich glaube dir“, Webster setzte sich in Bewegung, „wenn auch nur ungern. Bisher haben die Marder nur auf der anderen Seite gesiedelt. Das ist ein Fall für den Obersten Rat der Kanalufergesellschaft. Wie man weiß, halten sich Marder an gar nichts. Damit stiften sie ständig Unfrieden – und außerdem haben sie im Allgemeinen ziemlich brutale Methoden.“

„Und du meinst, dieser Oberste Rat kann etwas gegen sie ausrichten?“

„Keine Ahnung. Zuerst einmal muss beraten werden, wie weiter vorzugehen ist. Und dazu müssen wir die Mitglieder des Obersten Rates verständigen. Mal sehen, wer sich um diese Zeit am leichtesten finden lässt. Wenn wir Glück haben, Saroyan.“

„Saroyan?“, fragte Donna überrascht. Obgleich sie sich eigentlich furchtbar müde fühlte, mochte sie bei der Aussicht, diesen legendären Kater kennen zu lernen, an Schlaf gar nicht mehr denken.

„Und was war mit Dario?“, fragte Webster.

Donna schüttelte den Kopf. „Nicht die leiseste Spur.“

18

Die Kämpfe waren weitergegangen, jeweils ein Kater forderte einen anderen heraus und in den Pausen gingen die Wortgefechte zwischen den Säbelzähnen und den Schwertkrallen hin und her. Je länger Dario zuschaute, desto stärker fühlte er sich. Nicht dass er den Mut gehabt hätte, einen anderen Kater herauszufordern, aber immerhin fühle er sich nun im Stande, eine solche Herausforderung von einem anderen anzunehmen. Und daran konnten auch die zum Teil immer spöttischer werdenden Bemerkungen der Pussen nichts ändern.

Im Grunde kannte Dario alle Tricks, die die Kater bei ihren Kämpfen anwandten. Er hatte sie längst mit Donna trainiert, nur dass hier die oberste Regel des Trainings, nämlich Bisse und Kratzer nur anzudeuten, missachtet wurde.

Auch Molly missfiel das. Sie sagte, es imponiere ihr gar nicht, Blut zu sehen. Es komme viel eher auf die Eleganz der Bewegungen, die Schnelligkeit der Angriffe und die Ausdauer im Schwitzkasten an als auf zerbissene Ohren und zugeschwollene Augen. Selbst die anderen Pussen maulten, dass ihnen dieses ewig gleiche Schema bei den Kämpfen auf die Nerven gehe und dass sie die einzelnen Gang-Mitglieder bloß aus reiner Langeweile anfeuerten.

Dario glaubte ihnen nicht so recht. Und Maunzer meinte: „Die Pussen haben an allem etwas auszusetzen, das gehört einfach dazu. Was glaubst du, was sie erst sagen würden, wenn wir nicht um sie kämpften."

„Anstatt um uns zu kämpfen, wie ihr dieses Vergnügen nennt, könntet ihr für uns jagen oder einfach was Leckeres heranschaffen." Es war eine besonders magere Pusse, die das in der folgenden Pause sagte. Ihr Fell sah ganz so aus, als schlottere es.

Da meldete sich Schnurz zu Wort. „Sag mal, Molly, du bist doch von drüben?! Stimmt es, dass ihr gar nicht mehr jagt? Nicht einmal Mäuse?"

„Es stimmt", erwiderte Molly mit einem leichten Anflug von Trotz in der Stimme. Offenbar hatte man sie schon öfter zu diesem »unglaublichen« Thema befragt.

„Aber wenn ihr keine Mäuse mehr jagt und fresst, nehmen sie überhand und dann gibt es nur noch Mäuse."

„Irrtum!", bemerkte Molly spitz.

„Das andere Ufer wird demnächst wimmeln, dass es einem schwarz vor den Augen wird. Und wir werden dann kaum nachkommen mit dem Fressen."

„Du hast doch gute Augen", sagte Molly. „Schau hinüber und sag mir, was du dort siehst. Ein Wimmeln?"

Schnurz kniff die Augen zusammen und legte die Stirn in fächerförmige Falten. „Was nicht ist, kann ja noch werden. Aber jeder hier weiß, dass die Mäuse zu einer unvorstellbaren Plage werden, wenn wir sie nicht fressen. Sie vermehren sich zu stark."

„Und jeder bei uns weiß, dass die Mäuse sich nur so stark vermehren, wenn sie unter Druck sind. Lasst sie in Ruhe und sie halten nur den Platz, der ihnen zusteht."

„Was heißt zusteht?", fragte der Boss, der sich bisher rausgehalten hatte, gereizt. „Jetzt halt einmal die Luft an, Molly! Was für ein Platz sollte Mäusen zustehen, außer dem in unserem Magen?" Die anderen maunzten zustimmend.

„Der Platz, der allen Wesen zusteht, Boss. Sie alle sind lebensberechtigt", erwiderte Molly, und was sie da sagte, klang geradezu merkwürdig aus ihrem schnippischen Mäulchen. Doch sie schien durchaus zu meinen, was sie sagte.

„Molly, mein Herz, verschon mich bitte mit diesem Gewäsch von drüben. Ich habe dich unter

Einsatz meines Lebens herübergeholt, weil mein Herz vom ersten Augenblick an für dich schlug. Und du bist, wenn ich mich recht erinnere, ziemlich freiwillig mit mir gekommen."

„Aber Tiger, Grauer und Flitzer hatten es vor allem auf unsere Vorräte abgesehen, und das waren keine Mäuse!"

Man konnte Molly den Zwiespalt, in dem sie sich befand, geradezu ansehen. „Du weißt, wie ich zu dir stehe, Boss, aber du und die Gangs, ihr habt in vieler Hinsicht noch so altmodische Ansichten, dass ich einfach den Mund nicht halten kann. Und dabei führt ihr euch auf wie die ganz großen Chefs."

„Sind wir das vielleicht nicht?", rief Lumpazi. „Wer sollte es sonst sein als wir, die Säbelzähne, mit mir, ihrem Anführer?!"

„Was?", schrie der Boss so durchdringend, dass ihm fast die Mäuseschwänze aus dem Maul gefallen wären. „Was ist denn das für eine Hirnrissigkeit? Wenn jemand Chef des ganzen Kanalufers ist, dann wohl ich, der Boss, die spitzeste aller Schwertkrallen."

„Hört euch das an! So ein Angeber! Was bilden sich diese zahnlosen Jammerschwänze überhaupt ein?", ertönte es mehrfach unter den Säbelzähnen und unter den Schwertkrallen klang es ungefähr so: „Frechheit! Nichts als Maulaufreißerei! Was glauben diese stumpfkralligen Staubwedel denn, wer sie sind?!"

Molly und die anderen Pussen fingen ebenfalls an, wild zu diskutieren und es dauerte nicht lange, bis sich in jedem Lager Antreiber fanden, die »Attacke!« riefen oder: »Zeigen wir's ihnen!« Und dann hörte man nur mehr: »Los, los! Die Krallen geschärft und schnappt sie euch!« oder: »Die Zähne gewetzt und auf sie!«

Dario wandte ständig den Kopf von der einen in die andere Richtung. Ehe er sich's versah, war er mitten im Getümmel. Er hatte größte Mühe, Freund von Feind zu unterscheiden, und wenn er beide ehrlich auseinander halten wollte, endete es immer damit, dass er eine über den Schädel bekam, da die anderen es offenbar nicht so genau nahmen.

Irgendwann hatte dann auch Dario alle Pfoten voll zu tun, die eigene Haut zu retten. Er tatzte und biss um sich, wie es gerade kam. Jemand erwischte ihn mit ausgefahrenen Krallen am Kopf und zog ihm vier tiefe Furchen über die Stirn. Er aber kämpfte weiter, bis ihm das eigene Blut in die Augen rann und er versuchen musste, sich irgendwohin auf die Seite zu schlagen, um wieder klare Sicht zu haben.

Ungefähr zu diesem Zeitpunkt endeten langsam auch alle übrigen Kämpfe und die Pussen kamen angetrabt, um die Kämpfer zu verarzten. Neben Dario tauchte ein zartes kakaofarbenes Wesen auf, dessen halblanges Haar an den Ohren Büschel bildete, und wisperte: „Du hast dich gut gehalten, Dario. Soweit ich das beurteilen kann. Ich war heute zum ersten Mal dabei, musst du wissen."

Ich auch, wollte Dario schon sagen, aber dann dachte er, wenn sie es nicht ohnehin weiß, muss ich es ja nicht noch extra betonen. „Und wer bist du?", fragte er. „Du bist mir noch gar nicht aufgefallen."

„Ich saß in der hintersten Reihe", sagte sie, „ich bin Miezi!"

„Miezi?", fragte Dario. „Das klingt irgendwie vertraut."

„So heißen viele Katzen!" Miezi war näher gekommen, um sich Darios Verletzung anzuschauen. „Ich gehöre zur Fähre dort unten. Der Fährmann füttert mich."

„Hm!", machte Dario und dann hatte er seine liebe Not damit, mannhaft zu schweigen, während Miezi seine Wunden leckte. Sie tat es sehr sanft und sehr gründlich. „Das war eine von den Schwertkrallen", sagte sie, „ich habe es genau gesehen. Ich weiß nur nicht, wie er heißt."

„Ich auch nicht“, erwiderte Dario. „Ist auch egal. Hauptsache, es blutet nicht mehr!“ Seine Augen waren noch ziemlich verschwollen, aber er konnte wenigstens wieder sehen.

„Ich muss jetzt gehen“, lispelte Miezi. „Mein Mensch steht beim Morgengrauen auf und das möchte ich nicht versäumen.“

„Danke nochmals“, sagte Dario, „es fühlt sich alles schon wieder viel besser an.“ Er konnte verstehen, dass Miezi in diesem Augenblick zu ihrem Menschen musste. Ganz abgesehen davon, dass er jetzt auch nichts gegen ein Schälchen gewässerter, warmer Milch gehabt hätte, wäre er in dem Moment nur zu gerne in Lew Leuwens Obhut gewesen und hätte sich von ihm streicheln und ein wenig bedauern lassen.

Es lag sich ziemlich ungemütlich auf der Böschung. Nach Darios Berechnung musste es Sonntag sein. Im Gegensatz zu sonst fuhren die meisten Autos stadtauswärts. Man musste mit Kirchgängern, aber auch vermehrt mit Leinenhunden und mit streunenden Menschen rechnen, von denen man nicht wissen konnte, was sie im Schilde führten.

Die Sonne bohrte sich rot durch die tropfnassen Wolken und ein beißendes Märzlüftchen drang durch Darios dichtes, samtiges Unterfell. Und als er sich umsah, bemerkte er, dass nicht nur er, sondern auch einige der anderen Kater verletzt darniederlagen und von Pussen betreut wurden. Maunzer tauchte auf, leckte ihm noch einmal über die schon von Miezi versorgten Wunden und meinte dann: „Du hast ein bisschen was abgekriegt, mein Kleiner! Aber mach dir nichts draus, das gehört dazu. Hauptsache, du hast dich wacker geschlagen. Jetzt gehörst du zu uns. Bist du nicht stolz darauf, schon in deinem Alter Mitglied der Säbelzähne zu sein?“ Maunzer hieb ihm mit der Pfote auf die zum Glück heil gebliebene Schulter.

„Schon“, sagte Dario, nachdem er ordentlich zusammengezuckt war. Es stimmte ja. Irgendwie war er natürlich stolz darauf, ehrenvoll in die Gang aufgenommen worden zu sein. Andererseits fühlte er sich trotzdem nicht gerade wohl in seiner Haut. Wenn er zuvor gegen einen wirklichen Feind gekämpft hätte, gegen eine Meute wild gewordener Rexe oder gegen diese Banditen von Möwen, dann hätte er sich jetzt wahrscheinlich besser gefühlt. Aber das hier war nur ein Training ohne Einhaltung der Regeln gewesen und so richtig leuchtete ihm der Sinn des Ganzen noch immer nicht ein: Die Pussen schienen sich über die Kämpfe eher lustig zu machen, Platz gab es auch genug für alle und Respekt konnte man sich durchaus mit anderen Fähigkeiten verschaffen. Das alles schwirrte Dario nun durch seinen benommenen Kopf.

„Na, Kleiner", hörte er plötzlich Lumpazi sagen, „willkommen im Club. Ich hätte nicht gedacht, dass eine Samtpfote wie du seine Waffen auch gebrauchen kann. Du hast zwei bis drei Kater pussenreif getatzt!"

Um Himmels willen, wollte Dario schon sagen, aber er nahm sich zusammen. „Ich hoffe, ich habe niemanden ernsthaft verletzt!"

„Nein, nein. Nur so viel, um ihnen eine Lehre zu erteilen. Dabei hast du auch einen von uns Säbelzähnen gezaust. Es wird Zeit, dass du die Unsrigen besser kennen lernst."

„Verzeih", murmelte Dario verstört.

„Ist schon in Ordnung", erwiderte Lumpazi gönnerhaft und ging weiter, um nach den anderen verletzten Säbelzähnen zu sehen.

Der Tag war in Gang gekommen und sie lagerten noch immer, für alle sichtbar, am oberen Rande der Böschung, oberhalb des vor allem sonntags beliebten Spazierwegs und ganz in der Nähe der Straße. Ein widerliches Kläffen erfüllte die Luft und die ersten Köter rissen mit taufeuchtem Fell an den Leinen ihrer Besitzer, dass diese noch schlaftrunken hinter ihnen herstolperten und sich schimpfend die Zehen an herumliegenden Steinen blau schlugen.

„Kein Wunder", meinte Maunzer, bereits auf dem Sprung, „dass diese Hunde alle so reagieren wie Rex, wenn sie endlich einmal von der Leine kommen."

Raunzer kam vorbeigetrabt. „Kommt ihr nicht mit ins Schlafquartier? Hier wird es zu gefährlich für uns. Wer weiß, auf was für Ideen die Menschen kommen, wenn sie uns hier liegen sehen. Die versuchen doch glatt so einen wie unseren Kleinen da mit nach Hause zu nehmen." Er schüttelte sich.

„Also los, auf geht's, Dario!" Raunzer und Maunzer hielten auf eine Gruppe von Büschen in Wassernähe zu, wo der Auspuffgestank nicht ganz so stark war, und Dario folgte ihnen. Eine Vorstellung von Decken und Wärme sowie Katzenfutter hatte sich in seinem Kopf festgesetzt. Aber unter den Büschen war nichts außer dem nackten Erdboden, der mit modrigem Laub bedeckt war. Wenigstens boten die Büsche eine Art Sichtschutz zum Weg hin.

Darios Magen knurrte. Maunzer und Raunzer drehten sich grinsend um. „Wir sind Selbstversorger, Kleiner. Wenn du dir den Bauch voll schlagen willst, musst du dir deine Mahlzeit selber fangen. Oder du holst dir was vom anderen Ufer."

Darios Beine knickten merklich ein. Er war so müde, dass er hoffte den Hunger eine Weile überschlafen zu können. Und dann würde er weitersehen.

Maunzer und Raunzer hatten einen eigenen Schlafplatz, zu dem sie auch Dario einluden. Da sie alle froren, krochen sie so eng zusammen, wie es nur gehen mochte, damit sie sich gegenseitig wärmten. Bevor Dario einschlief, erzählten ihm die beiden noch, dass es nicht nur die Kälte sei, die sie zueinander trieb, sondern auch die Marder. Einzelne Katzen hätten keine Chance gegen diese Tiere, die im Familienverband jagten. Und sie breiteten sich immer mehr aus. So wie auch andere Räuber vom Land. Falken und Habichte zum Beispiel hatten die Stadt schon erreicht, wenn auch noch nicht den Kanal. Aber die aus den Randbezirken zugewanderten Katzen erzählten wahre Schauergeschichten.

Dario nahm die Schreckensbilder mit in einen furchtbaren Traum, in dem er von allen zugleich verfolgt wurde: von Mardern, Falken und Habichten, aber auch von Rex, Ras Kachl und Maritschek, vor allem aber von einer riesigen, stotternden Maus, die schneller lief als alle anderen und die ihn am Ende stellte. Dabei versuchte sie ständig von Donna zu reden, von ihrer Intelligenz und dass die schon eine Menge begriffen hätte. Auch Miezi spazierte durch seinen Traum, mit aufgestelltem Schwanz, dessen seidiges halblanges Haar in der Brise flatterte. Sie stellte sich an die Spitze der Fähre und sah Dario aus großen Augen bewundernd an.

20

Als Erstes waren sie nicht Saroyan, sondern Kreszenz von Kranebitten, genannt Flitzschwinge, begegnet, die von ihrem Schlafbaum im Freiland weit hinter dem anderen Ufer im Gleitflug eingetrudelt kam. Auch sie hatte schon von Gerüchten über Marder am Kanal gehört, sie hatte aber auf dem diesseitigen Kanalufer noch keines der Tiere gesehen.

„Die Lage wird ernst. Da ist mehr dahinter als bei den gelegentlichen Überfällen der Katzen-Gangs von der anderen Seite. Nicht dass ich die unterschätzen würde“, Flitzschwinge nickte Donna und Webster leutselig zu, „aber die Gangs sind in den Griff zu bekommen, wie wir ja auch die Klans der Möwen allmählich von unserer Sache überzeugen konnten – im Großen und Ganzen zumindest. Aber was die Familien der Marder angeht, weiß ich im Augenblick auch nicht weiter. Jedenfalls muss der Oberste Rat einberufen werden.“

„Daran haben wir auch schon gedacht“, sagte Webster bedeutungsvoll. „Es geht um Entscheidungen.“

„Bevor ich's vergesse", sagte Flitzschwinge zu Donna. „Wie war das Wiedersehen mit Dario?"

„Wiedersehen?", fragte Donna. „Ich habe meinen armen kleinen Dario noch immer nicht gefunden."

Flitzschwinge stocherte mit dem Schnabel im braunen, froststarren Gras und holte sich einen Krümel von irgendetwas hervor. „Merkwürdig. Er hat den gestrigen Tag in der Buchhandlung bei Saroyan verbracht. Als ich Saroyan bei Einbruch der Dunkelheit traf, hatte er deinen Dario gerade bis zur Brücke begleitet und ihm genau erklärt, wo sich die Korbburg befindet."

„Aber er ist da nie angekommen", rief Donna. „Ich bin erst gegen Mitternacht mit dem Beschaffungstrupp in die Innenstadt gezogen. Bis dahin war ich in meinem Korb. Muzza hätte mich gewiss verständigt."

„Gewiss", sagte Webster. „Und auch zuvor, als ich kurz in der Korbburg vorbeischaute, weil ich wissen wollte, ob es neue Überfälle gegeben hätte, sagte niemand etwas von Dario."

Flitzschwinge stocherte wieder zwischen den Grashalmen, aber sie tat es unkonzentriert und ohne Erfolg. Offenbar sollte es ihr nur beim Nachdenken helfen. „Gehen wir einmal davon aus, dass dein Dario neugierig ist, wie alle in seinem Alter.

Und gehen wir davon aus, dass er seine Mutter liebt, aber auch so manchen Rüffel von ihr hat einstecken müssen. Und gehen wir obendrein davon aus, dass es Zufälle gibt, ich meine, irgendwelche Vorkommnisse, die einen ablenken von dem, was man gerade tun möchte, oder einen überhaupt in eine andere Richtung treiben. Und gehen wir zu allem Überfluss auch noch davon aus, dass junge Säuger oft gerade das tun, was sie nicht tun sollen und wovon man ihnen immer am dringendsten abgeraten hat, weil sie plötzlich in einer Situation sind, in der sie selbst herausfinden können, warum und wovor man sie gewarnt hat. Wenn wir also", Flitzschwinge hatte zu stochern aufgehört und wandte Donna mit voller Aufmerksamkeit ihr rechtes Auge zu, „von all dem ausgehen, was kommt dann unterm Strich heraus?"

„Dass Dario sich eine tolle Nacht in der Stadt gemacht hat", sagte Webster mit einem bösen Grinsen.

Flitzschwinge hielt weiter den Blick ihres rechten Auges auf Donna gerichtet und Donna sagte leise, aber in ihrer Intelligenz messerscharf: „Dass mein armer kleiner Dario irgendwo dort drüben ist."

„Bingo!", antwortete Flitzschwinge wieder einmal. „Wenn ihr mich fragt, ist das die größte aller Wahrscheinlichkeiten."

„Aber es gibt nicht die geringste Spur, nicht den geringsten Beweis, und als ich bei den Möwen ermittelte, wusste keine etwas von Dario." Webster hatte begonnen auf und ab zu gehen.

„Überleg doch, Webster." Donna ging beinahe im Gleichschritt mit ihm. „Wann warst du bei den Möwen? Ich nehme an, gestern Nachmittag. Dieser Saroyan hat Dario aber angeblich erst bei Einbruch der Dunkelheit zur Brücke gebracht. Warum ist er übrigens nicht mitgekommen? Er hätte Dario doch gleich bis zur Korbburg begleiten können, wenn er sich schon die Mühe gemacht hat, aus seinem Laden herauszukommen."

„Das konnte er nicht", warf Webster ein. „Er hätte dabei nämlich eine Begegnung mit Muzza riskiert und das wollte er sich wahrscheinlich nicht antun."

Donna blieb verdattert stehen. „Wieso denn nicht? Sie hat in den höchsten Tönen von ihm gesprochen."

„Na ja", auch Webster war wieder stehen geblieben und Flitzschwinge umkreiste die beiden, hier und da wieder im Boden stochernd, „es gibt ein kleines Problem zwischen Saroyan und Muzza. Es hat mit dem Obersten Rat zu tun. Jede Art entsendet in den Rat nur einen einzigen Vertreter beziehungsweise Vertreterin."

„Und Muzza hat gedacht, dass sie die Vertreterin der Katzen wäre, da sie schon seit einiger Zeit der Korbburg vorsteht, während Saroyan zu seinem Menschen gezogen ist“, fuhr Webster fort.

„Natürlich kann an Muzzas Verdiensten nicht gezweifelt werden. Aber Saroyan war Gründungsmitglied unserer Gesellschaft und seine Erfahrungen sind von unschätzbarem Wert“, betonte Flitzschwinge.

„Ich verstehe.“ Donna wurde nun tatsächlich einiges klar.

„Nebenbei bemerkt“, sagte Webster, „die beiden waren lange ein Paar und haben gemeinsam einige Würfe produziert.“

„Musst du deine Nase schon wieder in die Privatangelegenheiten anderer Wesen stecken, Webster?“, fragte Flitzschwinge mit leicht vorwurfsvollem Unterton.

„Es gehört zu meinem Beruf, immer genau zu wissen, was um mich herum vorgeht. Alles, was geschieht, hat auch eine private Seite.“ Webster sprach mit ungewohntem Pathos und so, als habe er eine Berufsmoral zu verteidigen.

Flitzschwinge öffnete mehrmals ungeduldig den Schnabel und sagte dann: „Wie immer du es nennen magst, du bist und bleibst ein Schnüffler!“ Doch gleich darauf fügte sie hinzu: „Womit ich deine Fähigkeiten nicht herabsetzen möchte.“

Donna hatte sich hingelegt und die ganze Zeit über zum anderen Ufer gestarrt. Es war zu weit weg, um außer Bänken, Büschen und Bäumen etwas erkennen zu können. „Dann werde ich jetzt also hinübergehen“, sagte Donna plötzlich, „und drüben nach meinem armen kleinen Dario suchen.“

Flitzschwinge hüpfte an ihre Seite. „Bitte, Donna! Tu es nicht! Zumindest nicht vor heute Abend. Es ist schon zu hell geworden. Sobald die Sonne aufgegangen ist, wimmelt es hüben und drüben von Menschen, die ihre Leinenhunde spazieren führen. Die Katzen und alle anderen frei lebenden Tiere sind längst in ihren Verstecken. Und bei dem Betrieb wird es dir unmöglich sein, ungestört nach Dario zu suchen.“

Donna seufzte. Ihr leuchtete es ein, was Flitzschwinge gesagt hatte. Und müde war sie auch, zum Umfallen müde. „Also, was dann?“, frage sie Webster mit kleiner Stimme.

„Wir müssen es Odo sagen!“

„Wieso Odo? Was soll der tagsüber tun können?“

„Wir müssen Odo sagen, dass der Oberste Rat zusammentreten muss. Wegen der Marder. Odo ist ebenfalls Mitglied, Gründungsmitglied.“

„Ich werde außerdem Notburga verständigen“, meinte Flitzschwinge. „Mal sehen, ob die Ratten schon neue Informationsbeschaffer ernannt haben. Wenn nicht, muss man notfalls die Mäuse um Hilfe bitten. Dohlen, Möwen und Tauben sind kein Problem. Wer aber gibt Saroyan Bescheid? Er hält sich tagsüber in der Buchhandlung auf.“

„Wann wollt ihr überhaupt tagen? Und wo?“, fragte Webster beflissen.

Flitzschwinge zögerte einen Augenblick. „Eigentlich geht das außer den Ratsmitgliedern niemanden etwas an. Aber diesmal haben wir es mit einer schwerwiegenden Sache zu tun, und weil du es ja Odo mitteilen musst, Webster, sage ich es dir. Aber vergiss es sofort wieder, nachdem du ihn verständigt hast.“

„Und Saroyan. Wenn du willst, werde ich versuchen, auch zu Saroyan zu gehen. Und wenn ich dazu am helllichten Tag durch die Stadt muss“, erklärte Webster, selbst beeindruckt von seinem Angebot.

„Also, ich schlage den anderen Mitgliedern des Obersten Rates vor“, Flitzschwinge reckte sich empor und flatterte ein wenig mit den Flügeln, „dass wir uns heutigen Tags, bei Einbruch der Dunkelheit, beim ...“, Flitzschwinge keckerte ein paar Töne vor sich hin, die wie Räuspern klangen, „... beim Orakel treffen."

Webster spitzte das heile Ohr und wiederholte: „Heutigen Tags, bei Einbruch der Dunkelheit, beim Orakel!"

„Und wag es ja nicht, mich danach zu fragen, was das zu bedeuten hat, Webster!" Webster warf Donna einen »Alles-durchschaut«-Blick zu, aber Donna war in Gedanken noch immer bei Dario und bemerkte es gar nicht.

21

Dario hatte, mit Maunzer und Raunzer geradezu verknäult, viele Stunden geschlafen, doch je älter der Tag wurde, desto deutlicher meldete sich der Hunger in Darios Bauch. Da er nicht wusste, wie er das mit der Mäusejagd anstellen sollte, beschloss er darauf zu warten, bis Maunzer und Raunzer wach wurden. Auch die beiden mussten irgendwann hungrig werden und dann wollte er dabei zuschauen, wie sie zu ihrer Beute kamen, und es ebenso machen. Aber er musste sich noch eine ganze Weile gedulden.

Inzwischen war Dario mehrmals hochgeschreckt, weil immer wieder einer dieser Hunde, die kurz von der Leine gelassen worden waren, sich bis an ihr Schlafgebüsch verirrte. Der kläffte dann so lange, bis sie alle drei schlaftrunken die bekrallten Pfoten nach ihm ausstreckten. Meist genügte das. Sobald der Hund begriffen hatte, mit wem und mit wie vielen er es zu tun hatte, verschwand er leise, so als habe er sich geirrt und nichts, aber auch gar nichts Bekläffenswertes bemerkt.

Der Tag hatte sonnig begonnen, war jedoch zunehmend windig und regnerisch geworden. Zwischendurch riss der Föhn den Himmel wieder auf und es sah dann nach einem warmen Tag aus. Erst als niemand mehr Lust hatte, spazieren zu gehen oder seinen Hund zu lüften, konnten die Katzen darangehen, für sich selbst zu sorgen.

„Um Mäusen aufzulauern, ist es schon zu spät am Tag. Es sei denn, du erspähst zufällig eine, die so frech ist, sich jetzt noch aus ihrem Loch zu wagen", rief Maunzer, der sich selbst beeilen musste, dass er etwas fand, womit er sich den Bauch füllen könnte. „Schau lieber, Dario, dass du eine von den älteren Tauben fängst! Der Winter hat ihnen zugesetzt. Die Menschen füttern sie zwar, aber nur mit Brot, was sie schwammig und kraftlos werden lässt. Oder sie vergiften sie. Dann musst du höllisch aufpassen, damit du nicht mit draufgehst."

Dario trabte hinter den beiden her und legte sich dann in gebührendem Abstand auf die Lauer. Doch das Einzige, was ihm vor die Fänge geriet, war ein altes Plastiksäckchen, in dem sich die Reste einer Buttersemmel befanden, die er nach langem Beschnuppern schließlich fraß. Die Tauben flogen offenbar immer nur an Maunzer und Raunzer vorüber, aber selbst die hatten es schwer. Und als sie endlich eine erwischten, stellte sich heraus, dass sie voller Geschwüre war und dass das, was von ihr noch genießbar schien, ihren Hunger bei weitem nicht stillte.

Ziemlich niedergeschlagen und beinah so hungrig, wie sie aufgestanden waren, gaben die drei bei Einbruch der Dunkelheit auf. Raunzer dachte daran, einen kleinen Raubzug ans andere Ufer zu unternehmen, aber Maunzer verwarf den Vorschlag. Seit die Schwertkrallen mit Molly zurückgekommen waren, gab es Gerüchte über starke Sicherheitsmaßnahmen der Korbburgbewohner. Deshalb konnten solche Aktionen nur mehr in größeren Gruppen gewagt werden, was bedeutete, dass sie geplant werden mussten.

Es blieb ihnen also gar nichts anderes übrig, als wieder einmal ins *Katerloch* zu gehen, um sich wenigstens aufzuwärmen. Sie trotteten auf dem Fußgängerweg dahin, lugten in jeden Abfallkorb, fanden ein paar Brotreste, aber befriedigend war das alles nicht.

„Die Freiheit hat ihren Preis“, meinte Raunzer. „Trotzdem geht nichts über eine erfolgreiche Jagd. Lass den Boden erst wärmer und weicher werden, dann gibt es Mäuse in Hülle und Fülle, und dazu noch Leckerbissen wie Nestlinge oder heruntergefallene Eier.“

Erst jetzt fiel Dario auf, wie viel besser als seine Kameraden er im Fleisch stand. Kein Wunder, dass er letzte Nacht seine erste große Keilerei mit Anstand hinter sich gebracht hatte. Die Kratzer auf seiner Stirn begannen zu heilen und juckten gewaltig, die Schwellung aber war schon zurückgegangen. Und als er sich im letzten Abendlicht in einer Pfütze spiegelte, fand Dario, dass nun auch er einigermaßen verwegen aussah.

Diesmal war es Tisch zwei, an dem gerade niemand saß und unter dem die Bierlachen noch relativ frisch waren. Maunzer, Raunzer und Dario waren nicht die Einzigen, die sich vor dem wieder schärfer werdenden Wind hier hereingeflüchtet hatten. Die meisten der anderen Katzen sahen gleichermaßen zu kurz gekommen aus und Barack erbarmte sich ihrer. Er schleppte aus der Küche ein paar Schinkenabfälle und die Reste von Würsteln an, die einem Gast nicht geschmeckt hatten – was umständlich genug vor sich ging und doch nur hohle Zähne füllte. Schließlich war das *Katerloch* kein Restaurant und es gab auch für Menschen nur Kleinigkeiten zu essen.

„Bier nährt ebenfalls!“, rief Lumpazi, und als sie die Lachen unter Tisch zwei aufgeleckt hatten, fand Barack ein großes Stück Brot, das er in die noch schäumende Pfütze hinter der Theke tauchte und dann stückchenweise anschleppte.

„Ab morgen verpflegt ihr euch aber wieder selber, Kameraden, verstanden?! Ich bin zwar ein Freund der Säbelzähne, aber nicht die Caritas“, schnaufte Barack, als er mit der Brotaktion fertig war.

Den Katzen stieg das Bier rasch zu Kopf, gerade weil sie so wenig im Magen hatten, und Barack musste sie immer wieder darauf aufmerksam machen, dass sie hier bloß geduldet seien. Sein Mensch habe zwar schon mitgekriegt, dass er, Barack, hin und wieder Besuch von seinesgleichen bekam, aber sobald sie in irgendeiner Weise auffällig würden, müssten sie damit rechnen, dass man sie samt und sonders hinausschmiss.

„Ist ja schon gut, Barack, wir wissen Bescheid“, versuchte Schnurz zu beschwichtigen.

„Und halten uns daran“, fügte Haderlump, als hätte er Kreide gefressen, hinzu.

„Wär doch gelacht, wenn die Säbelzähne sich nicht anständig aufführen könnten, jawohl, anständig aufführen könnten“, raspelte Lumpazi und es klang, als lalle er ein wenig.

Sie gingen die Kämpfe der vergangenen Nackt noch einmal durch, versuchten im Nachhinein herauszufinden, warum wer bei welcher Bewegung bereits verloren hatte und mit welchem Schlag wer vielleicht noch hätte gewinnen können.

Dario erinnerte sich an das, was eine der Pussen gesagt hatte, nämlich dass es klüger wäre, wenn sie sich auf Futtersuche machten anstatt sich gegenseitig zu schwächen. Und dann fiel ihm auch noch ein, dass es Molly gewesen war, die mit ihrem Gerede über Mäuse die große Keilerei ausgelöst hatte. Aber Molly war nicht da. Noch war der Friede zwischen Säbelzähnen und Schwertkrallen nicht wiederhergestellt – wenn es ihn überhaupt je gegeben hatte und die Einzelkämpfe nicht nur Vorspiel für die große Keilerei gewesen waren, auf die alle es längst abgesehen hatten.

Je wärmer ihnen wurde und je gründlicher das Bier seine Wirkung tat, desto mehr tauten sie auf. Nicht nur Dario, auch die meisten anderen Kater hatten etwas einstecken müssen. Sie fingen an sich gegenseitig ihre Wunden zu zeigen, wobei manche davon nicht wie bei Dario heilten, sondern sich entzündet hatten und bei Licht besehen übel nässten oder gar eiterten. Je länger Dario zuhörte, desto mehr hatte er den Eindruck, dass Sieger anders aussahen. Er machte sich erstmals Gedanken darüber, wer denn bei der großen Keilerei überhaupt gewonnen hatte.

„Diese Schwertkrallen“, fing Haderlump zu schimpfen an, „sind ein übles Pack, das die alte Kampfmoral in den Rauchfang gehängt hat.“

„Was heißt Kampfmoral?!“, suderte Schnurz. „Diese dahergelaufenen Wichser machen uns das Revier streitig und tricksen uns bei jeder Gelegenheit aus.“

„Die mit ihren fernöstlichen Taktiken! Die reine Hinterlist! Von Fairness keine Spur. Unsereins beißt den Gegner ins Genick, um ihn zu besiegen, aber die, die gehen einem sofort an die Gurgel“, stimmte Lumpazi in das Schimpfen ein.

„Kein Wunder, sie haben zu viele Siamkatzen unter ihren Ahnen. Seht euch diesen Boss einmal genauer an. Schaut er nicht aus wie einer dieser Ganoven aus Siam? Und jeder Kater weiß, dass die Siamesen sich wie die Hunde aufführen. Allein das Geschrei! Kein Kater mit einer halbwegs anständigen Abstammung quetscht solche Töne aus sich heraus, auch nicht, wenn er das Maul voller Schwänze hat“, erklärte Maunzer und legte dabei die Stirn in Falten.

„In Gott’s Nam’, in Gott’s Nam’,
haut ab nach Siam!
Ihr siamesischen Mauler
und hundsföttischen Jauler!“,

sang Raunzer, der eigentlich von den Schwertkrallen abstammte, aber im Gegensatz zu seinen vielen Geschwistern ein überzeugter Säbelzahn war. Auch ihn hatten – wie er selbst behauptete – die vielen Siamesen in der Gang gestört. Die meisten von ihnen würden schielen, was sie noch unberechenbarer mache. Wohingegen die Säbelzähne die guten alten europäischen Manieren hätten und sich nicht nur durch besondere Reviertreue, sondern auch durch männliches Benehmen auszeichneten. Als ehemalige Schwertkralle musste er sich schließlich besonders für die Vorzüge der Säbelzähne ins Zeug legen.

„Würde es einem von uns einfallen, sich dauernd von so einer Pusse wie dieser Molly vom anderen Ufer ins Wort fallen zu lassen?", fragte Lumpazi und schlug mit seinem schwarz-weißen Schwanz einmal auf die eine, dann wieder auf die andere Seite. „Natürlich nicht. Bei uns ist nämlich noch klar, wo die Pussen ihren Platz haben."

In Dario stieg der leise Verdacht auf, dass Donna spätestens in diesem Moment die Geduld verloren und sich ziemlich heftig ins Gespräch gemischt hätte. Aber Donna war nicht da. Zum Glück, meinte Dario, denn er ahnte, dass Donna widersprochen hätte und dabei sicher handgreiflich geworden wäre. Und während die Kater weiter ihr traditionsbewusstes, artgerechtes Leben rühmten, dachte Dario seit Längerem wieder einmal ausführlich an Donna. Er fragte sich, wie es ihr wohl auf der anderen Kanaluferseite erging und welche Rolle sie unter den dortigen frei lebenden Katzen spielte.

„Die Freiheit hat ihren Preis", sagte nun auch Barack, „vor allem die ganze. Was mich betrifft, genügt mir die halbe, vor allem im Winter!"

Er sah genauso gesund aus wie Dario. Man merkte den beiden an, dass sie ihre täglichen Mahlzeiten sowie ihre Impfungen bekommen hatten.

„Spießer!", rief Lumpazi. „Du bist und bleibst ein Spießer, Barack, der keinen Sinn für höhere Werte hat."

Barack erwiderte nichts, sondern schob ein weiteres Würstelende unter Tisch zwei.

Dafür fragte Dario allen Ernstes: „Was für höhere Werte?"

Lumpazi schaute ihn irritiert an und meinte dann ein wenig herablassend: „Man merkt, dass du immer schön im Körbchen gelebt hast. Wärst du hier bei den Säbelzähnen aufgewachsen, wüsstest du nämlich, wovon ich rede."

„Weiß ich aber nicht", maunzte Dario, „tut mir leid."

„Zum Glück bist du ein Kater“, fuhr Lumpazi fort, „also wirst du umso eher verstehen, was ich dir sage. Als der Katzengott uns schuf, machte er uns zu den schönsten und unabhängigsten Wesen der Welt. Wir sind bis heute verpflichtet, diesem Anspruch gerecht zu werden. Einige von uns, Maunzer zum Beispiel, tragen noch jenen falben Ton in ihrem Fell, der uns daran erinnern soll, wie wir ursprünglich ausgesehen haben. Gleichzeitig machte »Er« uns zu Jägern und deshalb sind wir verantwortlich dafür, dass das Gleichgewicht der Welt aufrechterhalten bleibt. Es liegt an uns, ob andere Arten überhand nehmen oder nicht. Betrachte die Dinge des täglichen Lebens einmal in diesem Licht!“

Dario versuchte es, aber er sah nur eine Reihe von verletzten, ausgehungerten Katern, die weder besonders schön waren noch besonderes Glück bei der Jagd gehabt hatten. Dennoch beeindruckten ihn Lumpazis Worte und er dachte, dass diese Werte deshalb »höhere« hießen, weil man sie kaum verstehen konnte. Jedenfalls nahm er sich vor, immer wieder an sie zu denken. Sie schienen ihm die beste Erklärung für den Sinn und Zweck der Katzen in der Welt zu sein und er wunderte sich, dass Donna nie davon erzählt hatte.

Auch Dario hatte von den Bierpfützen geleckt und ein wenig von dem getränkten Brot gekostet, obwohl er sich in Erinnerung an den Kopfschmerz und die Übelkeit von der letzten Nacht deutlich zurückhielt. Doch während er weiter über die »höheren Werte« nachdachte, rissen ihn plötzlich zwei bekannte Stimmen aus seinen Betrachtungen und er duckte sich unwillkürlich hinter die anderen Kater.

Es waren Ras Kachl und Maritschek, deren Kommen Dario gar nicht bemerkt hatte. Vielleicht waren wie schon von Anfang an da gewesen und Dario hatte sie vor lauter »höheren Werten« nicht wahrgenommen. Jedenfalls schienen sie sich einige Biere und Branntweine hinter die sprichwörtliche Binde gekippt zu haben und wurden zusehends lauter.

„Wie soll ich ihr bloß unter die Augen treten?", jammerte Ras Kachl.

„Das machst du mit links", rief Maritschek, der einen leichten Zungenschlag hatte. „Mit llllinks. Augen blau und unschuldig aufgemacht! – Na so was! Die schlimmen Einbrecher! Und den Katz haben sie auch geklaut? Wieso geklaut? Vielleicht ist er einfach abgezischt, während die Einbrecher nach den Gläsern gesucht haben ..."

Maritschek hatte das in einem Ton gesagt, der Ras Kachl vorgab, was er und wie er es sagen sollte. Nun fiel er wieder in seine eigene gewöhnliche Sprechweise zurück.

„Abgezischt … dieses Biest. Den Schwanz schneid ich ihm ab, wenn es mir noch einmal über den Weg läuft. Dieses raffinierte kleine Monster!"

Dario zuckte bei jedem dieser Worte zusammen und Barack gab ihm ein Zeichen, sich weiter in den Tischschatten zurückzuziehen.

Maritschek war noch nicht fertig. „Was glaubst du, Ras, wie ich jetzt dastehe? Du musst nur der alten Zizibe ein bisschen was vorgeigen, aber ich? Ich muss meinen Auftraggeber enttäuschen. Und mein Auftraggeber ist ein wichtiger Mann, wie du weißt. Der großen Einfluss hat, wie du weißt. Und dem ich einen Gefallen schulde, wie du weißt!"

„Diesen Katz oder so einen ähnlichen kriegen wir wieder. Mach dir da keine Sorgen. Zizibe wird alles tun, um ihn zurückzubekommen. Und wenn sie ihn hat, haben wir ihn, das heißt, dann hast du ihn. Das deichseln wir schon. Mach dir deswegen keine Sorgen. Ich bin da in der viel blöderen Situation. Sie wird mir in die Augen schauen und sagen: Ras, was blinzelst du so?"

„Dann blinzelst du eben nicht!", meinte Maritschek trocken. „Wer sagt denn, dass du blinzeln musst?"

„Ich muss immer blinzeln, wenn ich gelogen habe. Schon als Kind habe ich immer blinzeln müssen und dann hat mir meine Mutter den Hintern versohlt.“ Ras Kachl war den Tränen nahe.

„Rindvieh!“, brüllte Maritschek. „Rrrindvieh Rrras! Das hättest du dir früher überlegen müssen. Wer ins Geschäft einsteigen will, darf nicht blinzeln müssen, hast du gehört? Aber eines sage ich dir, wenn du blinzeln musst und den Katz nicht wieder beschaffen kannst, kriegst du doppeltes Fett, denn mein Auftraggeber kann nicht warten. Das ist ein Typ, der nicht warten kann. Es gibt solche Typen, wie du weißt. Und die fangen gleich zu zappeln an, wie du weißt. Und wenn einer wie mein Auftraggeber zu zappeln anfängt, ist das für uns beide schlecht, wie du weißt.“

„Noch zwei Bier und zwei Barack, Branntweiner!“, rief Ras Kachl heiser. Baracks Mensch füllte zwei Krüge mit Bier und zwei kleine Gläser mit Marillenschnaps und brachte sie an den Tisch, an dem Ras Kachl und Maritschek mehr lehnten als saßen.

Die Kater hatten alle gelauscht und einmal Dario, dann wieder einander angestarrt – als ihre Aufmerksamkeit auf eine Pusse gelenkt wurde, die sich durch Baracks Pforte hereingezwängt hatte. Sie näherte sich ihnen nun, an der Wand entlangrobbend. Es war Molly und alle rissen vor Verwunderung die Mäuler auf.

„Was ist? Hat es euch die Rede verschlagen?“ Niemand antwortete. „Ich bin weder ein Gespenst noch eine Schwertkralle. Ich bin nur in den Boss verliebt, wie ihr alle wisst. Also glotzt mich nicht so an, als wäre ich eine Wasserleiche.“

„Ich weiß, dass du keine Schwertkralle bist“, entschloss sich Lumpazi endlich zu antworten. „Es ist noch schlimmer, du bist von drüben!“

„Na und?“ Molly spitzte das Schnäuzchen. Es fehlte nicht viel und sie hätte Lumpazi die Zunge gezeigt. „Ob du es glaubst oder nicht, auch auf dem anderen Ufer gibt es Katzen. Und nicht die schlechtesten. Wir haben unser Leben nämlich besser organisiert und auf die moderne Welt eingerichtet.“

„Moderne Welt!“ Lumpazi schüttelte sich. „Wenn ich das schon höre. Da lobe ich mir unsere alten Jagdgründe, wo Stärke und Geschick noch ihren Wert haben.“

„Stärke und Geschick?“, fragte Molly. „Das werdet ihr beides brauchen, wenn ihr erfahrt, warum ich gekommen bin.“

„Und warum bist du zu uns gekommen?“, erkundigte Haderlump sich förmlich.

„Weil die Schwertkrallen genauso verbohrt sind wie ihr und sich niemand gefunden hat, der euch benachrichtigen wollte“, sagte Molly mit einem ungeduldigen Seufzer.

„Benachrichtigen?“, fragte Schnurz umständlich. „Wovon benachrichtigen?“

Molly schaute von einem zum anderen, um ihnen den Ernst der Lage klar zu machen. Dann sagte sie überdeutlich: „Die Marder sind eingefallen!“

„Was heißt eingefallen?“ Lumpazi schien nicht besonders beeindruckt. „Es gibt schon seit Langem ein paar Marder auf dieser Seite.“

„Vielleicht sollte ich lieber sagen »hergefallen«. Sie sind über einen Wurf Schwertkrallen-Kätzchen hergefallen, über Neugeborene, und haben ihnen die Köpfe abgebissen, während die Mutter auf Nahrungssuche war.“

Den anwesenden Katern sträubten sich die Schnurrbarthaare. Wieder sagte keiner etwas, so als dächten sie alle insgeheim, ihnen könne so etwas nicht passieren und die Schwertkrallen sollten selber sehen, wie sie mit den Mardern fertig würden.

„Ich finde“, sagte Molly ein wenig theatralisch, „das geht uns alle etwas an. Die Schwertkrallen beraten unter der dritten Brücke von hier. Es wäre gut, wenn ihr dabei wärt.“

Die Kater sahen einander an. „Aus reiner Fairness“, sagte Lumpazi dann. „Kommt Kameraden! Lasst uns hören, was für glorreiche Ideen zur Marderbekämpfung die Schwertkrallen haben.

Oder ob wieder einmal wir ihnen sagen müssen, was zu tun ist."

Plötzlich erhob sich im *Katerloch* riesiger Tumult und ein Tisch wurde umgestoßen. „Da!", rief jemand. „Da, da, da! Da ist der Katz! Genau der!" Es war Maritschek, und Ras Kachl grölte: „Er hat sich vervielfacht und spielt alle Farben!" Er begann zu zählen: „Eins, zwei, drei, vier, fünf ..."

Während Ras Kachl noch zählte, hatte Maritschek bereits die Verfolgung aufgenommen. Und als Dario sich als Letzter durch Baracks Pforte drückte, war ihm Maritschek dicht auf den Fersen.

„Ihm nach!", schrie er. „Ihm nach! Los, mach schon, Ras!" Er musste mehrmals an der Tür rütteln, bis er sie endlich aufbrachte, aber da galoppierten die Kater bereits über die Straße und sausten dann die Böschung hinunter, wo sie sich im Schutz der Büsche verkrümelten.

22

Erschöpft, wie sie von der langen Nacht waren, hatten Donna und Webster sich für ein paar Stunden in die Korbburg zurückgezogen, um erst einmal auszuschlafen und neue Kräfte zu sammeln. Anschließend hatte Donna es sich dann nicht nehmen lassen, mit Webster in die Stadt zu gehen, um Saroyan vom Treffen des Obersten Rates zu verständigen. Sie hatte eingesehen, dass es nicht klug war, allein ans andere Ufer zu laufen, ohne genau zu wissen, wo sie Dario suchen sollte.

Die beiden wählten für ihren Stadtspaziergang einen Zeitpunkt am frühen Nachmittag, wenn die meisten Menschen ihr Sonntagsschläfchen machten, denn sie wollten so wenigen Leinenhunden wie möglich begegnen. Odo, den sie unterwegs trafen, begleitete sie und kam zu ihrem Schutz sogar bis zur Buchhandlung mit, um gegebenenfalls innerstädtische Hunde abzulenken. Er wusste schon alles, hatte beim Morgenspaziergang Flitzschwinge getroffen und versprach nun Donna und Webster, nach der Zusammenkunft des Obersten Rates mit ihnen ans andere Ufer zu kommen – falls Dario bis dahin noch immer nicht in der Korbburg aufgetaucht wäre.

Vor den Blicken der Menschen mussten Donna und Webster sich selber schützen, was bei Erwachsenen kein allzu großes Problem war. Schwieriger schien es hingegen, auch von Kindern nicht bemerkt zu werden, die ja viel kleiner waren und häufiger nach unten sahen. Aber da das Wetter ziemlich wechselhaft war, begegneten sie nicht allzu vielen Kindern.

Vor der Buchhandlung bellte Odo mehrmals in bestimmten Abständen und Saroyan verstand sogleich. Er hüpfte vom Büchertisch, auf dem er gedöst hatte, kam durch seine geheime Tür bis zur Straße und stemmte mit dem Kopf die Klappe auf, so dass Donna und Webster mit ihm hineinschlüpfen konnten. Dann kroch er voraus, wieder unter den Tisch, der durch die Plakate vor neugierigen Blicken geschützt war. Als Donna und Webster nachgekommen waren, begrüßte Saroyan sie. „Hallo, ihr beiden!“ Und Webster sagte: „Das ist Donna, die Mutter von Dario, der, wie wir in der Zwischenzeit erfahren haben, den Tag vor seinem endgültigen Verschwinden bei dir verbracht hat.“

„Verschwinden? Wieso Verschwinden? Ich habe ihn bis zur Brücke begleitet und ihm alles genau erklärt. Es war nur mehr ein Katzensprung!" Saroyan schien verwundert.

„Den er nicht gesprungen ist", meinte Webster. „Oder wenn er gesprungen ist, dann in eine andere Richtung. Wir vermuten, dass Dario, aus welchen Gründen auch immer, sich auf der anderen Kanaluferseite befindet."

„Hm!", machte Saroyan. „Auf der anderen Seite, sagst du? Ich werde ihm doch nicht mit meinen Erzählungen aus den alten Zeiten einen Floh ins Ohr gesetzt haben?!"

„Was für einen Floh?" Donna fühlte sich verunsichert. Einerseits war ihr die Flohgeschichte mit Molly noch in unangenehmer Erinnerung. Andererseits wirkte Saroyan genauso gepflegt wie sie oder Dario, so dass sie an einen tatsächlichen Floh nicht so recht glauben mochte.

„Bei jungen Katern weiß man nie, wie anfällig sie für Heldentum sind." Saroyan machte eine kleine Pause, als versuche er, sich an alles zu erinnern, was er Dario erzählt hatte. „Vielleicht hat er sich in den Kopf gesetzt auf der anderen Seite ebenfalls so etwas wie eine Kanalufergesellschaft zu gründen."

Donna und Webster schauten sich entgeistert an. Auf alles wären sie gekommen, nur darauf nicht. Webster fasste sich als Erster. „Hat er so auf dich gewirkt?"

„Natürlich nicht. Ich hatte eher den Eindruck, dass er so rasch wie möglich zu seiner Mutter wollte. Aber die Sehnsucht nach Heldentum entsteht bei jungen Katern oft ganz plötzlich. Was auch immer Dario passiert ist, ich fühle mich mitverantwortlich und begleite euch gerne nach Einbruch der Dunkelheit ans andere Ufer, um nach ihm zu suchen. Auch wenn ich nicht mehr der Jüngste bin“, fügte Saroyan hinzu.

„Das hat uns Odo auch versprochen“, sagte Donna und vor Rührung gingen ihr beinah die Augen über.

„Die Sache hat nur einen Haken“, warf Webster sachlich ein, „wir sind eigentlich gekommen, weil Flitzschwinge uns gebeten hat, dir auszurichten, dass der Oberste Rat zusammentritt. Heutigen Tags, nach Einbruch der Dunkelheit, beim Orakel!“

Saroyan kniff die Augen zusammen und musterte Webster gedankenvoll. „Wenn Flitzschwinge jemandem wie dir diese Botschaft anvertraut, muss wirklich große Gefahr drohen. Hast du eine Ahnung, Webster, worum es geht?“

Donna und Webster erzählten nun abwechselnd, was sie von der ganzen Marder-Misere wussten. Und Donna schilderte noch einmal in aller Ausführlichkeit, wie sie die Familie auf der Brücke gesehen hatte.

„Die Marder, die Marder, die Marder …“ Saroyan schlug mit seinem kastanienfarbenen Schwanz gegen den Boden. „Ich habe es kommen sehen, längst. Und ich habe immer wieder vorgeschlagen, die Marder in unsere Gesellschaft aufzunehmen. Sicherheitshalber sozusagen.“

„Aber wir alle wissen, dass Marder sich an gar nichts halten“, sagte Webster.

„Gerade deshalb. Wir hätten sie dazu zwingen müssen. Nötigenfalls mit Hilfe der Katzen vom anderen Ufer.“

„Du willst doch nicht sagen, Saroyan, dass du mit der anderen Seite irgendetwas im Sinn hattest?“ Webster schien verwirrt.

„Das nennt man vorausschauende Politik, mein Lieber. Aber wir hatten ja immer dringlichere Probleme, die sofort gelöst werden mussten. Und insgeheim dachten alle, solange auf unserer Seite keine Marder sind, brauchen wir uns nicht darum zu kümmern. Jetzt, wo bereits die erste Marderfamilie bei uns siedelt, ist alles viel schwieriger geworden.“

„Wo Marder sind, laufen Marder zu“, sagte Donna ohne zu wissen, woran sie dieses Sprichwort sie erinnerte.

„Du sagst es, Donna! Über kurz oder lang werden wir so viele Marder hier haben, wie ihrer

Meinung nach in diesem Revier Platz finden – wie viel Platz uns dabei bleibt, ist ihnen egal." Saroyan hatte damit begonnen, unter dem Büchertisch auf und ab zu gehen.

„Und deshalb", unterbrach Webster ihn, „trefft ihr euch gleich heute Abend beim Orakel." Dabei sah er Saroyan mit einem neugierigen und gleichzeitig ängstlichen Blick an. Doch als Saroyan weder streng noch strafend, sondern nur besorgt zurückblickte, wagte er zu fragen: „Könntest du mir vielleicht erklären, was das Orakel ist? Ich dachte bisher, ich würde unser Kanalufer wie meine Bauchseite kennen, aber da ist mir wohl etwas entgangen."

Saroyan schien sich ein wenig über Webster lustig zu machen. „Vielleicht sollte ich es dir nicht verraten, aber ich bin kein Freund von großer Geheimnistuerei. Das Orakel ist …"

Sowohl Webster als auch Donna hatten sich nach vorn gebeugt und den Atem angehalten. Sie hatten beide nicht wirklich damit gerechnet, Auskunft zu erhalten.

Saroyan schaute vergnügt von Donna zu Webster und wieder zurück. „Also, auch wenn ich es euch wahrscheinlich nicht sagen sollte, das Orakel ist …"

In diesem Augenblick betrat Saroyans Mensch den Laden und rief nach ihm, und als Saroyan nicht sogleich kam, hob er eines der Plakate.

„Du hast doch nicht etwa Besuch, Saroyan?!“

Webster und Donna waren bereits auf dem Weg nach draußen und das Letzte, was sie von Saroyan sahen, war ein eher spöttischer Blick anstatt des Rätsels Lösung.

„Wir sehen uns nach der Ratssitzung“, hatte Saroyan ihnen noch zugeraunt. „Ich halte mein Versprechen und begleite euch danach auf der Suche nach Dario!“

Donna und Webster standen auf der Straße, diesmal ohne den Schutz von Odo. Es hatte wieder einmal zu nieseln begonnen, zum Glück für die beiden, denn die meisten Menschen achteten mehr darauf, mit ihren aufgespannten Schirmen heil aneinander vorbeizukommen, als auf streunende Katzen, die sich an den Mauern der Häuser entlangdrückten.

Sie nahmen nicht genau denselben Weg zurück, den sie gekommen waren, sondern machten einen kleinen Umweg, der an Lew Leuwens »Nachtschatten« vorbeiführte. Dort angekommen setzten sie sich für einen Moment in einen Hauseingang, von dem aus sie einen guten Blick auf das Lokal hatten.

Lew hantierte an der Eingangstür und es dauerte eine Weile, bis Donna und Webster begriffen, was da geschah. Doch plötzlich fiel es Webster wie Schuppen von den Augen. „Das wird eine Katzentür, meine Schöne, wenn du mich fragst."

„Wie? Wo?" Donna sah genauer hin. „Ich traue meinen Augen kaum."

„Du kannst ihnen ruhig trauen. Es wird eine Katzentür, glaub mir, ich bin ganz sicher."

O Lew, dachte Donna, du bist doch der Beste, du hast es kapiert! Und am liebsten wäre sie schnurstracks über die Straße marschiert und ihrem Menschen auf den Schoß gehüpft. Aber das ging leider nicht, noch nicht. Zuerst musste sie Dario finden. Und vielleicht, wenn alles gut ging, würde sie schon heute Nacht gemeinsam mit ihrem Sohn durch diese kleine Tür spazieren, geradewegs in Lew Leuwens Arme.

„Komm, Webster, bevor ich vor Rührung heule. Jetzt ist keine Zeit dafür. Wir haben noch so einiges vor!"

Auch Webster erhob sich. „Gar nicht dumm, euer Mensch! Gar nicht dumm." Und sie stahlen sich fort in Richtung Kanalufer.

17

Schon von Weitem waren die Schreie der Mutter zu hören, die um ihre geköpften Jungen klagte. Darios Inneres krampfte sich zusammen und er hatte Mühe, mit den anderen Schritt zu halten, obgleich auch sie langsamer geworden waren. Dario dachte unwillkürlich an Donna und er erinnerte sich an einen Ton aus seiner Kindheit: Donna hatte auf ähnliche Weise geklagt, als Lew Leuwen Darios Geschwister zu ihren neuen Menschen gebracht hatte, aber nicht lange und bei Weitem nicht so heftig. Schließlich hatte Lew immer wieder erklärt, es gehe den Kleinen gut, er könne und wolle sich keine fünf Katzen leisten und erst recht keine fünf Katzenklos säubern.

Dario hatte seine Geschwister eine Zeit lang vermisst, vor allem beim Spielen, aber irgendwann hatte er sie dann vergessen. Er wusste nur noch, dass es eine Schwester und zwei Brüder waren und dass Donna nicht mit Tatzenhieben gespart hatte, wenn sie es zu wild trieben.

Molly war den Katern immer um ein paar Schritte voraus. „Hört euch das an!“, maunzte sie. „Diesen Schmerz, diesen Kummer! Ihr müsst euch wohl etwas einfallen lassen, wenn ihr das von nun an nicht öfter hören wollt!“

Die Kater folgten ihr geduckt und mit ernsthaften Mienen, so als dächten sie ununterbrochen nach. Als sie dann aber an der Stelle ankamen, an der die Schwertkrallen sich versammelt hatten, wurden ihre Beine steif und ihr Rückgrat wölbte sich nach oben.

„Pisser!“, rief eine der Schwertkrallen zur Begrüßung.

„Scheißer!“, antwortete ein Säbelzahn.

Wer weiß, wo diese Art Geplänkel noch hingeführt hätte, wäre Molly nicht empört zwischen sie gefahren. „Seid ihr noch zu retten?“, kreischte sie. „Da werden Kätzchen aus reiner Mordlust geköpft und euch fällt nichts anderes ein als euch anzugiften!“

Verdutzt starrten die Kater einander an, bis Lumpazi sich ein Herz nahm und in sachlichem Ton fragte, was denn nun genau geschehen sei.

Da riss sich die klagende Mutter, eine junge Gefleckte, von den übrigen Pussen los, die sie trösten und besänftigen sollten, und sie schrie mit gellender Stimme: „Ich musste meinen Wurf im Laubhaufen alleine lassen, um etwas Essbares aufzutreiben!“ Sie starrte die Kater einen nach dem anderen vorwurfsvoll an und schleuderte ihnen die nächsten Sätze nur so ins Gesicht. „Schließlich kümmert sich keiner von euch darum, wie wir die Jungen großziehen. Keiner hat es bisher für nötig befunden, auch nur einen Mäuseschwanz vorbeizubringen oder gar auf die Kleinen acht zu geben, während unsereins zur Jagd muss. Und jetzt sind sie alle tot, meine süßen Kinder. Tot und dahin!" Ihr Klagelied ließ das gesamte Kanalufer erschaudern.

Keiner von den Katern sagte etwas. Sie vermieden es, die gefleckte Mutter anzuschauen.

Von den Mardern fehlte natürlich jede Spur. Sie hatten nur ihren Gestank bei den schrecklich zugerichteten Opfern zurückgelassen und ein paar von ihren Winterhaaren, die ihnen wie allen Fellträgern um diese Zeit auszugehen begannen.

Die anderen Pussen holten die Gefleckte zurück in ihren Kreis. Sie wirkte nach dieser Anklage sichtlich erschöpft. Diesmal war es der Boss, der als Erster die Sprache wiederfand. „Euer Vorschlag?", fragte er knapp in die Runde; die Anschuldigungen der Katzenmutter hatten ihn offenbar stark beeindruckt.

Die Säbelzähne mussten sich mit einem Mal alle kratzen, als könne das ihre Gedanken bündeln.

„Also", meinte Schnurz von den Säbelzähnen, der seinen Namen zu Recht trug, denn er war normalerweise die Gelassenheit in Person, „zuerst einmal müssen wir in Erfahrung bringen, auf wie viele Familien der Feind inzwischen angewachsen ist. Dann müssen wir den letzten Stand ihrer sämtlichen Schlupfwinkel auskundschaften sowie die genauen Zeiten, in denen sie jagen, und die, in denen sie schlafen."

Haderlump fragte: „Hat vielleicht jemand eine Ahnung, warum es plötzlich so viel mehr geworden sind?"

Der Graue verzog sein spitzes Gesicht und erklärte wichtigtuerisch: „Wer wird schon groß dahinter stecken? Wer immer dahinter steckt, wenn wir wieder einmal draufzahlen."

„Wer?", fragte Dario, der bisher mit großem Ernst gelauscht hatte.

„Na, wer schon?" Der Graue seufzte gekünstelt. „Natürlich die Menschen. Es hat schließlich einen Grund, dass wir nichts mehr mit ihnen zu tun haben wollen. Die Erklärung für unser Problem ist nämlich ganz einfach. Irgendwo ist ein Wald gerodet worden, weil eine Straße oder sonst etwas gebaut wird. Die Tiere sind dabei umgekommen oder vertrieben worden und die härtesten von ihnen machten sich auf den langen Weg in die Stadt. Die wenigsten haben ihn geschafft, nur die Marder, sie haben hier in der Stadt ein neues

Paradies gefunden: Es gibt niemanden unter uns, der sich freiwillig mit ihnen anlegen würde, und ihre Feinde, die Füchse, sind beinahe ausgerottet. Sie hatten ein gutes Jahr, in dem sie die meisten Jungen durchbrachten, und dann entdeckten sie unser Kanalufer, an dem genügend Autos geparkt sind, die sie ausnehmen können, und an dem es jede Menge Mäuse, ja sogar Katzen gibt, die sie zu ihrem persönlichen Vergnügen niedermetzeln."

In diesem Augenblick geriet oben auf der Kanaluferstraße ein offenes Cabrio ins Schleudern, und während die Katzen noch über das hemmungslose Zickzackfahren den Kopf schüttelten, nahmen sie im nächsten Augenblick bereits allesamt Reißaus. Das Cabrio war nämlich von der Straße abgekommen und sauste nun über Stock und Stein die Böschung herab. Es raste geradewegs auf den Kanal zu, an dessen Steineinfassung es sich überschlug, um dann in Windeseile in dem trübe dahinströmenden Wasser zu versinken.

Starr vor Staunen trabten die Katzen ans Ufer und gafften dem versinkenden Gefährt nach. Da sahen sie zwei menschliche Köpfe auftauchen, die fürchterlich zu schimpfen und zu fluchen begannen – wobei das Wort »Marder« mehr als einmal fiel.

„Diese Luder", schrie der eine Mann, den Dario als Maritschek wieder erkannte, „sie haben die

Bremsschläuche durchgebissen. Und nun ist mein wunderschönes Wägelchen, mein Gold-Gefährt, meine einzige Freude im Leben, in dieser stinkenden Brühe abgesoffen. Ich packe es nicht!"

„Hilf mir, Maritschek", stöhnte nun Ras Kachl, „ich werde abgetrieben. Meine Beine sind ganz steif. Rette mich!"

„Ach was!", keuchte Maritschek. „Streng dich ein bisschen an. Schließlich war es deine Idee, noch ins *Katerloch* zu fahren, obwohl um diese Zeit schon die Marder unterwegs sind. Rudere mit deinen Armen! Fester! Hierher! Gut so! Jetzt nimm meine Hand!"

Die beiden hatten nun wieder Boden unter den Füßen und kletterten triefend und schimpfend die Steineinfassung empor. Die Katzen zogen sich schleunigst ins Gebüsch zurück, allen voran Dario, auch wenn die Gefahr, dass die beiden ihn einfangen könnten, im Augenblick eher gering war.

„So ein Pech!", konnte er Ras Kachl vor sich hin sudern hören.

„Pech?", fragte Maritschek gereizt. „Pech nennst du das? Eine ganze Strähne von Pech ist das! Und wer ist schuld? Ich frage dich, Ras, wer ist schuld?"

„Wer?", fragte Ras Kachl verdattert und blieb sogar einen Augenblick stehen.

„Dieser verdammte Katz! Seit er uns entwischt ist, geht alles, aber auch wirklich alles in die Hose!"

„Dein Auto kriegst du schon wieder!", murmelte Ras, während diesmal Maritschek einen Moment stehen blieb und schrie: „Wie denn, und von wem?"

„Die Versicherung zahlt dir ein neues."

„Nie und nimmer, wenn ich nicht beweisen kann, dass diese Biester die Bremsschläuche durchgebissen haben."

„Du kannst es doch beweisen!"

„Nur wenn ich den Wagen wiederhabe. Aber wer soll ihn denn aus dem Kanal ziehen?"

„Die Feuerwehr", sagte Ras Kachl.

„Weißt du, was das kostet? Außerdem müsste ich zuerst zur Polizei. Und zur Polizei gehe ich nicht."

„Warum nicht?", fragte Ras Kachl, dem der Schock noch wie ein Pfropfen im Hirn saß.

„Hör auf, Ras, bevor ich mich an dir vergreife. So blöd darfst nicht einmal du fragen."

„Wieso?" Der Pfropfen wurde dicker und dicker.

„Weil die Polizei mich sucht, du Rindvieh! Und das aus verschiedenen Gründen."

„Bist du zur Fahndung ausgeschrieben?" Langsam drückte Ras den Pfropfen wieder heraus.

„Ich nicht, aber der Wagen, du Schlaumeier."
„War er nicht umgespritzt?"."
„Schon. Aber was glaubst du, wie genau sie in einem Versicherungsfall schauen."
„Hm!", machte Ras Kachl und stampfte weiter.
„Hm!", höhnte Maritschek, der ihm folgte. »Hm!« ist wohl alles, was dir dazu einfällt. Ich hätte mich nie auf Geschäfte mit dir einlassen dürfen, du Dumpfschädel!"
In diesem Moment wich der Pfropfen aus Ras Kachls Hirn und er griff in seine Rocktasche und stellte mit einem Aufschrei der Empörung fest, dass seine Brieftasche mit abgesoffen war. Es war zum Aus-der-Haut-Fahren. Doch inzwischen waren sie oben auf der Straße angelangt, hielten das nächste Taxi an und fuhren damit davon.
Somit war der Spuk für die Katzen vorbei und sie konnten sich wieder ihrem eigenen Marder-Problem zuwenden.
„Und euer Vorschlag?", fragte nun Lumpazi und sämtliche Säbelzähne schauten voller Erwartung auf sämtliche Schwertkrallen.
Der Boss kaute nervös an den Mäuseschwänzen in seinen Mundwinkeln. Dann meinte er: „Geiselnahme!"
Die Säbelzähne reagierten einigermaßen verblüfft.

„Die Marder sind nicht bereit, ihren Anspruch auf das ganze Kanalufer aufzugeben. Sie sind nicht bereit, irgendwelche anderen Ansprüche gelten zu lassen als ihre eigenen, ja sie sind nicht einmal bereit, mit jemandem, der kein Marder ist, auch nur ein Wort zu wechseln“, fuhr der Boss fort. „Also müssen wir sie an ihrer empfindlichsten Stelle treffen und ein paar ihrer Jungen als Geiseln nehmen. Nicht nur, dass wir sie damit zum Verhandeln zwingen können, wir erfahren von ihren Jungen vielleicht auch etwas über sie, was wir noch nicht wissen, etwas, womit wir sie in die Pfanne hauen können.“

„Und wie wollt ihr das anstellen?“, fragte Dario.

„Was?“ Der Boss sah ihn irritiert an.

„Wie wollt ihr die Jungen als Geiseln nehmen?“

„Eine gute Frage“, mischte Molly sich wieder einmal ein.

„Die Marder sind äußerst wagemutig und sie lassen ihre Jungen nie allein. Wie also wollt ihr das schaffen?“

„Das sagen wir dir erst, wenn wir die Geiseln haben“, meinte einer der Säbelzähne, nämlich Haderlump, abweisend. „Lass das nur die Sorge von uns Katern sein.“

24

„Unmöglich“, sagte Webster. „Es geht einfach nicht an, dass ich etwas nicht weiß, was alle Mitglieder der Obersten Rates wissen. Es ist mein Beruf, Geheimnisse zu erkunden und so lange zu schnüffeln, bis ich herausbekommen habe, was dahinter steckt.“

Auch Donna war inzwischen neugierig geworden, und da sie vor und während der Ratssitzung ohnehin nichts in ihrer eigenen Sache unternehmen konnte, willigte sie ein, mitzukommen. Sehr geheim natürlich, denn einige der Ratsmitglieder waren äußerst misstrauisch.

Webster und Donna mussten gegen den Wind aus Norden laufen, der ihnen das Fell zu kleinen Wirbeln blies und ihnen, wie sie hofften, später die Gespräche der Ratsmitglieder zutragen würde. Es war eine mondhelle Nacht geworden nach all dem Regen, nur der Wind ließ keinen Zweifel daran, dass der Frühling noch zögerte. Webster, der tatsächlich fast alle Wege und Schlupfwinkel des diesseitigen Kanalufers kannte, war schon lange nicht mehr in diese Richtung gegangen. Irgendwie strebten sie alle immer kanalabwärts, er wusste auch nicht, warum.

Sie hatten sich gegen Einbruch der Dunkelheit wieder ziemlich nahe an die Buchhandlung herangemacht, um Saroyan abzupassen. Natürlich vermieden sie es, von ihm gesehen zu werden, aber sie wussten, dass sie seinem Tempo noch am ehesten folgen konnten – was bei Odo oder Flitzschwinge schier unmöglich gewesen wäre.

Es dauerte nicht lange und sie konnten sehen, wie Saroyan zielstrebig in der Schneise eines Kanalzubringers verschwand. Vorsichtig liefen sie ihm hinterher. Sie hielten sich an den oberen Böschungsrand, während Saroyan am Grunde, ein Rinnsal entlang, dahintrabte.

Nach öfterem Seitenwechsel und einer leichten Kurve stieß Saroyan auf die anderen Ratsmitglieder. Gerade noch pünktlich, aber als Letzter, wie es so seine Art war. Auch aus diesem Grund waren Webster und Donna Saroyan gefolgt. Sie duckten sich hinter einer Erdaufschüttung und hofften inbrünstig, dass kein unglücklicher Zufall ihre Anwesenheit verraten würde. Der Wind trieb ihnen zwar einige Gesprächsfetzen zu, aber da sie unten im Graben gesprochen wurden, kamen die Sätze nur in Bruchstücken oben an.

Flitzschwinge ergriff als Erste das Wort. Donna und Webster konnten von ihrem Erdhügel aus sehen, wie sie den Schnabel in kurzen Abständen aufriss und wieder schloss. Leider verstanden sie nicht mehr als die Wörter »Gefahr«, »Marder« und »Verhandlungen«.

Die Versammlung war komplett und Webster, der wegen der Windrichtung nicht damit rechnete, dass ihn jemand von unten hören konnte, erklärte Donna, wer wer war. „Das ist Notburga", sagte er und deutete auf eine riesige, stark ergraute Ratte, die auf den Hinterpfoten saß und ständig etwas mümmelte. Neben ihr kauerte eine Maus, deren Schnurrbarthaare ebenfalls in Bewegung waren.

„Und das ist Franziskus, ein schlauer Bursche, der die Sache der Mäuse immer gut vertreten hat. Ursprünglich wollte niemand etwas mit den Mäusen zu tun haben. Sie stellten unter der Leitung von Franziskus selbst den Antrag auf Aufnahme in unsere Gesellschaft. Seither werden sie von den anderen Tieren nicht mehr so unter Druck gesetzt und stehen unter größtmöglichem Schutz. Jetzt, behauptet Franziskus, können sich auch die Mäuse einmal entspannen und über den Sinn des Lebens nachdenken. Sie sind nicht mehr pausenlos damit beschäftigt, ihre Art zu erhalten und ihren zahlreichen Fressfeinden nicht zum Opfer zu fallen."

Donna schaute belustigt auf den kleinen Mäuserich hinunter. Sie war keineswegs sicher, ob nicht er es gewesen war, den sie einmal beinah gefressen hätte. Es kam ihr vor, als ob das Jahre her war, dabei waren es erst drei Tage.

Eine dicke, fette Möwe hatte sich zwischen Odo und Flitzschwinge niedergelassen und ihre schwarze Augenbinde erweckte in der Dunkelheit einen furchterregenden Eindruck.

„Diese Möwen“, flüsterte Donna, „sie sind und bleiben mir unheimlich. Ich möchte keiner von ihnen allein oder gar Nachts begegnen.“

„In der Nacht ist das nicht so schlimm“, Webster sprach in Donnas Ohr, „sie sehen bei Weitem nicht so gut wie wir, sobald es dunkel ist.“

„Trotzdem!“ Donna zog die Pfoten ein.

„Das ist übrigens Ori-Bori III., aus der Familie der Bugschnäbler, ältester Adel.“

„Sag lieber, aus dem Geschlecht der Raubritter, das trifft es besser!“ Donna hatte ihr Abenteuer mit dem Möwen-Klan noch nicht vergessen.

Der Wind hatte sich ein klein wenig gedreht, nicht genug, um ihnen gefährlich zu werden, aber sie verstanden immer weniger von dem Palaver, das zwischen den verschiedenen Ratsmitgliedern stattfand. Nach den Gesten zu urteilen, musste es ziemlich heiß hergehen. Besonders Odo schien sich aufzuregen und sein Kläffen übertönte des Öfteren die Worte der anderen.

„Was ist mit dem Orakel?“, fragte Webster sich und Donna immer wieder, denn er hatte bisher noch nichts wahrgenommen, was auf ein Orakel hingewiesen hätte. „Es muss doch hier irgendwo sein!“

Donna begann zu dösen. Es war das Einzige, was sie bei der Kälte und dem Wind tun konnte. Sie verließ sich darauf, das Webster ihr schon im entscheidenden Moment Bescheid geben würde. Und während sie so vor sich hin schläfelte, träumte sie, sie sei wieder zu Hause und hocke auf dem obersten Rand von Lew Leuwens Ohrensessel vor dem Fernseher, während Dario es ich auf Lews Knien bequem gemacht hatte. Und der Film, den sie sahen, war genau ihre Geschichte, Donna und Darios großes Abenteuer, und sie, Donna, war gerade dabei, herauszufinden, was es mit dem Orakel auf sich hatte – als Webster sie tatsächlich mit der Nase stupste und aufgeregt flüsterte: „Schwein gehabt!“

„Schwein?“, fragte Donna, als handle es sich nur um einen anderen Film.

„Es ist das Schwein. Komm! Vorsichtig! Du brauchst nur ein paar Schritte zu machen, dann kannst du es schon sehen.“

Donna erhob sich automatisch, obwohl sie nichts verstand, und robbte hinter Webster her, immer darauf bedacht, dass ihre Ohrenspitzen von niemandem da unten gesehen werden konnten.

„Es ist das Schwein!“, sagte Webster. „Das ich darauf nicht längst gekommen bin. Dabei habe ich die ganze Zeit davon gewusst.“

„Was für ein Schwein?“, fragte Donna verwirrt. Webster war doch wohl nicht vor lauter Überaufmerksamkeit durchgedreht, ausgerastet, verrückt geworden?!

„Es ist als Ferkel von einem Schlachthauslaster gesprungen. Gar nicht weit von hier. Und hierher geflüchtet. Und damit es vor seinen Verfolgern sicher wäre, sprang es durch das Gitter dieses oberirdischen Kanalaustritts.“ Webster deutete mit der Schnauze in die Richtung, und als Donnas Blick ihm gefolgt war, sah sie ein Gitter, durch das ein breiiges, pfützenartiges Abwasser sickerte.

„Das Schwein fand da drinnen eine Menge Abfälle und nährte sich davon so gut, dass es innerhalb von Tagen so groß und fett geworden war, dass ihm die Stäbe zu eng wurden und es nicht mehr ins Freie hinauskonnte. Seither lebt es da drinnen und hat so viel Zeit zum Nachdenken wie sonst niemand.“

Die Ratsmitglieder hatten sich allesamt dem Gitter genähert und Donna und Webster konnten im Licht des Mondes, der sich gerade von seiner Wolkenkrause befreit hatte, eine bleiche, übermächtige Gestalt erkennen, die sich gegen die Metallstäbe presste.

Wie es sich bei einem richtigen Orakel gehört, lieferte ein Ratsmitglied nach dem anderen seine Opfergabe in Form eines Leckerbissens ab, den es dem Schwein in den Rüssel steckte.

Donna und Webster konnten das Schwein vor Genuss grunzen hören. Dann sagte Flitzschwinge im Namen aller: „Wir bitten dich um einen weisen Spruch, der uns zur Lösung unseres Problems führen möge!"

Der Wind hatte einen Augenblick nachgelassen und sie hörten, wie das Schwein, das sich langsam zu drehen begonnen hatte, leise summte. Ein mehr und mehr anschwellender Ton drang aus seinem leicht geöffneten Maul. Die Ratsmitglieder, aber auch Webster und Donna folgten den Drehungen des Schweins mit den Augen, bis sie schwindlig wurden, und Webster und Donna hatten Mühe, sich aufrecht zu halten. „Schau nicht hin", sagte Webster leise. „Man darf nicht hinschauen! Wichtig ist nur, was es sagt!"

Das Schwein begann zu lallen und zu stammeln. Worte, die wie ein Röcheln klangen, stiegen aus seinem Rachen empor und wurden äußerst aufmerksam aufgenommen. Aber noch reimte sich nichts zusammen. Einmal rief es: »Fuß!«, dann wieder: »Schluss!«, aber es ergab keinen Sinn, nicht einmal einen Satz. Das Schwein drehte sich für seinen Umfang ganz schön schnell. Kein Wunder. Das war wohl die einzige Form von Gymnastik, die es von Zeit zu Zeit trieb, außer dass es in seinem Kanalabschnitt ein wenig auf und ab spazierte.

„Sag schon! Spuck es aus! Heraus damit!", murmelte Webster beschwörend. Er fürchtete, der Wind könne es wieder toller treiben und ihm das Orakel verderben. Und das würde er keinesfalls ertragen, nicht so nahe am Ziel, nicht wo der entscheidende Satz jeden Moment gesagt werden konnte.

Und tatsächlich, je mehr das Schwein in Trance verfiel, desto windiger wurde es wieder. Webster beugte sich ein Stück nach vorn, dann noch ein Stück, und gerade als das Schwein innehielt, um zu seinem weissagenden Satz auszuholen, beugte er sich um eine Winzigkeit zu weit nach vorn. – Und ehe Donna ihn noch am Schwanz packen und festhalten konnte, stürzte er kopfüber den Erdhügel hinab, gerade vor die Füße der Obersten Räte, wobei Franziskus das Pech hatte, auch noch unter ihm zu liegen zu kommen.

Der Spruch des Schweins war im selben Moment in die andere Richtung entwichen und in der Luft verpufft. Er wurde von Websters Aufprall übertönt. Der war, wie bei Katzen üblich, auf seine vier Pfoten gefallen, und nicht wie das berühmte Butterbrot auf die obere Seite.

Eine Weile standen sie alle unter Schock und sagten kein Sterbenswörtchen, bis Franziskus mit aller Kraft versuchte, unter Webster hervorzukrabbeln. Er kitzelte Webster dabei so sehr, dass der einen Riesensatz machte und damit die Maus freigab.

„Was hat denn das Schwein gesagt?“, fragte Franziskus geistesgegenwärtig. „Ich habe für einen Augenblick nichts hören können.“

Langsam erwachten alle aus ihrer Starre, erkannten Webster und verzogen verärgert das Gesicht. Nur das Schwein lag noch in der Ohnmacht, in die es nach seinem Spruch gefallen war, aber das war jetzt ohnehin egal. Mehr als einen Satz pro Zeremonie konnte und wollte es sowieso nie von sich geben. Da hätten nicht einmal weitere Leckerbissen etwas genutzt.

„Es reicht!“, krächzte Flitzschwinge und schlug vor Empörung mit den Flügeln. „Wann begreift ihr Katzen endlich, dass ihr keine Flügel habt? Das ist jetzt der zweite blödsinnige Katzensturz innerhalb von wenigen Tagen, in den ich verwickelt werde. Schluss damit!“

Webster hatte seinen Knickschwanz, so gut es ging, eingezogen und den Kopf gesenkt.

„Webster, der Schnüffler!", mümmelte Notburga vorwurfsvoll. Und Ori-Bori III. hackte mit seinem Bugschnabel durch die Luft, wobei er Websters heilem Ohr ziemlich nahe kam.

Nur Odo, der Stinkende, und Saroyan begnügten sich mit Blicken – aber auch die waren nicht gerade ermutigend.

„Du hast es versiebt!", sagte Ori-Bori III. mit Nachdruck. „Nicht nur, dass du verbotenerweise gelauscht hast, du hast auch noch die ganze Sache versiebt! Na bravo!"

„Ich kann euch gar nicht sagen, wie leid es mir tut!" Websters Zerknirschung klang echt. „Niemand war neugieriger auf den Orakelspruch als ich."

„Dass es dir leid tut, ist uns allen klar", meinte Saroyan und starrte Webster mit einem blauen und einem gelben Auge, die im Mondlicht unterscheidbar waren, an, „aber davon haben wir jetzt leider nichts. Was, frage ich dich, gedenkst du zu tun, um den verdampften Orakelspruch wettzumachen?"

„Lass dir rasch etwas einfallen, Schnüffler", kläffte Odo, der Stinkende, schon wieder mit einem leichten Grinsen um die Lefzen, „wir haben heute noch viel vor!" Damit meinte er ohne Zweifel ihren gemeinsamen Ausflug nach drüben, ans andere Kanalufer.

„O ja,“, rief Webster, „ich melde mich freiwillig zum Kundschaftsgang samt Fronteinsatz!“

„Was meinst du mit Fronteinsatz?“, erkundigte sich Franziskus teilnahmsvoll. „Du wirst doch wegen dieser dummen Sache hier nicht dein Leben riskieren wollen?!“

„Und ob“, sagte Webster im Brustton der Überzeugung, wobei er nicht vergaß einen unbeschreiblichen Blick nach oben in Richtung Donna zu werfen. Die hatte jede Deckung außer Acht gelassen und kauerte nun für alle sichtbar am oberen Rand der Böschung.

„Donna!“, krächzte Flitzschwinge. „Dachte ich es mir doch. Ich hatte gehofft, du würdest einen besseren Einfluss auf den Schnüffler haben. Aber wenn du schon hier bist, sage ich es dir lieber gleich: Dein Dario ist tatsächlich drüben gelandet und treibt sich mit einer der Katzen-Gangs herum. Hoffentlich färben ihre Manieren nicht allzu sehr auf ihn ab.“

„Und was haben wir jetzt eigentlich im Rat beschlossen?“, fragte Notburga. „Nicht dass ich diese Beschlüsse für absolut verbindlich hielte ... Wie ihr wisst, haben wir auch noch unsere eigenen Organisationen.“

Saroyan richtete sich auf. „Verhandeln, verhandeln und wieder verhandeln!“

„Aber doch nicht mit den Mardern?!“ Notburga entblößte ihre gelbbraunen Zähne.

„Wenn es etwas bringt, dann natürlich auch mit den Mardern. Aber zuerst gilt es viele Verbündete zu machen!“ Saroyan hatte mit der Autorität eines Gründervaters gesprochen.

„Du denkst doch nicht etwa an das andere Ufer?“ Franziskus wuselte um sie alle herum.

„Wer käme sonst noch in Frage?“ Saroyan legte die Stirn unter seinem kastanienfarbenen Barett in Falten.

„Schon gut!“, zirpte Franziskus. „Aber du wirst sehen, wenn wir uns mit all den Arten des anderen Ufers verbünden, haben wir bald sämtliche Verwandte zu Besuch. Und das sind unzählige.“

„Dann sorg dafür, dass die vielen Mäuschen, die kommen, auch alle Schleifen tragen“, meinte Saroyan und leckte sich genießerisch die Lippen.

„Lass die Witze, Saroyan! Es ist nicht gestattet, über dieses Thema Witze zu machen!“, bemerkte Notburga säuerlich.

„Ich werde mich ganz weit auf feindliches Gelände wagen“, versprach Webster. „Schließlich habe ich in meiner Jugend um jeden Mäuseschwanz, pardon“, korrigierte er sich sofort, „um jeden

Krümel kämpfen müssen. Ich habe meinen Knickschwanz schließlich nicht in der Lotterie gewonnen. Wenn es darauf ankommt, weiß ich noch immer, wozu an meinen Pfoten Krallen sind."

„Da Saroyan und ich ohnehin schon angeboten haben Donna und Webster auf der Suche nach Dario ans andere Ufer zu begleiten, können wir gleich auch nach anderen Dingen Ausschau halten. Wenn es sein muss, sogar nach möglichen Verbündeten." Odo war aufgesprungen und tänzelte ein wenig, um sich warm zu machen.

Das Schwein erwachte allmählich aus seiner Ohnmacht. Leise röchelnd schnappte es nach Luft und räkelte sich, bis es sich schließlich hochgerappelt hatte. Kaum waren seine Augen offen, fragte Notburga es für alle Fälle: „Du weißt nicht zufällig, wie dein weiser Spruch gelautet hat?"

„Keinesfalls", entrüstete sich das Schwein. „Bei jedem Orakelspruch kommt der Geist über mich! Das hat mit mir persönlich nicht das Geringste zu tun." Aus purer Gewohnheit steckt es seinen Rüssel in die dahindümpelnde Brühe, aber irgendwie schien es das diesmal nicht zu befriedigen.

„Hat jemand zufällig noch einen Happen dabei? Ich meine, etwas, in das ich meine Zähne schlagen kann."

Das Schwein klapperte mit dem Gebiss. „Dieser ewige Brei steht mir schon bis hierher!“

Flitzschwinge flog auf und kam mit einer uralten Brotrinde zurück. „Das ist alles, was sich im Moment auftreiben lässt.“

Das Schwein schnappte danach und man konnte es noch eine Weile geräuschvoll mit den Zähnen mahlen hören.

25

Die Säbelzähne hatten sich in ihr angestammtes Revier kanalaufwärts zurückgezogen, um ihre eigenen Beratungen über die Marder abzuhalten. Während sie so im verrotteten Laub eines Haselnussstrauches hockten, mit klammen Gliedern und feuchtem Pelz, erholten sie sich langsam von ihrem doppelten Schrecken, einerseits über die geköpften Schwertkrallen-Jungen, andererseits über den Sturz von Maritscheks Cabrio in den Kanal. Sie empfanden jetzt nur mehr ein einziges, alles überlagerndes Gefühl; nämlich Hunger.

Dario war überzeugt davon, dass er am meisten darunter litt. Schließlich war er als Einziger an regelmäßige Mahlzeiten gewöhnt und außerdem hatte er als Neuling am wenigsten von dem biergetränkten Brot und den paar Wurstzipfeln im *Katerloch* bekommen. Sein Magen vollführte die heftigsten Verrenkungen und ließ sich deutlich vernehmen.

„Es muss etwas geschehen!“, grummelte Lumpazi mit starrem Blick vor sich hin und alle Kater verstanden sofort, was er meinte.

„Sieht nicht so aus, als würde uns jemand eine volle Schüssel vor die Nase stellen“, meinte

Schnurz obenhin und brachte damit das Thema ganz beiläufig auf den Punkt.

Haderlump, der gerade einen seiner Flöhe erwischt hatte und sich anschickte ihn zu verspeisen, schüttelte den Kopf. „Es bleibt uns eben nichts anderes übrig", sagte er und setzte gleichzeitig voraus, dass alle wussten, woran er dachte.

„Als was?", fragte Dario, der seinen Pelz förmlich schlottern spürte.

Die Kater blickten sich mit verdrehten Augen gegenseitig an und ein ziemlich zerschundener Getigerter, der Goggi hieß und ansonsten kaum je den Mund aufmachte, klärte Dario auf: „... als ein kleiner Überfall!" Er dehnte das Ü, als singe er den Mond an, und die übrigen Kater machten sich über Darios Zusammenzucken lustig.

„Überfall?", fragte Dario unsicher. „Auf wen?"

„Fragt sich eher, auf was", erwiderte Goggi.

„Auf das, was die Katzen von drüben in der Innenstadt eingesackt haben. Das gehört ihnen nämlich von Rechts wegen auch nicht", erklärte Raunzer. „Sie holen es sich bloß, so wie wir es uns von ihnen holen werden."

„Das ist unsere Art der Beschaffung", grinste Haderlump. „Und wir fressen alles an Ort und Stelle, ohne uns wie Trag- oder Zugtiere aufzuführen."

Allein die Aussicht, sich demnächst den Magen füllen zu können, löste bei Dario so heftigen Speichelfluss aus, dass seine Einwände wie der, dass es nicht fair wäre, andere Katzen zu berauben, sogleich darin ertranken.

„Wenn wir heute noch an die Gulaschkessel wollen", bemerkte Lumpazi sachlich, „müssen wir uns sofort auf den Weg machen. Soweit ich weiß, kommen ihre Beschaffungstrupps demnächst aus der Stadt zurück. Wir müssen ihnen nur auf der anderen Böschung auflauern, noch bevor sie bei ihrer Burg angelangt sind, aus der Verstärkung kommen könnte."

„Auf geht's!", rief Maunzer und kam an Darios Seite. „Jetzt kannst du beweisen, dass deine Ausbildung und deine Schlagfertigkeit tatsächlich etwas wert sind. Es geht um die Wurst."

„Wir werden es den Waschlappen da drüben schon zeigen", maunzte Goggi und streckte seinen kümmerlichen Schwanz stolz in die Luft.

„Mir nach!" Lumpazi setzte sich an die Spitze und die Kater waren froh, dass es so flott dahinging, weil ihnen so wenigstens wärmer wurde.

Dario hatte ein flaues Gefühl im Magen, das nicht nur vom Hunger herrührte. Wenn es stimmte, dass Donna da drüben in der Korbburg lebte, war es durchaus möglich, dass er ihr bald begegnete – und zwar als Wegelagerer. Er versuchte, nicht daran zu denken, was Donna ihm bei dieser Gelegenheit erzählen würde.

Andererseits war auch Donna immer der Meinung gewesen, dass eine hungrige Katze zu fast allem berechtigt sei, und sie legte keinen großen Wert darauf, sich in Lews Küche besonders anständig zu verhalten. Im Gegenteil, einmal hätte sie es sich beinah mit Lew verscherzt, als sie an sein Morgenbutterbrot ging. Er hatte die Lachsreste im »Nachtschatten« vergessen und war sich seiner Schuld auch bewusst. Dennoch hatte er eine Weile vor sich hin geschimpft.

Aber Lew war ein Mensch, ihr Mensch, der für sie verantwortlich war, solange sie die Wohnung mit ihm teilten. Was Dario und die Säbelzähne jetzt im Schilde führten, war ein Überfall auf Katzen und das machte die Sache viel bedenklicher.

„Na Kleiner, ich hoffe, du machst uns keine Schande!"

Haderlump trottete neben Dario her.

„Wieso?", fragte Dario gegen den Wind. „Ich habe doch bei der großen Keilerei gezeigt, wie gut ich trainiert bin."

„Wohl wahr! Aber das hier ist etwas anderes. Da gilt: Wer zuerst schnappt, hat das Schicksal beim Schwanz gepackt!"

„Verstehe." Dario versuchte sich vorzustellen, wie er seine Pfoten und sein Gebiss einsetzen musste, um die größtmögliche Wirkung zu erzielen.

„Du hüpfst auf den Futtersack", unterwies ihn Haderlump, „und versuchst gleichzeitig den Katz seitlich am Hals zu packen. Da er den Sack nicht sofort loslassen wird, hast du eine gute Chance. Sobald du auf dem Sack sitzt, kann er ihn nicht mehr an sich reißen und lässt irgendwann ab, um dich zu schnappen. Aber da hast du ihn längst am Schlafittchen, klar?" Haderlump schnappte durch die feuchte Luft auf der Brücke, die Dario schon einmal, wenn auch um einiges schneller, überquert hatte.

„Und dann?" Dario fragte, weil er nicht annahm, dass der andere Katz sich sofort auf und davon machen würde.

„Beuteln!" Haderlump schüttelte heftig den Kopf. „Beutle ihn, bis ihm vollkommen schwindlig ist. Dabei graben sich deine Hauer immer tiefer in seinen Hals. Glaub mir, irgendwann kratzt er dann freiwillig die Kurve, nur damit er deine Beißerchen nicht mehr spürt."

Dario sah sich bereits als großer Sieger, der seinen Gegner in die Flucht geschlagen und dabei auch noch Beute gemacht hat. Er versprach Haderlump hoch und heilig, für die Säbelzähne

Ehre einzulegen und mit dafür zu sorgen, dass sie etwas Anständiges in den Magen bekamen. Eingedenk der »höheren Werte«, von denen Lumpazi ihm erzählt hatte, wollte Dario sich als richtiger Kater erweisen und weder Pelz noch Ohren schonen, wenn es darum ging, zu zeigen, was für ein Kerl er war.

Erst jetzt fiel Dario auf, wie lang die Brücke eigentlich war. Sie benützten den Fußgängerstreifen, obgleich um diese Zeit nur mehr selten Autos über den Kanal fuhren – aber gerade wenn man am wenigsten damit rechnet, passieren oft die größten Unglücke.

Auf der anderen Seite angekommen, hielten sie die Nasen in den Wind und versuchten den Trampelpfad der Beschaffungskatzen zu erschnüffeln. Als sie ihn gefunden hatten, gingen sie hinter einem niedrigen Gebüsch in Deckung.

Es dauerte nicht lange und sie konnten schon das schleifende Geräusch der Plastiksäcke hören und dazwischen das leise Gefluche der ziehenden Katzen, die sich auf so ungewohnte Weise abplagten.

Sobald der Beschaffungstrupp nahe an das Gebüsch herangekommen war, rief Lumpazi plötzlich: „Attacke! Schnappt euch die Beute, Säbelzähne!“

Dario suchte sich einen etwa gleich großen, rotweiß gefleckten Kater aus, der, wie er meinte, den größten Sack hinter sich herzog. Und dann machte er alles genau so, wie Haderlump es ihm geraten hatte, allerdings nicht ohne dem Gefleckten – es war Freddy – eine faire Chance zu geben.

„Lass den Sack fallen und hau ab, dann geschieht dir nichts!“, rief er ihm zu und sprang auf den Plastiksack. Aber Freddy dachte nicht daran, von den Vorräten, die er mit so viel Mühe bis hierher geschleppt hatte, abzulassen. Er knurrte durch die geschlossenen Zähne, wobei Dario ihn schon am Kragen hatte und ihn zu beuteln begann. Erst dann – es dauerte eine ganze Weile – ließ Fredy den Sack mit einem schmerzlichen Heuler los, wand sich aus Darios Griff und preschte davon.

Rundum war lautes Geschrei zu hören. Lissy, die diesmal den Beschaffungstrupp anführte, schimpfte fürchterlich auf die Säbelzähne ein. „Schämt ihr euch nicht, ihr Räuber, Strauchdiebe und Kanalpiraten. Lasst euch von einer Kätzin, die viele Junge geworfen hat, einmal sagen, was ihr seid: Ganoven, Nichtsnutze und Finsterlinge!“

Die Säbelzähne, die an Worte dieser Art aus Kätzinnenmund nicht gewohnt waren, erschraken heftig, während Lissy die Verblüffung nutzte und rasch ein paar gezielte Ohrfeigen austeilte. Die übrigen Beschaffungskatzen brachten inzwischen ihre Plastiksäcke so rasch wie möglich in die Korbburg.

Als die Kater sich ihrer Niederlage bewusst wurden, war es schon zu spät. Sie hatten alle das Nachsehen, bis auf Dario.

Dario, der an Donnas Kommandosprache, aber auch an ihre manchmal ziemlich heftigen Ausbrüche gewöhnt war, hatte sich um Lissys Gekeife nicht weiter gekümmert. Und so war und blieb er auch der Einzige, der den Vorratssack seines Gegners an sich bringen und mit ihm hinter dem Busch in Deckung gehen konnte. Während die übrigen Säbelzähne sich gegenseitig die Schuld am Versagen zuschoben, war Dario bereits in seinen Sack gekrochen und machte sich über dessen Inhalt her. So fanden ihn die Säbelzähne und staunten nicht schlecht.

„He, Kleiner!", rief Lumpazi und zwickte ihn ein wenig in den Schwanz. „Willst du deinen Anführer nicht auf einen kleinen Imbiss einladen?"

„Dario", sagte Dario bescheiden, aber bestimmt.

„Schon gut, Dario! Ich sehe, du hast Erfolg gehabt. Komm, lass ihn uns teilen!"

Dario schlang rasch noch einen Bissen Leber hinunter, dann überließ er Lumpazi seinen Platz und auch die anderen bekamen alle etwas ab.

„Hoch, Dario!“, rief Goggi, der noch ein Endchen Salami ergattert hatte, und auch die anderen mussten zugeben, dass Dario seine Sache am besten von allen gemacht hatte.

Und somit war Dario im Rang bei den Säbelzähnen bis unmittelbar hinter Lumpazi aufgestiegen, was ihn mit Stolz und Genugtuung erfüllte. Er putzte sich ausführlich, nahm dann ein paar Schluck Wasser aus einer Pfütze, streckte sich und murmelte etwas von einem Schlafplatz.

„Geordneter Rückzug!“, kommandierte Lumpazi und sie schlenderten, einigermaßen satt und aufgewärmt, wie sie waren, zurück zur Brücke. Als sie sie bereits zur Hälfte überquert hatten, erhob sich schrecklicher Lärm aus der Richtung der Korbburg. Gekreisch und Gefauche war zu hören und ein paar sehr besorgniserregende Laute, die Dario vor lauter Müdigkeit nicht mehr deuten konnte.

Lumpazi merkte auf und blieb dann einen Augenblick stehen. „Merkwürdiges Gekreisch da unten!“

Die anderen spitzten ebenfalls die Ohren. „Klingt nach nichts Gutem“, bemerkte Schnurz. „Zum Glück geht uns das alles nichts an.“

Haderlump stieß Maunzer in die Hinterbeine. „Abmarsch! Sonst schlafe ich noch im Stehen!“

Die Nacht war plötzlich wieder unheimlich geworden und voller Gefahren. Den Säbelzähnen war nur mehr daran gelegen, so rasch wie möglich in ihr eigenes Revier zurückzukehren, in dem sie die Pussen mitsamt den Jungen ohne Schutz zurückgelassen hatten.

26

Der Oberste Rat, mit Donna und Webster im Gefolge, hatte den seitlichen Zufluss des Kanals verlassen und bewegte sich nun am diesseitigen Ufer entlang. Odo lief immer wieder voraus, während Notburga und Franziskus um die drei Katzen herumwuselten. Flitzschwinge und Ori-Bori III. flogen von Zeit zu Zeit auf, spazierten aber im Großen und Ganzen neben den anderen her, da sie die weiterführenden Gespräche nicht versäumen wollten. Im Grunde hatten sie nichts beschlossen, außer dass so einiges zu beschließen wäre.

Während sie so am Kanalufer entlangtrippelten, trug der Wind ihnen Laute zu, die nichts Gutes verhießen. Sie beschleunigten den Schritt, obwohl sie aus den Lauten noch nicht klug geworden waren, und als die Korbburg dann in Sicht kam, verdichtete sich ihr Unbehagen zu einer Art Alarm, so dass sie in Laufschritt verfielen.

Nun waren auch die Laute eindeutig als Klagelaute zu erkennen, und als sie vor der Korbburg angelangt waren, sahen sie, wie deren Bewohner Trauerfeierlichkeiten für eine Tote abhielten.

Saroyan begriff als Erster, was geschehen war, und ein Schrei aufrichtigen Schmerzes entfuhr seiner Kehle. Er legte sich neben der Toten auf den Bauch und fuhr ihr mit der Zunge mehrmals übers selbst noch im Tode gesträubte Fell.

„Muzza?“, fragte Webster erschrocken und näherte sich dem Leichnam von der anderen Seite.

Es war tatsächlich Muzza, und als Donna genauer hinschaute, konnte sie die vielen Wunden sehen, die Muzza noch zugefügt worden waren, bevor sie starb.

Jetzt erst fing Lissy schluchzend zu erzählen an. „Das Unheil nahm seinen Lauf!“, klagte sie. „Während wir auf Beschaffungstour waren, blieb Muzza mit den Jungen und ein paar Halbwüchsigen in der Korbburg zurück, so wie immer. Wir erledigten in der Innenstadt, was zu erledigen war, und als wir wieder ans Kanalufer kamen, wurden wir von einer der Gangs überfallen. Aber wir setzten uns entsprechend zur Wehr und haben nur einen einzigen Sack verloren.

Auf dem Weg hierher hörten wir dann ein schreckliches Getöse, doch als wir ankamen, war es bereits zu spät. Die Marder hatten sich in die Korbburg eingeschlichen. Offenbar wollten sie sie für ihre eigenen Familien erobern, doch Muzza stellte sie.

Die Marder versuchten es nun mit Erpressung und drohten sämtliche Kätzchen zu töten, aber Muzza zeigte sich nicht beeindruckt. Sie und ein paar Halbwüchsige nahmen den Kampf auf. Es kam zu einer grausamen Schlacht, in der Muzza vor allem die Jungen zu schützen versuchte. Sie warf sich den Mardern kampfbereit entgegen, so dass die alle Zähne voll zu tun hatten. Aber es waren zu viele und die zahlreichen Bisse und Kratzer, die sie Muzza zufügten, ließen sie zu viel Blut verlieren. Erst als sie uns kommen hörten, gaben die Marder auf und nahmen Reißaus.

Muzza war noch nicht tot und ihre letzten Worte lauteten, wir sollten uns sogleich um die jungen Katzen kümmern, da einige von ihnen gebissen worden waren. ‚Lasst nicht zu, dass diese Verbrecher den Frieden an diesem Kanalufer zerstören!', sagte sie noch leise, dann tat sie den letzten Atemzug."

Die Bewohner der Korbburg stimmten das große Klagelied an, aber Donna war so erschüttert, dass sie eine Zeit lang keinen Ton herausbrachte.

Danach verabschiedeten sie sich alle von Muzza, indem sie sich kurz neben sie legten und ihr mit der Zunge mehrmals übers Fell fuhren.

Saroyan hatte sich inzwischen aufgerichtet und Donna kam es so vor, als ob er von Minute zu

Minute größer wurde. „Wir werden es nicht zulassen, Muzza, wir werden es ganz gewiss nicht zulassen!“, rief er und die Bewohner der Korbburg stimmten lauthals mit ein. Auch Donna sagte mit den anderen im Chor: „Wir werden es nicht zulassen, Muzza, ganz gewiss werden wir es nicht zulassen!“

Dann beugten Saroyan und Webster sich laut klagend über Muzza, packten sie an den Vorderpfoten und zogen sie an das Ufer des Kanals.

Donna und die Bewohner der Korbburg folgten ihnen und stießen einen herzzerreißenden Schmerzensschrei aus, als Saroyan und Webster Muzzas Leichnam ins Wasser fallen ließen.

In diesem Augenblick fing auch noch Odo durchdringend zu heulen an, während Flitzschwinge und Ori-Bori III. krächzend den noch einige Male aus den Wellen auftauchenden Körper Muzzas in der Luft begleiteten, bis er endgültig untergegangen war.

Nur Notburga und Franziskus saßen still mümmelnd an der Uferböschung und schauten mit bebenden Schnurrbärten dem Begräbnis zu.

„Mein Beileid“, flüstere Notburga heiser, als Saroyan wieder die Böschung heraufkam.

„Ich schließe mich an“, wisperte Franziskus niedergeschlagen. Saroyan nickte nur. Er schien erschöpft und ziemlich gealtert und setzte sich einen Augenblick. Doch bald darauf trieb es ihn wieder hoch. Etwas in seinem blauen Auge hatte zu blitzen begonnen und das gelbe Auge funkelte herausfordernd.

„Kommt“, sagte Saroyan nach einer Weile zu Donna, Webster und Odo, „wir gehen, wie vereinbart, nach drüben. Es ist keine Zeit zu verlieren.“

Da stellte Lissy sich ihnen in den Weg. „Augenblick“, sagte sie. „Ihr müsst euch vorher stärken. Wer weiß, was euch drüben erwartet.“ Sie gab den Beschaffungskatzen dieser Nacht ein Zeichen und die holten zwei der von den Säbelzähnen geretteten Plastiksäcke.

Saroyan, Donna und Webster ließen sich nicht zweimal bitten und auch für Odo wurde gesorgt. Flitzschwinge zierte sich erst ein wenig, pickte aber dann doch nach ein paar Krümeln, während Notburga und Franziskus sich bereits verabschiedeten. Notburga versprach, demnächst die neuen Informationsbeschaffer der Ratten vorbeizuschicken.

Als sie beinahe fertig waren, setzte Lissy sich für einen Augenblick neben Donna. „Wie geht’s deinen Pfoten? Alles verheilt?“

Donna hatte seit Längerem nicht mehr darauf geachtet, bei all dem, was in letzter Zeit an Aufregendem passiert war. Sie musste selber erst nachsehen. Sie streckte alle viere von sich und meinte dann: „Noch ein wenig empfindlich, aber ansonsten alles bestens."

„Sag, Donna, welche Farbe hat eigentlich dein Dario?"

Lissy fragte so beiläufig wie nur möglich und blickte dabei Donna nicht einmal an.

„Ein wunderschönes Blaugrau mit silbernen Spiegeln an Nase und Pfoten." Donna seufzte. „Hoffentlich finde ich ihn da drüben. Er fehlt mir so, mein armer kleiner Dario."

„Hm", meinte Lissy, „so was ist selten, stimmt's?"

Donna nickte. „Er schaut seinem Vater, dem Perser Xerxes, ein wenig ähnlich, nur dass er keine langen Haare hat."

„Und wo ist dieser Perser Xerxes jetzt?"

„Fort!", seufzte Donna. „Mit seinem Menschen ins ferne Ausland verzogen. Soviel ich weiß."

„Glaub mir, Donna", meinte Lissy, die über lange Jahre der Erfahrung verfügte, „ein Kater ist fast so gut wie der andere. Vergiss, was du nicht kriegen kannst." Und damit eilte sie in die Korbburg zurück. Sie hatte die Nachfolge von Muzza angetreten und musste in den Körben und vor allem bei den jungen Katzen nach dem Rechten sehen.

Donna, Webster, Saroyan und Odo hatten die Brücke betreten und wollten gerade ein schnelleres Tempo einschlagen, als Flitzschwinge – die über ihnen kreiste – eine ziemliche Unruhe auf dem Gebiet der Gangs feststellte. Auch die anderen bemerkten das flirrende Licht von Suchscheinwerfern und das Geschrei von Menschen. Flitzschwinge versprach, sich genauer zu erkundigen, während Odo sich auf dem Brückenrand hinsetzte, die Ohren aufstellte und lauschte.

„Die Kollegen von der Suchstaffel", flüsterte er nach einer Weile. „Die halten nach etwas und nach jemandem Ausschau. Das Etwas ist im Kanal, aber ihre Spürnasen sagen ihnen, dass die Jemande wieder an Land gekommen und verschwunden sind. Die Kollegen schaffen es nur nicht, ihren Herren, den Polizisten, diese Information zu übermitteln."

Flitzschwinge kam nach einigen Minuten wieder zurück, zusammen mit Ori-Bori III., der sich gerade zur Ruhe begeben hatte, bei dem Aufruhr aber kein Auge zutun konnte.

„Ein Auto scheint in den Kanal gestürzt zu sein. Vermutlich hatten auch dabei die Marder ihre Zähne im Spiel. Es gilt als wahrscheinlich, dass sie die Bremsschläuche durchgebissen haben. Man befürchtet, dass die Insassen ertrunken sind oder noch immer hilflos im Kanal treiben. Daher der ganze Aufruhr."

„Ich glaube, es wird diese Nacht nichts mehr aus unserem Vorhaben", meinte Flitzschwinge, „um diese Zeit ist es im Sommer bereits hell. Wir werden auch niemanden dort antreffen, wo wir ihn anzutreffen hoffen. Die Hundestaffel hat alle Tiere in die geheimsten Verstecke vertrieben. Wenn ihr auf mich hört, wartet ihr bis zur nächsten Nacht und kommt gleich nach Einbruch der Dunkelheit wieder hierher."

Saroyans Blick schweifte grimmig über das andere Ufer hin. Man konnte ihm ansehen, wie schwer es ihm fiel, vernünftig zu bleiben. Noch standen seine Gefühle im Vordergrund und er hätte Muzza am liebsten sofort gerächt. Aber ihm war klar, dass damit gar nichts erreicht wäre. Er und Webster sahen sich einen Augenblick an, dann senkten beide den Blick und Donna sprach aus, was sie dachten. „Die Umstände sind heute Nacht einfach gegen uns, aber morgen kommen wir wieder."

„Und wie!", bestätigte Webster.

„Darauf können diese Verbrecher Gift nehmen", rief Saroyan, laut genug, dass es am ganzen anderen Ufer zu hören gewesen wäre, wenn die Polizei nicht so einen Lärm gemacht hätte.

„Dann bis morgen“, krächzte Flitzschwinge und drehte zu ihrem Schlafbaum ab, um sich bis Tagesanbruch noch ein wenig auszuruhen.

Erst jetzt bemerkten alle, wie müde sie eigentlich waren.

Sogar Odo knickten auf dem Rückweg von Zeit zu Zeit die Beine ein. Auch machte er sich Sorgen um seinen Meyer, den er bei Dunkelheit nur ungern allein ließ.

Es war eine lange aufregende Nacht gewesen und die Trauer um Muzza saß tief in ihren Herzen.

27

Es war der erste wärmere Tag. Die Sonne entledigte sich von Zeit zu Zeit ihrer Wolkenschleier. Sie dörrte die Reste von Gras, in denen die Mäuse ihre Hurtelspuren legten und sich zu verstecken suchten, wenn Gefahr drohte und sie nicht rasch genug in ihr Loch fahren konnten.

Die Säbelzähne waren in einen tiefen, wohligen Schlaf verfallen, der bis zum Nachmittag anhielt. Und als sie erwacht waren und sich genügend gestreckt hatten, versuchten sie es mit der Jagd und hatten auch Glück dabei.

Nur Dario verbrachte seine Zeit hauptsächlich mit Zuschauen. Eine lebende Maus war nun doch etwas anderes als ein Badewannenstöpsel, den er selbst bewegte. Aber da er in der Nacht zuvor von allen am meisten aus dem Plastiksack abgekriegt hatte, war er noch gar nicht so hungrig und konnte es sich leisten, sich zu zieren, als Maunzer ihm eine seiner erbeuteten Mäuse anbot.

„Komm schon“, sagte Maunzer, „wie sollst du geil auf die Jagd werden, wenn du gar nicht weißt, wie die Dinger schmecken.“

„In Ordnung! Ich koste.“ Dario roch eine Weile daran, dann schnappte er sich einen der kleinen Schinken und kaute ihn lange. Er war sich nicht sicher, ob ihm schmeckte, was er da fraß. Aber um Maunzer nicht zu beleidigen, leckte er sich danach ausführlich die Lippen und nickte anerkennend.

„Fressen macht Durst“, schmatzte Haderlump mit vollem Maul.

„So ist es!“ Schnurz und die jüngeren Kater erhoben sich bereits und trabten in Richtung »Katerloch« los. Wohin sollten sie auch sonst gehen, jetzt, wo die Sonne sich hinter dem Kanal verkrümelt hatte und der Winter noch immer nachts die Zähne zeigte.

Da lief ihnen Molly über den Weg. „Ich habe euch schon gesucht“, maunzte sie außer Atem.

Lumpazi seufzte unwillkürlich. „Und weswegen, wenn man fragen darf?“

Molly hatte noch selten gute Nachrichten gebracht. Im Gegenteil, es war anzunehmen, dass wieder irgendwo ein Unglück geschehen war, wenn Molly sie suchte. Und die Säbelzähne waren jetzt so ganz und gar nicht in der Stimmung für Unglücke.

„Wenn ihr die Geiseln sehen wollt, müsst ihr zu den Schwertkrallen kommen. Sie vernehmen sie gerade.“

„Was für Geiseln?“, fragte Lumpazi verdattert. Er hatte die ganze Geiselsache von Anfang an für Mumpitz gehalten und sie längst vergessen.

„Zwei junge Marder! Die Schwertkrallen haben sie sich in einer gut geplanten Aktion geschnappt. Es gibt eine Reihe Verwundeter, aber während die erfahrenen Katzen die alten Marder in einen Kampf verwickelten, haben die jungen Schwertkrallen sich die beiden Jungen gegrapscht und sie am helllichten Tag entführt.“

„Was?“, rief Haderlump, der sich als Erster gefasst hatte.

„Willst du damit sagen, dass es diesen Bastarden gelungen ist, sich zwei junge Marder unter den Nagel zu reißen?“

„Leider“, sagte Molly. „Leider Gottes! Ich halte nämlich gar nichts von dieser Geiselnehmerei. Sie wird alles nur schlimmer machen und die Marder bis zur Weißglut reizen.“

„Larifari“, rief Lumpazi ungeduldig. „Ich will diese Geiseln sehen, und das mit eigenen Augen.“

Die Säbelzahne waren alle aufgesprungen und setzten sich ziemlich rasch in Bewegung. Molly und Dario bildeten den Schluss des Zuges, und während sie so dahingaloppierten, erzählte Molly, dass der schwer verwundete Graue sich wahrscheinlich nicht mehr erholen würde. Ihrer Meinung nach könne er diese Geiselnahme nicht überleben, auch wenn eine Reihe von Pussen sich ununterbrochen um ihn kümmere. Sie war außerdem der Ansicht, dass die Marder sich nun erst recht zum Kampf rüsten würden. Und wenn sie erst in größeren Verbänden anrückten, könnten sie wohl von niemandem mehr bekämpft werden.

Dario vertrat eine andere Meinung. „Vielleicht geschieht ganz das Gegenteil“, sagte er, „und die Marder lenken ein. Ihr Familiensinn ist doch berühmt. Vielleicht liegt ihnen mehr an ihren Jungen als an einem Krieg?!“

Molly sah ihn mit gerunzelter Stirn an. Sie war und blieb skeptisch.

Inzwischen waren sie beim Versammlungsplatz der Schwertkrallen angelangt und konnten an der unteren Flussböschung die wild gestikulierenden Kater sehen, die einen Kreis bildeten, in dem sich offenbar die beiden Geiseln befanden.

„Nichts haben sie uns bisher verraten, aber auch gar nichts“, empörte sich der Dicke, dessen große Bauchtasche breit auf dem Boden lag. „Weder wo sie ihre Schlafplätze haben noch wie viele von ihren Familien hier ans Kanalufer gezogen sind. Nicht einmal ihre Namen“, erklärte er den ankommenden Säbelzähnen.

„Wie sollen sie denn schon groß heißen", meinte Haderlump. „Außerdem würden sie sowieso nicht auf uns hören, ihre Namen spielen also keine Rolle."

Inzwischen konnten sie die jungen Marder fauchen und zischen hören, während die Kater noch immer auf sie einmaunzten und drohend die Krallen am harten Boden schärften.

„Mit dieser Methode kommt ihr zu gar nichts", bemerkte Lumpazi missbilligend. „Ihr fasst sie ja geradezu mit Samtpfoten an. Da müssen ganz andere Saiten aufgezogen werden, damit die Bälger merken, dass es ernst ist."

„Auf eure Ratschläge haben wir gerade noch gewartet", knurrte der Boss. „Aber ich lasse dir gerne den Vortritt, Lumpazi. Bitte, versuch es mit den anderen Saiten. Hast du dir das Gebiss der beiden jungen Kerle da schon einmal näher angeschaut? Du glaubst, du hast es mit einem Nadelkissen zu tun. Und unberechenbar, wie die Kleinen sind, machen sie vor nichts Halt, was ihnen in die Quere kommt. Wenn du das nicht glauben willst, geh unter den nächsten Busch und frag den Grauen, falls es dazu nicht schon zu spät ist. Ich jedenfalls möchte nicht mit einem solchen Muster im Gesicht in die ewigen Jagdgründe humpeln."

Lumpazi hatte sich zwischen dem Boss und dem Tiger in den Kreis gezwängt und warf nun einen ersten Blick auf die beiden Geiseln, die sich in einem Erdloch Rücken an Rücken langsam im Kreis drehten – fauchend und zischend und immer mit dem entblößten Gebiss zum Gegner. Es war kein heiterer Anblick.

„Aber die ganze Geiselnahme hat doch nur dann einen Sinn, wenn wir sie auch ausquetschen können", brummte Lumpazi, nicht mehr ganz so klug wie zuvor. „O ja, natürlich!" Der Boss grinste sein blauäugigstes Siamesenlächeln. „Ganz deiner Meinung. Wir haben es geschafft, die Geiseln zu nehmen, jetzt seid ihr dran. Bitte, quetscht sie ruhig aus!"

„Dario!", rief Lumpazi. „Wo steckst du denn? Komm an meine Seite."

Dario hatte gerade daran gedacht, wie dumm es von ihm gewesen war, von der angebotenen Maus nur einen kleinen Bissen zu kosten, da er schon wieder Hunger hatte. Er zwängte sich nun ebenfalls nach vorn, an Lumpazis Seite, und warf einen Blick auf die kleinen Monster. Dass das keine angenehmen Zeitgenossen waren, schien ihm sofort klar. Man durfte keinesfalls an ihre Zähne geraten.

„Was glaubst du, Dario? Was können wir tun, um sie zum Reden zu bringen?" Dabei legte Lumpazi seine Pfote auf Darios Schulter und der fühlte sich geehrt und wollte den Anführer der Säbelzähne auf keinen Fall enttäuschen. Insgeheim stellte er eine Reihe von Berechnungen an, kam aber bald zu dem Schluss, dass Berechnungen in diesem Fall nicht weiterhalfen. Was hatte Donna ihm eingebläut, wenn es um die Lösung von scheinbar unlösbaren Problemen ging? „Immer das Nächstliegende! Denk immer zuerst an das Nächstliegende!“ Was aber war hier das Nächstliegende? Er kauerte sich hin, um besser denken zu können. Da begann sein Magen zu knurren – und mit einem Mal wusste er es.

„Gebt ihnen nichts zu fressen, das wird sie gesprächsbereit machen. Sie sind noch jung. Junge Tiere haben immer Hunger!“ Er dachte dabei an sich selber. „Ihr müsst nur ein wenig Geduld haben und sie werden von sich aus reden. Aber tut ihnen nicht weh! Wenn ihr ihnen wehtut, werden sie so laut schreien, dass sämtliche Marder beider Kanalufer herbeieilen. Wenn sie jedoch entsprechend hungrig sind, werden sie höchstens zu winseln anfangen und darum bitten, dass ihr sie anhört.“

„Gut gebrüllt, Löwe“, meinte Lumpazi und schaute herausfordernd in die Runde, als sei ihm selbst dieser geniale Gedanke gekommen. „Na, was sagt ihr? Ist doch der beste Vorschlag, der seit Langem gemacht wurde, oder?“

Der Boss kratzte sich mit einer Hinterpfote an der Schulter. „Nicht schlecht. Die Frage ist nur, ob wir sie lange genug in diesem Erdloch festhalten können. Es sind gesunde Tiere, die es sicher eine ganze Weile ohne Fressen aushalten. Ich schlage vor, dass von nun an ihr die Bewachung übernehmt. Wir Schwertkrallen halten sie schon seit Stunden fest und müssen uns erst einmal ausruhen, damit wir in Form sind, falls es zu einem Kampf mit den übrigen Mardern kommt. Ich glaube zwar nicht, dass die Marder vor Mitternacht zuschlagen, aber danach halte ich alles für möglich.“

„Säbelzähne nach vorn und den Kreis geschlossen!“, kommandierte Lumpazi. Die Säbelzähne ersetzten Kater für Kater die Schwertkrallen und die beiden Geiseln steigerten ihr Fauchen und Zischen, um ihren neuen Bewachern gleich den richtigen Eindruck von ihren Zähnen zu vermitteln.

„Na so was“, versuchte Schnurz zu witzeln, „die haben ja Kettensägen in ihre kleinen Mäuler eingebaut!“

„Die Piranhas beider Kanalufer!“, bemerkte Haderlump und Maunzer staunte offen und ehrlich. „Beachtliche Kauwerkzeuge das, sehr beachtliche.“

„Graf Dracula könnte sich etwas abschauen von diesen hoch qualifizierten Blutsaugern“, scherzte Raunzer und Goggi meinte geradezu bewundernd: „Ich glaube, die haben sogar an den Ohren Stacheln.“

Die Schwertkrallen lagerten sich in nächster Nähe, um zur Stelle zu sein, wenn etwas Unvorhergesehenes geschehen sollte. Aber es dauerte nicht lange und sie waren alle eingenickt. Bald darauf schnarchten sie auch noch, laut genug, dass es ringsum zu hören war.

28

Die Sonne war schon untergegangen, die Dunkelheit aber noch nicht ganz hereingebrochen, als Donna, Webster und Saroyan, gefolgt von Odo und Flitzschwinge, sich wieder beim Brückenkopf einfanden. Sie hatten den Tag mit Schlafen, aber auch mit Arbeiten zur Sicherung der Korbburg verbracht. Sämtliche Beschaffungstrupps hatten neu zusammengestellt werden müssen, damit nicht wieder zu wenige und zu junge Katzen allein in der Korbburg zurückblieben, während die anderen in der Stadt unterwegs waren. Dabei hielten sie sich an den Leitspruch: Sicherheit hat Vorrang! Zumindest für die nächsten Tage, bis die Situation geklärt war, beziehungsweise die Marder in ihre Gesellschaft aufgenommen oder verjagt sein würden.

Donna hatte nun doch von Lissy die Geschichte mit den Vorratssäcken erfahren. Sie wusste, das Dario vermutlich den einen fehlenden erbeutet hatte, und befand sich in einem echten Dilemma. Einerseits würde sie ihrem Sohn gehörig die Leviten lesen müssen, andererseits war sie stolz auf ihn, weil er sich offenbar als Einziger zu helfen gewusst hatte.

„Siehst du, meine Schöne“, meinte Webster, als er von der Sache erfuhr, „deine Sorgen waren völlig überflüssig. Er hat sich sogar am anderen Ufer behaupten können. Was willst du mehr?“

Saroyan wirkte entschlossener denn je. Er schaute grimmig drein und wiederholte ständig die Frage, was besser sei – zuerst mit den Gangs oder gleich mit den Mardern Verbindung aufzunehmen. Schließlich unterbrach Odo ihn in seinen Selbstgesprächen und nahm eindeutig für die Gangs Stellung. „Sie stehen uns zumindest näher, dreh es, wie du willst. Ganz abgesehen davon, dass keiner von uns weiß, wie wir mit den Mardern überhaupt Verbindung aufnehmen sollen. Oder hat jemand eine Idee?“

Niemand antwortete, nicht einmal Flitzschwinge, von der man es am ehesten hätte erwarten dürfen.

„Also bleibt uns gar nichts anderes übrig, als es zuerst mit den Gangs zu versuchen und uns nach ihren Erfahrungen mit den Mardern zu erkundigen. Vielleicht haben sie etwas herausgefunden, was für uns alle von Bedeutung ist.“

„Und wo halten diese Gangs sich auf?“, fragte Donna mit einem leisen Zittern in der Stimme. Sie hoffte und fürchtete zugleich, ihren armen kleinen Dario in einer davon anzutreffen. Flitzschwinge bot sich an, nach den Gangs Ausschau zu halten und ihresgleichen und die Möwen zu verständigen. Auf jeden Fall mussten sie erst einmal über die Brücke, so viel war ihnen klar. Und sie konnten nur hoffen, dass sie, am anderen Ufer angekommen, nicht sogleich Unannehmlichkeiten haben würden. Schließlich hatten sie niemanden um Erlaubnis gefragt. Wen hätten sie auch fragen sollen?

Während Flitzschwinge auf Erkundungsflug ging, trabten die vier, vorsichtig Umschau haltend, am anderen Ufer kanalabwärts. Sie vertieften sich aber bald, als nichts geschah, in endlose und wenig fruchtbare Gespräche, so dass Odo beinah über eine Ratte gestolpert wäre, die sich auf die Hinterbeine gesetzt hatte und zu reden begann.

„Ich bin Klingon, Notburga schickt mich. Ich gehöre zur Gruppe der Informationsbeschaffer. Solltet ihr irgendeinen Auftrag für mich haben, braucht ihr nur nach mir zu rufen. Ich bleibe in eurer Nähe."

„Na endlich", rief Webster. „Ich hatte schon befürchtet, Notburga hätte ihr Versprechen vergessen."

„Kannst du dich hier frei bewegen?", fragte Saroyan. „Oder schwebst du in Gefahr, sofort verjagt zu werden, wenn man dich entdeckt?"

„Wir haben längst ein Abkommen mit den Ratten der hiesigen Seite geschlossen. Ich meine, unsere Beziehungen sind nicht gerade besonders herzlich, aber wir dürfen uns auf ihrem Gebiet aufhalten. Wir müssen uns nur ausweisen können", meinte Klingon mit erkennbarem Stolz auf das Verhandlungsgeschick seiner Artgenossen. „Notburga hat sich immer für gute Kontakte eingesetzt. Natürlich sind die Kontrollen noch streng, aber lieber strenge Kontrollen als gar nicht auf dieser Seite des Kanals reisen."

„Das leuchtet ein", meinte Odo. „Ihr Ratten seid den anderen Tieren wohl immer um eine Nasenlänge voraus."

Klingon nickte geschmeichelt, aber Donna und Webster warfen sich einen vielsagenden Blick zu. Sie hatten da andere Erinnerungen, an den Vollzug der Todesstrafe zum Beispiel.

Klingon kam gleich wieder zur Sache. „Habt ihr schon einen Auftrag für mich? Wenn ja, lasst ihn mich wissen. Wenn nein, hole ich rasch noch eine Bekannte ab und stoße anschließend wieder zu euch."

Saroyan dachte einen Augenblick nach, sah sich dann um, ob ihn ja niemand außer seinen Gefährten hören konnte, und beugte sich an Klingons Ohr. „Wenn es dir gelänge, das Stabsquartier der Marder ausfindig zu machen, wäre ich dir sehr verbunden."

Klingon pfiff überrascht durch die Zähne. „Wieso glaubst du, dass die Marder ein Stabsquartier haben? Bisher haben sie nur in einzelnen Familienverbänden gejagt. Wir haben noch keinerlei Nachricht von einem Zusammenschluss."

Saroyan wiegte den Kopf. „Ich wittere es. Seit sie zu mehreren die Korbburg überfallen haben, bin ich mir fast sicher, dass sie sich bald zusammenschließen werden, wenn sie es nicht schon in aller Heimlichkeit getan haben."

Klingon schüttelte nachdenklich den Kopf. „Ein völlig neuer Gesichtspunkt! Lasst mir ein wenig Zeit und ich werde mich bei den Informationsbeschaffern auf dieser Uferseite umhören." Er schüttelte nochmals den Kopf und sein Schnurrbart zitterte. „Ein völlig neuer Gesichtspunkt!", murmelte er noch einige Male vor sich hin, bis er in einem Erdloch verschwunden war.

Webster zog die Stirn in Falten. „Hast du irgendeinen Anhaltspunkt für deine Annahme von einem Stabsquartier der Marder? Oder war das nur eine vage Vermutung von dir?"

„Weder noch", erwiderte Saroyan pfiffig. „Ich rechne bloß mit der Intelligenz der Marder."

Es war ziemlich dunkel geworden, um nicht zu sagen kohlrabenschwarze Nacht, denn der Mond ließ noch ein wenig auf sich warten und das Licht der Uferstraßenbeleuchtung drang kaum bis zu dem Spazierweg an der Uferböschung herunter.

Zum Glück waren sie alle gute Nachtseher, bis auf Flitzschwinge, die sich aber hervorragend auskannte und sich daher ziemlich sicher bewegte – auch wenn sie das Tageslicht bei weitem vorzog. Es dauerte nicht lange und sie kam wieder zurück, landete auf dem Weg und trippelte dann neben den anderen her. „Wie ich vermutet habe, lagern die Gangs hinter der dritten Brücke. Aber die große Neuigkeit ist eine andere! Ihr werdet es nicht fassen. Es ist ihnen gelungen, Geiseln zu nehmen!“

Saroyan sträubte sich das Fell. „Was meinst du mit Geiseln?“

„Die Kater sitzen im Kreis um ein Erdloch, in dem sich zwei aufgeregt fauchende junge Marder drehen. Wie würdest du das sonst nennen?“

„Das ist ein Kriegsgrund.“ Saroyan schlug automatisch ein rascheres Tempo an und die anderen folgten ihm eilig.

Als sie zur angegebenen Stelle kamen, wurden sie gar nicht gleich bemerkt, so beschäftigt waren die Säbelzähne mit dem Bewachen der beiden jungen Marder. Und erst als der Boss der

Schwertkrallen sich im Schlaf herumdrehte und dabei kurz aufwachte, kam die Begrüßung in Gang.

„Feind in Sicht“, fauchte der Boss, und das so eindringlich, dass seine ganze Bande mit einem Schlag erwachte. „Regt euch nicht auf“, rief Saroyan oben vom Weg aus zu den Schwertkrallen hinunter. „Jetzt ist nicht die Zeit, sich in Stammeskämpfen zu verzetteln. Auch wir haben ein Marder-Problem.“

„Na und“, schnauzte der Boss zurück, „das heißt noch lange nicht, dass wir mit euch Lackaffen etwas zu tun haben wollen. Wer seid ihr denn überhaupt? Dringt mir nichts, dir nichts in unser Territorium ein und macht euch da auch noch wichtig!“

„Ich bin Saroyan, Mitbegründer der Kanalufergesellschaft.“

„Ich dachte, der Kerl hätte längst ins Gras gebissen.“

Saroyan ging nicht darauf ein, sondern deutete auf Webster und Donna. „Webster, der Schnüffler, und Donna!“

„Mich solltest du auch kennen lernen, ich bin Odo, der Stinkende, und ich bin mitgekommen, um der Sache meiner Freunde, die auch die meine ist, Nachdruck zu verleihen.“

In diesem Augenblick kam der Mond hinter den Schornsteinen der Müllverbrennungsanlage hervor und Odos Körper warf einen langen Schatten über die Böschung hinunter.

„Selbst mit Hunden deiner Statur sind wir schon fertig geworden", murrte der Boss, auch wenn es nicht mehr ganz so überzeugend klang.

„Hört euch in Ruhe an, was wir zu sagen haben, und spart eure Kräfte für den großen Kampf!", kläffte Odo leutselig.

„Was schwafelst du da von einem großen Kampf?", fragte der Boss ziemlich unwirsch.

„Es ist unvermeidlich", sagte Saroyan. „Jetzt, wo ihr die beiden jungen Marder als Geiseln genommen habt. Ihr glaubt doch nicht im Ernst, dass die Alten dabei tatenlos zusehen werden. Ich bin mir ganz sicher, dass sie sich bereits in einem Stabsquartier versammelt haben."

„Papperlapapp", meinte der Boss und dabei wären ihm fast die zwei Mäuseschwänze aus den Mundwinkeln gerutscht. „Wir kommen ganz gut ohne eure Klugscheißerei zurecht. Schließlich waren wir es, die Schwertkrallen, denen es gelungen ist, die beiden kleinen Monster ohne fremde Hilfe gefangen zu nehmen."

Inzwischen waren auch die Säbelzähne aufmerksam geworden, hatten aber bisher aus lauter

Sorge um die Geiseln nur mit halbem Ohr zugehört – bis auf Dario, der Donna sofort erkannt hatte. Sein Herz klopfte und am liebsten wäre er auf der Stelle die Böschung hinaufgerannt, hätte seine Mutter begrüßt und wie früher seine Nase an ihrer Nase gerieben. Aber zwischen früher und jetzt war Zeit vergangen. Er war nicht mehr so sehr der Sohn von Donna, sondern inzwischen Dario, der Adjutant von Lumpazi geworden, und das verpflichtete ihn gewissermaßen. Donna schien ihn noch nicht erspäht zu haben, obwohl sie sich ganz schön den Hals nach ihm verrenkte.

Dario fühlte sich in der Zwickmühle. „Lumpazi", sagte er leise, „ich glaube, die Schwertkrallen verpatzen gerade alles. Man sollte sich doch wenigstens anhören, was die von drüben zu dieser Sache meinen. Ich sage das nicht, weil da oben Donna, meine Mutter, sitzt, sondern weil meine Mutter die Intelligenz in Person ist und sich nicht mit Blödkatzen abgeben würde."

Lumpazi riss die Augen auf und schaute zu den drei Katzen hinauf, die wie Statuen des Katzengottes im Mondlicht thronten. Jawohl, es war ein Thronen, zumindest sah es von unten so aus, wie sie da am oberen Rand der Böschung nebeneinander hockten, erhobenen Hauptes, mit gerade gestellten Vorderpfoten und elegant um sich geschlungenen Schwänzen. Sogar Webster machte bei diesem Licht eine gute Figur.

In dem Moment sagte der Boss: „Und da wir die Geiselnahme alleine durchgeführt haben, können wir auch das ganze Marder-Problem selber lösen, kapiert?“

„Jetzt halt einmal die Luft an, Boss, wir haben schließlich auch noch ein Wörtchen mitzureden!“, ließ sich Lumpazi vernehmen.

„Möchte ich meinen“, fügte Haderlump bedeutsam hinzu.

„Das Marder-Problem betrifft alle Kanaluferbewohner, hüben wie drüben, sonst wären die vier nicht zu uns herübergekommen. Wo sie doch wissen müssen, dass wir sie nicht sonderlich sympathisch finden!“ Lumpazi räusperte sich. „Aber in Zeiten wirklicher Gefahr muss man sich notgedrungen untereinander verständigen. Wir brauchen uns deshalb ja nicht gleich um den Hals zu fallen.“

„Weise gedacht“, kläffte Odo und zog die Lefzen auseinander. „Mit einer Ausnahme. Dario, steh auf und begrüß deine Mutter. Man soll uns Säbelzähnen nicht nachsagen, dass wir nicht wüssten, was sich nach alter Katerart gehört. Und ihr anderen schließt die Lücke, damit die Geiseln nicht entkommen können.“

Sogar die beiden jungen Marder hielten einen Augenblick mit dem Gefauche und Gezische inne und blickten neugierig in die Runde.

Dario erhob sich, wie Lumpazi ihm befohlen hatte. Als er die Böschung hinaufkletterte, erkannte Donna ihn und stürzte sich mit einem markdurchdringenden Erkennungsschrei auf ihren »armen kleinen Dario«.

Dario war inzwischen wieder ein Stückchen gewachsen und es wirkte ein wenig komisch, wie Donna ihn noch immer ihren »armen kleinen Dario« nannte und ihm schnurrend das Gesicht leckte. Dennoch schienen sich alle ausnahmslos über dieses Wiedersehen zu freuen, ganz besonders natürlich Webster und Saroyan.

Donna und Dario hatten einander wiedergefunden, aber schon im nächsten Moment erklärte Dario, dass er so rasch wie möglich auf seinen Posten zurückmüsse. Donna wollte gerade von der Vorratssack-Geschichte anfangen, als Saroyan sich an Lumpazi wandte. „Wir wollten gar nicht mehr als ein vernünftiges Wort. Glaubt mir, Kater, ich bin weit herumgekommen und habe eine Ahnung von der Welt. Wir haben viele gemeinsame Feinde, die Marder sind nicht die einzigen, nur im Augenblick die schlimmsten."

Dario hatte sich schon wieder in den Kreis der Geiselbewacher gezwängt und Donna war ein wenig verwirrt an Websters Seite zurückgekehrt. Das war nicht mehr ihr »armer kleiner Dario«, so viel schien sicher, aber wer war es dann? Dario hatte doch nicht etwa aufgehört ihr Kind zu sein?

„Ein gut aussehender junger Mann, dein Sohn", flüsterte Webster ihr ins Ohr. „Alle Achtung, den hast du gut ausgebacken."

Donna versuchte zum ersten Mal, Dario als erwachsenen Kater zu sehen. Sie kannte – ganz objektiv gesehen – nur wenige derart gut aussehende Kater.

„Also wisst ihr ...", kreischte der Boss.

In diesem Augenblick kam Molly auf ihn zugetänzelt. „Los, Boss, spiel nicht den Beleidigten. Die da oben sind kluge Katzen. Katzen mit Hirn, ich kenne sie. Und wenn ich das sage, kannst du es wirklich glauben." Sie umschmeichelte den Boss, indem sie sich an ihm rieb und ihn stupste, damit er sich endlich erhob.

„Ist das nicht Molly, die mir einen ihrer Flöhe anhängen wollte?", fragte Donna erstaunt.

„Und ob das Molly ist", erwiderte Webster. „Wie du siehst, hat das andere Ufer eine große Anziehungskraft auf Jugendliche."

„Rücken wir näher zusammen“, hörte man nun Lumpazi sagen. „Kommt ihr lieber zu uns herunter, denn die jungen Marder dürfen auf keinen Fall entwischen.“

„Vom mir aus“, knurrte der Boss, „damit die arme Seele ihre Ruhe findet. Aber wenn uns euer Gequatsche nicht passt, ist sofort Feierabend, kapiert?!“

Und die Katzen bildeten einen dichten zweiten und einen dritten Ring um die beiden Geiseln, die ihre hektischen Bewegungen und ihr Zischen wieder aufgenommen hatten.

29

Die Marder lebten in ihrer eigenen, in ihrer Mustel-Welt. Sie nannten sich Mustel, abgeleitet von der lateinischen Bezeichnung Mustelidae, die alle Marderartigen, also auch Wiesel, Otter und Frettchen umfasste. Mustel aber hießen nur die Marder selbst, die sich noch nie um andere Arten gekümmert hatten, auch nicht um andere Marderartige. Sie waren sogenannte Kulturfolger, das heißt, sie zogen dem Menschen nach und versuchten ihren Nutzen daraus zu ziehen, aus seinen Hühnern, seinen Kaninchen, seinen Obstkulturen. So waren sie bis in die großen Städte gelangt, ohne sich über irgendetwas anderes Gedanken zu machen als über ihr eigenes Fortkommen. Sie schätzten sich selbst sehr hoch ein und waren der Überzeugung, dass nichts und niemand ihnen das Wasser reichen könne. Sie waren schlau, trickreich und ohne Bedenken, was andere Lebewesen anging, jedoch von großer Treue, Zärtlichkeit und Hilfsbereitschaft ihren eigenen Familien gegenüber.

Sie nahmen ihre Mustel-Welt mit, wohin sie auch gingen, und das hieß immer und überall:

»Mustel zuerst!« Dabei waren sie nicht einmal auf das Herkömmliche eingeschworen. Seit sie herausgefunden hatten, dass eine bestimmte Plastikmasse für sie verdaulich war, knackten sie Autos, und es sollen sogar einige Mustel dabei beobachtet worden sein, wie sie mit der Rolltreppe in einen U-Bahnschacht einfuhren.

Es war ihnen völlig schnurz, wie und warum die moderne Welt so funktionierte, wie sie funktionierte, Hauptsache, sie konnten damit umgehen und sie zu ihren Gunsten nutzen. Auf diese Weise war auch ihre Mustel-Welt so lange heil geblieben.

Das Abbruchhaus in der Gasse hinter der Kanaluferstraße war von Mustel-Schleicher und Mustel-Zickzack entdeckt und so heimlich mit ihren Kindern bezogen worden, dass niemand in der unmittelbaren Umgebung Notiz davon nahm. Mustel-Schleichers und Mustel-Zickzacks Kinder hießen Mustel-Bummi und Mustel-Schrumm und sie hatten sie in die Geheimnisse der erfolgreichen Jagd eingeweiht sowie in die wichtigsten Lehrsätze der Mustel-Philosophie: »Keine Reste, keine Rücksichten, keine Rohrkrepierer! Erlaubt ist, was man sich erlauben kann! Setzt euch selbst ganz obenauf, denn niemand sonst wird es für euch tun! Wer an eine Mustel-Welt glaubt, will in ihr leben, und das ausschließlich!« Alle anderen Wesen sind naturgemäß keine Mustel, also haben sie auch keinen Zutritt zur Mustel-Welt. Sie sind Fressfeinde, Beutetiere oder Menschen. Man muss sie töten oder fressen oder ihnen aus dem Weg gehen – was sich vor allem auf die Menschen, ihre Fallen und ihre Geruchssprays bezog.

Nachdem das Unerhörte geschehen war und zwei junge Mustel, Mustel-Rolli und Mustel-Wanst, die Kinder von Mustel-Pfiff und Mustel-Seide, von den Katzen-Gangs als Geiseln genommen worden waren, schalteten die Mustel-Räte schnell. Mustel-Schleicher und Mustel-Zickzack boten den Dachboden des Abbruchhauses als Stabsquartier an, in das als Erste die Eltern der beiden Geiseln zogen. Und die Mustel-Räte, Mustel-Spitzzahn, Mustel-Mörderzeh und Mustel-Spitzbauch, versuchten die Schlagkraft der Mustel aufzubauen und zu vereinheitlichen. Durch die Geiselnahme hatte die Mustel-Welt auf einmal einen winzigen Sprung bekommen.

In den alten Zeiten hatte es immer wieder Ärger mit Füchsen, Fangeisen und Pelztierjägern gegeben, so dass die Märchen und Geschichten, die man den kleinen Musteln erzählte, nur so von ihnen wimmelten. Aber niemand konnte sich an eine derartige Geiselnahme erinnern. Alle Mustel waren sich darin einig, dass das eine Kriegserklärung gegen die gesamte Mustel-Welt bedeutete. Da half nur eins, die sorgfältigste Vorbereitung und Planung des bevorstehenden Kampfes.

Sämtliche Mustel beider Kanalufer zogen also zu Mustel-Schleicher und Mustel-Zickzack ins Haus, schärften die Krallen und wetzten die Zähne. Latrinen wurden errichtet, Vorräte angelegt und dazwischen ausgiebig gekundschaftet.

Meistens verrieten sich die Mustel frühzeitig durch ihren strengen Geruch. Sie kamen daher selten nah genug an den Gegner heran, den sie belauschen wollten. Aber die hatten mit ihren Kopf-ab-Aktionen einige Möwen zu Verbündeten gemacht, die die Ufer unauffällig überflogen und dann den Musteln heimlich Bericht erstatteten.

Die Mustel hassten es zwar, in einer Massenunterkunft zu leben, aber wenn die Mustel-Welt in Gefahr war, konnten sie sich gut zusammennehmen. Sogar Mustel-Reimer, der zusammen mit Mustel-Stimme für die Erdichtung der Hymnen zum alljährlichen großen Mustel-Fest verantwortlich war, konnte seine eigenbrötlerischen Angewohnheiten eine Zeit lang sein lassen und sich in den allgemeinen Schlafplatz fügen.

Das alljährliche Mustel-Fest diente übrigens dazu, die jungen Weibchen an Nicht-Verwandte zu verkuppeln, um so Inzucht zu verhindern.

Die Hymnen waren sogenannte Liebes- und Paarungsgesänge. Sie klangen ziemlich anzüglich und gewagt und taten auch ihre Wirkung, nur nicht bei den beiden, die sie sich hatten einfallen lassen. Mustel-Reimer und Mustel-Stimme blieben die einzigen Junggesellen der mittleren Mustel-Generation.

Am schwierigsten war, die Mustel einmal so weit von ihrer eigenen Mustel-Welt abzulenken, dass sie ihre Gegner überhaupt zur Kenntnis nahmen. Da sie die meiste Zeit leichtes Spiel hatten, weil sie ihre Beute blitzartig überfallen und umbringen konnten, glaubten die Mustel nicht so recht daran, dass andere Tiere eine Chance gegen sie hätten. Sie waren noch immer der Meinung, es genüge, in entsprechend großer Anzahl aufzumarschieren, damit die Gegner sich sofort in den Pelz machten und flohen oder, zu Tode erschreckt, zu Boden fielen, wo man ihnen nur mehr den Garaus zu machen brauchte.

Die Räte Mustel-Spitzzahn, Mustel-Mörderzeh und Mustel-Spitzbauch hatten daher genug damit zu tun, den Musteln die Augen für die Realität zu öffnen.

„Katzen?“, fragte zum Beispiel Mustel-Meisterdieb gedehnt. „Einfach lächerlich! Wer rechnet denn ernsthaft mit Katzen, diesen handzahmen Pelzpantoffeln.“

„Die, mit denen wir jetzt im Krieg liegen“, erklärte Mustel-Mörderzeh geduldig, „haben mit Menschen längst nichts mehr zu tun. Die einen sind am Kanalufer ausgesetzt, die anderen sind schon dort geboren worden, unterschätz das nicht.“

„Und warum machen sie sich auf einmal so wichtig?“, fragte Mustel-Schlau.

„Weil sie mit unseren Kopf-ab-Aktionen nicht einverstanden sind. Außerdem fürchten sie, wir könnten ihnen zu viele Mäuse wegfressen.“

„Die erwarten doch nicht im Ernst, dass wir uns ihretwegen zurückhalten?!“ Das Erstaunen in Mustel-Meisterdiebs Tonfall war unüberhörbar.

„Was weiß ich, was sie erwarten“, erwiderte Mustel-Spitzzahn. „Tatsache ist, dass sie Mustel-Rolli und Mustel-Wanst als Geiseln festhalten. Die müssen erstens befreit werden und zweitens müssen wir Vorsorge treffen, dass so etwas nie wieder geschieht.“

„Das heißt“, meinte Mustel-Schlau, „dass es ein großes Gemetzel geben wird!“

„Bravo!“, riefen Mustel-Spitzzahn und Mustel-Mörderzeh. „Du hast es erfasst. Und das so bald wie möglich. Denn wenn die Jungen selbst versuchen auszubrechen, kann dabei das Schlimmste passieren. Also geh und sag das allen weiter!“

Mustel-Schlau hurtelte zu ein paar anderen Musteln, die in einer Ecke saßen, über die Geiselnahme sprachen und darüber plauderten, was für entzückende junge Mustel Mustel-Rolli und Mustel-Wanst wären.

„Bereitet euch zum Kampf!“, rief Mustel-Schlau. „Es geht um Mustel-Rolli und Mustel-Wanst, und wenn wir sie nicht bald befreien, kann das Allerschlimmste passieren.“

„Das kann doch nicht so tragisch sein“, meinte ein Bruder von Mustel-Pfiff. Und sein Weibchen pflichtete ihm bei: „Das erledigen wir im Handumdrehen. Man muss uns nur sagen, wann es so weit ist.“ Und schon erzählte sie wieder etwas aus der Baby-Zeit ihres Neffen und ihrer Nichte.

Plötzlich kam Unruhe in die Versammlung und einige Mustel schleppten eine anscheinend mehr tote als lebendige Ratte herein.

„Ein Spion“, fauchte einer von den Ergreifer-Musteln. „Wie haben einen Spion gefangen. Lasst ihn uns einen Kopf kürzer machen!“

Da hob die Ratte ihren gefährdeten Kopf und erklärte in gefasstem Ton: „Nicht Spion! Wo denkt ihr hin, Mustel! Unterhändler! Ich bin vom Obersten Rat der Kanalufergesellschaft geschickt worden, um euch ein Verhandlungsangebot zu machen."

„Kanalufergesellschaft?" Mustel-Reimer und Mustel-Spitzzahn fingen gleichzeitig zu prusten an. „Was ist denn das für eine verrückte Geschichte? Hat einer schon einmal etwas von einer Kanalufergesellschaft gehört?"

Niemand antwortete, aber immer mehr Mustel begannen zu prusten.

Die Ratte versuchte es noch einmal: „Saroyan, der legendäre Vankater, Mitbegründer dieser Kanalufergesellschaft, schickt mich …"

Mustel-Mörderzeh musste so laut prusten, dass es eine Weile dauerte, bis er wieder sprechen konnte. „Da lachen selbst die Hühner! Du willst uns tatsächlich weismachen, dass ein Kater dich, eine Ratte, zu uns, den Mardern, als Unterhändler schickt?"

Der ganze Dachboden des Abbruchhauses begann zu schlingern und zu schlittern, so wie die Marder sich gebärdeten.

Die Ratte, es war natürlich Klingon, wartete, bis der größte Lärm verebbt war, und meinte dann: „Genau das ist unsere Stärke, Mustel! Dass wir uns zusammengetan haben und uns nicht mehr gegenseitig umbringen. Es ist nämlich ohnehin genug für alle da."

„Zwickt mich", rief Mustel-Schleicher, „ich glaube, ich liege im Vollrausch."

Die Ratte ließ trotz ihres miserablen Gesamtzustandes nicht locker: „Ich soll euch von dem legendären Saroyan ..."

„Was heißt da legendär?", fragte Mustel-Stimme. „Ich habe noch nie etwas von einem Saroyan gehört!"

„... von dem legendären Saroyan ein Verhandlungsangebot zu machen. Über eine Sache, die für beide Seiten ein Problem ist, in aller Ruhe zu reden hat wohl noch nie geschadet."

Klingons Stimme wurde immer schwächer. Er blutete äußerlich, aber wohl auch innerlich, denn aus seinem Mundwinkel zog sich eine zarte Blutspur, die als rosa gefärbter Speichelfaden herabtropfte.

„Was du nicht sagst", meinte Mustel-Meisterdieb. „Wer sagt denn, dass ihr für uns ein Problem seid? Wir holen uns unsere beiden Jungen zurück und damit basta! Das muss doch auch in deinen Rattenschädel gehen! Da ist nichts zu besprechen, und in aller Ruhe schon gar nicht. Und jetzt gebt dem Wicht endlich den Gnadenbiss, damit er hier nicht noch alles voll sabbert."

Aber das war nicht mehr nötig. Klingon hatte mit dem letzten Satz sein Leben ausgehaucht und hing nun wie ein schlaffer, halb leerer Sack an den Klauen seiner Ergreifer.

Was die Marder jedoch nicht wussten – Klingon war nicht alleine gekommen. Zu Aufträgen dieser Art brachen die Informationsbeschaffer der Ratten nie alleine auf, schon gar nicht auf der anderen Kanaluferseite. Es wusste also noch jemand vom Stabsquartier der Marder und von Klingons Heldentod, nämlich eine Rättin namens Ratzi-Schatz, die Klingon überallhin begleiten und gleichzeitig auch kontrollieren musste. Diese Ratzi-Schatz hatte im Verlauf ihrer gemeinsamen Arbeit eine gewisse Schwäche für Klingon entwickelt und war von seiner Gelassenheit angesichts des Todes zutiefst beeindruckt. Sie beeilte sich nun sämtliche Informationen an Saroyan und die zahlreichen übrigen Feinde der Mustel weiterzugeben.

30

Am Kanalufer überstürzten sich die Dinge, nachdem Ratzi-Schatz ihren Bericht abgeliefert hatte. Sie hatte es auch nicht unterlassen, groß herauszustellen, dass die Marder ein Gemetzel anrichten und dass sie sich auf keinerlei Verhandlungen einlassen wollten.

Jetzt berieten alle miteinander, Saroyan, Donna und Webster, Odo, Flitzschwinge und die Katzen-Gangs.

Die Wiedervereinigung von Donna und Dario hatte offenbar eine Grundlage für das gegenseitige Vertrauen gebildet, auch wenn niemandem das so recht bewusst war. Odos einschüchternde Gestalt hatte außerdem ihr Teil dazu beigetragen, denn er zeigte große Entschlossenheit, allen Vorschlägen Saroyans Nachdruck zu verleihen.

Irgendwann hatten die Gangs schließlich doch nachgegeben. Zuerst die Säbelzähne, mit Dario in ihren Reihen, dann auch die Schwertkrallen, von Molly des Langen und Breiten weich geknetet. Das hieß natürlich nicht, dass sie in allem einer Meinung gewesen wären, aber eines war ihnen klar: Sie mussten die Marder in ihrem Stabsquartier festnageln, und das noch bevor diese zur Rückeroberung der Geiseln aufbrachen.

Um größere Streitigkeiten von Anfang an zu vermeiden, bildeten Saroyan, Lumpazi, der Boss, Odo und Flitzschwinge eine Art Beschlusskomitee. Die erste Sorge war, was sollte mit den Geiseln geschehen? Man konnte nicht rund um die Uhr eine ganze Gang zu ihrer Bewachung abstellen.

Diesmal war es Odo, der die Meisterlösung fand. Er holte seinen Meyer mitsamt einem seiner Körbe. Und wie immer verstand Meyer, was Odo ihm sagen wollte. er sperrte die beiden jungen Marder in den Korb und nahm sie, während er begütigend auf sie einredete, in sein Nachtquartier mit. Und als Odos Meyer so sanft mit ihnen sprach, schienen sich die beiden Jungen sogar ein wenig zu beruhigen. Sie waren übrigens schon in einem Alter, in dem sie ganz gut ohne Eltern zurechtkamen.

„Vielleicht macht er noch zwei manierliche, einsichtige Kerlchen aus ihnen“, meinte Odo gerührt, „zuzutrauen wäre es ihm.“

Inzwischen waren sämtliche frei lebenden und wehrfähigen Kater und Kätzinnen beider Kanalufer – zumindest die, die nicht gerade mit der Pflege der Neugeborenen beschäftigt waren – zusammengetrommelt worden. Flitzschwinge hatte eine Schar traumtrunkener Rabenkrähen und Dohlen von ihren Schlafbäumen gescheucht und Ori-Bori III. versprach seinen speziellen Möwen-Klan an den Ort des Geschehens mitzubringen. Übrigens muss gesagt werden, dass von diesem Klan niemand mit den Mardern zusammenarbeitete.

Franziskus, der Mäuserich, hielt sich bedeckt. Allzusehr war den Gangs wohl doch noch nicht zu trauen, aber er und die Seinen standen bereit, sollte es irgendeine Aufgabe für sie geben.

Donna und Dario hatten inzwischen zumindest so viel Zeit gefunden, um sich ihre Abenteuer in groben Zügen zu erzählen. Und Webster tat ganz so, als gehöre er bereits zur Familie, was Dario anfangs nur mit Befremden zur Kenntnis nahm. Er gewöhnte sich aber rasch daran, da Donna nichts dagegen zu haben schien.

Donna konnte es sich nicht verkneifen, Darios Fell gründlich zu reinigen, was er sich auch anstandslos gefallen ließ. Er selbst war in letzter Zeit nicht mehr so recht dazu gekommen, und da er aus gepflegten Verhältnissen stammte, war ihm die gewohnte Sauberkeit schon ein wenig abgegangen. Jetzt erwähnte Donna auch die Geschichte mit dem Überfall. Doch wurde für sie beide kein Thema daraus – ganz im Gegensatz zu der Nachricht von Lew Leuwen und der Katzentür, die er am »Nachtschatten« hatte anbringen lassen. Und als Donna auch noch das Lachsessen erwähnte, das Lew ihr und Webster hatte servieren lassen, entfuhr Dario ein tiefer Seufzer und er maunzte: „Sobald wir mit den Mardern hier fertig sind, möchte ich heim zu Lew."

Die Katzen aus der Korbburg kamen mit ihren Vorräten an, gemäß dem alten Katzenleitspruch: »Zieh nie hungrig in den Kampf, sonst scheiterst du am Magenkrampf!«

Während alle fraßen, gesellte Saroyan sich zu Donna und Dario und fragte mit einem leisen Augenzwinkern: „Na, hast du noch immer nicht genug vom Heldentum, Dario?"

Dario sah ihn einen Moment verunsichert an, getraute sich dann aber sogar zu grinsen. „Solange die Marder solchen Terror machen, sind Helden wohl noch gefragt!"

Er war tatsächlich zum Kater geworden, und als plötzlich die kleine Miezi auftauchte, wandte er sich an seine Mutter und meinte ein wenig patzig: „Donna, darf ich dir Miezi vorstellen? Eine Freundin von mir."

Miezi kam angeschwebt, den seidigen Schwanz artig in halber Höhe tragend, und begrüßte Donna, indem sie ihr die Nase zum Beschnuppern hinstreckte.

„Ich komme auch zur Belagerung mit“, miezte sie. „Die Marder haben nämlich zwei meiner Geschwister getötet.“

Donna wusste nicht, wie ihr geschah, es ging alles so rasch. Zum Glück war Webster an ihrer Seite und flüsterte ihr heimlich ins Ohr: „Kopf hoch, meine Schöne! Er hätte eine schlechtere Wahl treffen können.“

Also beroch sie Miezi aufs Genaueste und meinte dann: „Du kannst uns gerne einmal im »Nachtschatten« besuchen, wenn das hier vorbei ist.“

„In welchem »Nachtschatten«?“, zirpte Miezi.

„Dario wird dir schon zeigen, wo es ist. Wir können dort mit einigen Leckerbissen aufwarten.“

Langsam wurde es ernst. Von überall her waren Katzen angetrabt gekommen, und was die Hunde betraf, hatte Odo eine Lösung gefunden. Leider gab es nur noch wenige frei lebende. Denn was die Tierschutzvereine nicht in ihre Zwinger gesperrt hatten, war in den berüchtigten Versuchslabors gelandet oder bei Verkehrsunfällen auf der Strecke geblieben.

Als Odo seinen Meyer abgeholt hatte, war er Bonzo, einem klugen, umsichtigen Rottweiler begegnet und hatte ihn beauftragt, alle frei lebenden Hunde, die er finden konnte, vor dem Abbruchhaus aufzustellen. Allerdings mussten sie sich verpflichten, zumindest während der Belagerung die Regeln der Kanalufergesellschaft zu respektieren und sich weder an Katz noch Ratz zu vergreifen.

Übrigens hatten sich für die Dauer des Feldzuges gegen die Marder auch die Gangs dazu bereit erklärt. Sie machten allerdings für die Zeit danach keine verbindlichen Zusagen.

Inzwischen waren die Parolen ausgegeben und die Zusammenarbeit der einzelnen Gruppen genau besprochen worden. Schließlich zog man los, im kätzischen Schleichschritt, damit die Marder keinen Verdacht schöpfen sollten.

Die Hunde warteten schon, und als die Katzen ankamen, vergaß nur ein einzelner kleiner Terrier die Abmachung und knurrte ein wenig. Doch schon hatte Odo ihn am Kragen und las ihm leise die Leviten.

Die Katzen nahmen Aufstellung, vor allem unter den Fenstern und vor der Tür, wohingegen die Krähen und Dohlen das beschädigte Dach besetzten.

Eine lautlose Spannung breitete sich aus und legte sich um das ganze Gebäude, während im Inneren lebhafte Geräusche erklangen, so als spielten die Marder Bockspringen. Vermutlich dachte keiner von ihnen auch nur im Entferntesten daran, dass sie umstellt sein könnten. Im Gegenteil, sie waren ganz offensichtlich mit den Vorbereitungen für die geplante Geiselbefreiungsaktion beschäftigt und der eine oder andere Kommandoruf drang durch die zerbrochenen Fensterscheiben.

„Lasst sie nur machen!“, flüsterte Saroyan den übrigen Mitgliedern des Beschlusskomitees zu. „Je länger sie sich in Sicherheit wiegen, desto unbekümmerter wird ihr Aufbruch sein.

Aber diese Dinge waren ohnehin längst besprochen und ausgemacht.

31

„Letzte Trainingsrunde“, rief Mustel-Spitzbauch, der sich für den körperlichen Zustand der Mustel-Truppe verantwortlich fühlte. Er selbst kommandierte lieber als sich viel mit Kniebeugen und Liegestützen herumzuquälen. Und die Mustel hüpften einer über den anderen in dichter gewundener Linie, um ja keinen Gegner entkommen zu lassen.

Der Mörtel bröckelte, der Kalk rieselte und die Bodenbretter ächzten. Das ganze Haus schien zu vibrieren, als die Mustel sich so in Kampfbereitschaft versetzten.

„Also, was die Kirschen in diesem Jahr angeht“, sagte eine Mustelin zu ihrer Nachbarin, „kann man nur hoffen, dass keine späten Fröste die Blüten ruinieren ...“

Da wurde sie auch schon von Mustel-Spitzbauch angezischt und zur Disziplin aufgerufen. Doch so schnell ließ sich ein Mustel von einem anderen keineswegs niedermachen.

„Sei nicht so patzig, Spitzbauch! Das Leben und die Kirschen gehen weiter. Wir ziehen schließlich nicht in den Weltuntergang!“ Und sie ordnete sich schmollend in die Reihe ein, die sich vor ihr bildete.

Die Eltern der beiden Geiseln gingen unruhig auf und ab. Mustel-Pfiff schrie: „Rettet unsere Kinder, Mustel!"

Und Mustel-Seide fügte schluchzend hinzu: „Meine lieben, entzückenden Kleinen, warum musste es ausgerechnet sie treffen?"

„Sie sind die Märtyrer unserer Mustel-Welt", erklärte Mustel-Reimer, „und werden in meiner nächsten Hymne vorkommen."

„Nur das nicht", kreischte Mustel-Seide. „Ich will sie lebend wiederhaben!"

„Schon gut, schon gut", schaltete Mustel-Spitzzahn sich ein. „Darum gibt es ja auch demnächst ein großes Gemetzel. Du bekommst sie lebend zurück, dafür bürge ich."

„Und jetzt ein Lied!", schrie Mustel-Mörderzeh. „Solange wir noch hier drinnen sind! – Wenn wir uns später dem Kampfplatz nähern, gibt es absolutes Stillschweigen, ist das klar?"

„Klar wie Kirschwasser", tönte es allenthalben zurück.

»Der Mustel Helden sind die größten,
wenn andere schon im Angstschweiß rösten,
landen sie erst Biss um Biss,
tollkühn und des Siegs gewiss.«

Die Mustel hatten alle mit eingestimmt und ihr Gesang tönte durch die eingeschlagenen Fensterscheiben nach draußen, wo er jedoch auf taube Ohren stieß.

„Raus mit euch!", kommandierte Mustel-Spitzzahn. „Die Treppe hinunter und ab durch die Tür! Ihr wisst, wo wir uns wieder sammeln. Um nicht unnötig Aufsehen zu erregen, schlägt jeder sich auf seine Art bis zum Kanalufer durch. Dort formieren wir uns und dann: Attacke! Wär doch gelacht, wenn wir diesem Gesindel unsere Jungen nicht wieder abnehmen könnten."

Die Mustel polterten die Treppe hinunter. Einige fielen auch, da nicht mehr alle Stufen in Ordnung waren, kollerten übereinander und kreischten angriffslustig aufgerissene Bretter an oder bissen, aus Zorn über einen kleinen Riss im Fell, in hervorstehende rostige Nägel.

Die Haustüre befand sich natürlich im Erdgeschoß und war nur angelehnt. Als die ersten Mustel dagegen drückten, sprang sie quietschend auf und gab den Blick auf eine Viererreihe stattlicher Kater, mit Saroyan in der Mitte, frei. Und gleich dahinter hockten Kämpferinnen wie Lissy und Donna, aber auch Molly und die gefleckte Schwertkrallenmutter.

Die ersten Mustel blieben wie angewurzelt stehen, die nächsten flogen über sie drüber und schlugen danach ebenfalls Wurzeln. So ging es ein Weilchen, was so aussah, als entrolle jemand eine Kokosmatte über die Treppe, bis die hinteren Mustel endlich begriffen hatten, was los war, und mit dem Drängeln aufhörten.

„Alle zurück!“, pfiff Mustel-Spitzzahn entgeistert. „Zwei Reihen Mustel bleiben und decken die Tür! Die anderen an die Fenster! Sofort!“

An den Fenstern wiederholte sich der Schreck und er wurde sogar noch größer, als die Mustel die Hunde erblickten. Es waren immerhin sieben Hunde zusammengekommen, darunter zwei Dobermänner und ein Doggenmischling, die alle bei den Mustel einen entsprechend schlimmen Ruf hatten.

Nun griff Mustel-Spitzzahn zur ersten strategischen List. Er ließ einige Mustel an den Fenstern zurück, während er die anderen noch oben schickte. Sie sollten einen Fluchtweg übers Dach erkunden. Jedoch, wer beschreibt ihre Verblüffung, als sie feststellen mussten, dass ihnen auch der Weg übers Dach verstellt war. Das halb eingefallene Dach glänzte schwarz vor Dohlen- und Krähengefieder. Und im Mondlicht schimmerten die gewaltigen Schnäbel wie bleiche Knochen auf einem geplünderten Friedhof, so dass selbst den Mardern leise gruselte.

Mustel-Spitzzahn, Mustel-Mörderzeh und Mustel-Spitzbauch, die Räte, zogen sich zu einer Geheimbesprechung zurück. Sie waren auf Angriff eingestellt gewesen, aber niemand hatte mit einer Belagerung gerechnet.

„Was nun?“, fragte Mustel-Spitzbauch. „Wie durchbrechen wir die Reihen der Feinde?“

Mustel-Spitzzahn und Mustel-Mörderzeh kratzten sich jeweils hinterm linken Ohr, bis einer von ihnen einen Geistesblitz hatte. „Der Keller!“, triumphierte Mustel-Mörderzeh. „Dieses Haus hat gewiss einen Keller. Wir entwischen unterirdisch. Das bisschen Grabarbeit ist ein Klacks, verglichen mit den Strapazen, die es bereiten würde, uns durch die Reihen der Feinde zu beißen.“

Sie riefen die Mustel zusammen, bis auf diejenigen, die an den Fenstern und vor der Türe saßen. Die sollten, nach Mustel-Mörderzehs Plan, erst im allerletzten Moment durch den gegrabenen Tunnel nachkommen.

Doch als die Mustel in den Keller huschten, befiel sie erst recht das Grausen. Denn die Kellertüre, die ebenfalls nur angelehnt war, ließ sich gar nicht mehr aufstoßen, so viele Ratten saßen dahinter, mit gebleckten, braungelben Zähnen, halb aufgerichtet, da es zu viele waren, so dass ihnen der Platz zum Kauern fehlte. Und nicht nur auf der Kellertreppe, im ganzen Keller wimmelte es nur so von unzähligen ausgewachsenen Exemplaren, die da fiepten und die Zähne entblößten.

Es schien aussichtslos, sich durch diese wogende, tönende, mampfende Menge einen Weg zu beißen. Den Musteln war klar, dass, wo immer sie einer Ratte die Gurgel durchbissen, an ihrer Stelle drei weitere nachwachsen würden. Also fingen sie erst gar nicht damit an. Es gab die grauenhaftesten Geschichten darüber, wozu Ratten im Blutrausch im Stande wären.

Andererseits war auch bei den Ratten der Blutrausch der Marder ein beliebter Gegenstand ihrer traditionellen Dichtung, aber davon hatten die Mustel natürlich keine Ahnung.

Mustel-Spitzzahn, Mustel-Mörderzeh und Mustel-Spitzbauch waren nun am Ende ihrer Weisheit. Sie ließen die Kellertüre mutlos wieder zufallen und baten Mustel-Reimer und Mustel-Stimme zu sich, da die beiden bekannt waren für ihre ausgefallenen Ideen.

Aber Mustel-Reimer und Mustel-Stimme waren vor allem auf Liebeshymnen eingestellt, und höchstens noch auf kleine persönliche Spottgedichte, die man bei ihnen bestellen konnte. Zum Durchbrechen eines lückenlosen Belagerungsringes auf drei Ebenen hatten sie weder Ideen noch Lösungen vorrätig.

Nun war guter Rat teuer. Sich durchbeißen war wohl die einzig verbliebene Möglichkeit, aber bei so vielen Feinden schien es selbst den Mardern riskant, diese letzte Möglichkeit vorschnell zu ergreifen. Der kleine Sprung, den die Mustel-Welt bei der Geiselnahme von Mustel-Rolli und Mustel-Wanst bekommen hatte, dehnte sich immer mehr zu einem Riss, der offen klaffte. Die meisten Mustel wollten es nur noch nicht wahrhaben.

„Sauerei!“, rief Mustel-Schlau. „Was glauben diese Ganoven eigentlich?! Das ist doch der blanke Terror! So kann man mit uns Musteln nicht umspringen. Wir werden sie bestrafen, und zwar so, dass kein Auge trocken bleibt.“

„Aber wie?“, fragte Mustel-Zickzack, die zumindest einen kleinen Teil des ganzen Unglücks zu ahnen begann. „Hast du durchs Fenster geschaut? Es sind zu viele. Selbst wahre Beißmaschinen wie Mustel-Zornig und Mustel-Zwack können da keine Schneise durch die Belagerer hacken.“

Mustel-Schlau wunderte sich. „Willst du damit sagen, dass wir in der Falle sitzen?“

„Es sieht ganz so aus“, murmelte Mustel-Zickzack, selbst verwirrt über diese glasklare Erkenntnis.

Wir nehmen einfach alle unsere Kräfte zusammen …“, dröhnte Mustel-Schleicher, aber mitten im Satz hielt er inne und glaubte schon selbst nicht mehr so recht daran.

„Eine noch nie da gewesene Situation“, stöhnte Mustel-Reimer. „So viele gesunde, kräftige, beißfreudige Mustel an einem Ort und es scheint sich kein herrlicher Sieg abzuzeichnen. Noch nicht!“, fügte er verdattert hinzu, als er merkte, dass er mit diesen Sätzen die Kampfmoral der Mustel nicht gerade stärkte.

Plötzlich ertönte Saroyans Stimme durch die Nacht.

„Seid ihr nun zu Verhandlungen bereit, Marder und Marderinnen?“

Die Mustel hatten wohl nicht richtig gehört. Sie hoben die Köpfe, aber sie schienen nicht verstanden zu haben, was Saroyan gesagt hatte, und daher antworteten sie auch nicht.

„Ich frage euch noch einmal“, Saroyans Stimme klang ungeduldig, „seid ihr nun zu Verhandlungen bereit?“

Wieder antwortete niemand.

„Ihr seid umzingelt, und wenn ihr euch nicht bald dazu bequemt, mit uns zu reden, verlieren wir die Geduld.“

Unter den Musteln brach ein Sturm der Entrüstung los.

„Erpressung!“, tönte es und: „Was glauben diese Staubwedel überhaupt?“ Aber je mehr die einzelnen Mustel sich empörten, desto deutlicher erkannten sie, dass die Belagerer tatsächlich im Vorteil waren. Nur die Idee, sich zu Verhandlungen bereit zu erklären, kam ihnen zunächst noch nicht.

„Ihr bekommt sogar eure Jungen zurück“, rief Saroyan in das Abbruchhaus hinein, „wenn ihr euch in Zukunft an die allgemeinen Bestimmungen haltet und mit dem sinnlosen Morden aufhört!“

„Was heißt sinnloses Morden?“, begehrte Mustel-Zickzack auf. „Wie sollen denn die Jungen lernen, was eine saubere Kopf-ab-Aktion ist, wenn sie sie nicht an anderen Jungen üben können?“

„Ihr habt es nötig“, schrie Mustel-Schlau. Es war das erste Mal, dass einer der Mustel überhaupt das Wort nach draußen richtete. „Ihr bringt euren Jungen das Mausen doch auf dieselbe Art bei!“

„Damit sie nicht verhungern“, schrie Lumpazi. „Sie sollen die Mäuse fressen und sie nicht geköpft herumliegen lassen.“

Jetzt schaltete sich Saroyan wieder ein: „Aber genau darum geht es“, sagte er in sachlichem Ton.

„Wir vom anderen Ufer tun längst nichts mehr dergleichen. Wir bringen überhaupt niemanden mehr um."

Die Mustel im Abbruchhaus fingen an höhnisch zu johlen. „Das sollen die uns einmal vorhüpfen", kreischte Mustel-Meisterdieb. „Dazu sind sie viel zu fett, als dass man ihnen das glauben könnte. Vor allem dieser Weißbraune mit dem Barett, der die große Lippe führt!"

„Wenn ihr euch zu Verhandlungen entschließt, schickt ein paar Unterhändler und wir können sofort und auf der Stelle beginnen", fuhr Saroyan unbeirrt fort. „Wir lassen euch noch ein wenig Zeit. Aber wenn ihr bis Mitternacht keine Entscheidung getroffen habt, stürmen wir das Gebäude!" Das war ein deutliches Wort.

„Verhandeln", meinte Mustel-Mörderzeh leise, „ist auch nur eine Art Falle."

„Kommt gar nicht in Frage!", rief Mustel-Spitzzahn. „Sie sind nur darauf aus, uns eins auszuwischen." Er versuchte so viel wie möglich von der Mustel-Welt zu retten und forderte daher die Mustel auf: „Nehmt all euer Hirnschmalz zusammen und überlegt, was zu tun ist!"

„Angriff ist die beste Verteidigung!", rief plötzlich Mustel-Reimer, dem man es am wenigsten zugetraut hätte.

„Schon wahr!", meinte Mustel-Spitzbauch. „Nur diesmal müssen wir uns wirklich etwas einfallen lassen. »Scheiß drauf und beiß« genügt als Parole nicht mehr!"

Und die drei obersten Mustel-Räte zogen sich aufs Neue zu Geheimberatungen zurück.

32

Davon, das Abbruchhaus zu stürmen – wie Saroyan spontan angekündigt hatte –, war unter den Belagerern noch gar nicht die Rede gewesen. Flitzschwinge und Odo eilten sogleich zu Saroyan, aber auch Lumpazi und der Boss hatten ein Wörtchen mitzureden. Fieberhafte Beratungen setzten ein. Saroyan betonte, dass seine Drohung nur eine Drohung gewesen sein sollte, während die Gangs dafür waren, das Haus um jeden Preis zu stürmen.

„Es ist eine Gelegenheit, die so rasch nicht wiederkommt", knurrte der Boss angriffslustig. „Lieber ein Ende mit Schrecken als ein Schrecken ohne Ende!"

Und Lumpazi war sich in diesem Punkt ausnahmsweise einig mit dem Boss. „Was immer bei den Verhandlungen beschlossen werden mag", fauchte er, „die Marder werden sich nicht daran halten, glaubt mir! Wenn wir sie jetzt nicht vernichtend schlagen, schwimmt unsere Sache den Kanal hinunter."

„Unsere Sache?", frage Odo und zog ein wenig die Lefzen hoch, so dass es aussah, als lächle er.

„Höre ich da etwas von »unserer Sache«, oder habe ich mich zu früh gefreut?“

Lumpazi schien einen Augenblick verwirrt, fasste sich aber gleich wieder. „Lass die Haarspalterei, Odo. Wir wissen alle, was in der Not gemeint ist.“

„Bis Mitternacht haben wir jedenfalls noch Zeit“, meinte Saroyan. „Früher zu stürmen wäre nicht fair.“

„Was heißt da fair?“, erboste sich der Boss. „Sie haben unsere Jungen geköpft und eure Muzza gemurkst. War das vielleicht fair?“

„Natürlich nicht“, antwortete Saroyan mit Nachdruck.

„Dennoch sollten wir nichts überstürzen. Beruhigt euch, aber bleibt wachsam!“

„Wir stehen zu unserem Wort“, krächzte Flitzschwinge gewichtig und die Mitglieder des Beschlusskomitees kehrten an ihre Plätze zurück.

Die Zeit zog sich hin und einige der Hunde begannen bereits, sich zu strecken, gähnten und verloren sichtlich die Lust am Warten und am Stillsitzen. Auch schienen die Dohlen und Krähen auf dem Dach immer wieder einzunicken und selbst aus dem Keller drangen leise Schnarchgeräusche. Nur die Katzen lauerten unermüdlich und starrten dabei die zwei Reihen von Mardern an, die den Eingang blockierten, so dass die vor Verlegenheit immer wieder die Augen schließen mussten.

Donna und Dario saßen nun auf der einen Seite von Saroyan, Webster auf der anderen. Sogar der Graue hatte es sich, trotz seiner Verletzungen, nicht nehmen lassen, nachzukommen. Er hatte sich hinter die Kätzinnen gesetzt und seine Augen glühten vor Kampfbereitschaft. „Sie führen etwas im Schilde", flüsterte Saroyan gelegentlich, vor allem wenn seine Konzentration nachzulassen drohte. Und Dario, der mit Feuereifer bei der Sache war, spitzte seine jungen Ohren und konnte tatsächlich das Gras wachsen hören.

Immer träger schob sich die Zeit auf Mitternacht zu. Plötzlich sagte Dario: „Ich glaube, sie kommen!"

Saroyan gab sich einen Ruck. Er war wieder ein wenig eingedöst, jedoch sofort hellwach, als Dario ihn sachte anstieß. Der wollte ihn auf die Türsteher aufmerksam machen. Die duckten sich nämlich plötzlich, während über sie hinweg mehrere Reihen von Mardern mehr geflogen als gesprungen kamen.

Es ging alles so rasch, dass einige Katzen Zähne in ihrem Hals spürten, bevor sie überhaupt begriffen hatten, dass die Marder auszubrechen versuchten.

Auch Donna war es so ergangen – aber da kannten die Marder sie schlecht. Sie packte den zappelnden Ausbrecher und krallte ihn sich an den Ohren, während sie sich gleichzeitig aufrichtete. Dabei spannte sie ihre Muskeln dermaßen stark an, dass die spitzen kleinen Räuberzähne daran abrutschten. Einen Augenblick hielt sie den Marder – es handelte sich um Mustel-Schleicher – in den Pfoten, als wäre er eine Vogelscheuche, und dann stürzte sie sich auf ihn und nagelte ihn mit ihren vier Beinen auf dem Boden fest. Es war übrigens der erste Gefangene, der gemacht und durchs Kellerfenster den Ratten übergeben wurde.

Noch schlechter erging es jenem Marder, der der gefleckten Schwertkrallenmutter und Lissy in die Pfoten fiel. Sie bearbeiteten ihn zu zweit, wobei die eine immer »Meine Kinderchen, meine armen kleinen Kinderchen!« und die andere »Rache für Muzza!« kreischte. Sie richteten ihn dermaßen zu, dass er sich tot stellen musste, um mit dem Leben davonzukommen.

Ringsum tobte ein Kampf, in dem Wolken von Pelzhaaren durch die Luft stäubten, Krallen ausgerissen wurden, Zähne sich rot färbten oder das Gebiss, zu dem sie gehörten, für immer verließen.

Am schlimmsten waren aber jene Marder dran, die in die Fänge der Hunde geraten waren, da die Hunde besonders geschickt zusammenarbeiteten und dazu auch noch die schärfsten und größten Zähne hatten.

Saroyan hatte von Anfang an gefordert, das große Gemetzel, von dem die Marder gesprochen hatten, nicht zuzulassen. Er wollte eher Gefangene machen, damit man später, bei den Verhandlungen, einen Trumpf in der Hand hätte. Aber bei der Heftigkeit, mit der sie übereinander hergefallen waren, schien nicht sicher, ob man sich daran halten konnte.

Doch genauso plötzlich, wie er begonnen hatte, brach der Kampf mit der Marderstaffel auch wieder ab, nämlich in dem Augenblick, als alle beiß- und kratzfähigen Kämpfer bereits bei den Ratten im Keller saßen und die schwerer Verletzten an die Marder zurückgegeben worden waren.

Wie sich jedoch herausstellte, waren einige der Marder trotz aller Umsicht der Belagerer bei der ersten Überrumpelung entkommen. Und so entschied das Beschlusskomitee nach kurzer Beratung, ihnen die zwei Dobermänner und den Terrier hinterherzuschicken. Die drei Hunde waren froh, sich endlich wieder bewegen zu können und sausten davon wie Pfeile von einer Bogensehne. Noch waren die Marder nicht bereit einzulenken, denn ihre Hoffnung lag nun bei den Entkommenen.

Webster leckte Donnas Wunden, zum Glück reine Fleischwunden, und Miezi kam, um nach Dario zu sehen, der ein paar heftige Kratzer abbekommen hatte.

An Saroyan hatte sich keiner der Ausbrecher herangewagt. Er ging nun zu den anderen Verwundeten und redete ihnen gut zu, während er mit dem gelben Auge unentwegt auf das Haus starrte. Er hielt es für reine Dummheit und Zeitverschwendung, dass die Marder sich noch immer nicht zu Verhandlungen bequemen mochten, aber es war nun einmal so. Also musste die Sache bis zum Ende durchgestanden werden.

Es ging nun schon stark auf Mitternacht zu. Die Katzen wurden langsam unruhig. Nun würden sie das Haus stürmen müssen, schließlich hatte Saroyan das angekündigt. Und außerdem konnten sie ja nicht tagelang hier sitzen und warten, bis die Marder verhungert oder endlich zur Vernunft gekommen waren. Spätestens beim Morgengrauen würde es hier viel zu viele Menschen geben, von den Leinenhunden ganz zu schweigen, als dass sie die Belagerung fortsetzen konnten. Ob die Marder auch daran dachten?

In diesem Augenblick erfüllte Möwengekreisch die Luft und ein ganzer Klan, nämlich der von Ori-Bori III., kam durch die Mondnacht geschwirrt. Ori-Bori III. persönlich hielt einen der geflohenen Marder in den Krallen, ein anderer kam mit zwei Teilen an. Er war beim schnellen Überqueren der Kanaluferstraße von einem nächtlichen Auto totgefahren worden.

Die Krähen und Dohlen auf dem Dach schlugen mit den Flügeln, die Katzen maunzten anerkennend und die Hunde bellten ein paar Mal kurz und scharf, um zu zeigen, dass sie die Arbeit der Möwen zu schätzen wussten. Selbst die Ratten, denen der Geflohene sofort übergeben wurde, fiepten freudig und Ori-Bori III. ließ sein raues Möwengelächter hören und meinte: „Hat wohl niemand mehr gerechnet mit uns! Aber da sind wir hurtig, erfolgreich und absolut zur Stelle!“

Um die Wahrheit zu sagen, hatten eigentlich alle die Möwen vergessen. Umso angenehmer waren sie davon überrascht, dass auch die Möwen sich als verlässliche Bündnispartner erwiesen.

33

„Habt ihr gesehen, sie haben Mustel-Zornig zurückgebracht?“, zischte Mustel-Zickzack, die durchs Fenster gespäht hatte.

„Und Mustel-Schusslig ist in Stücken“, kreischte Mustel-Schlau schockiert.

In Stücken war aber auch die Mustel-Welt, in der es früher nichts als Mustel gab.

Unwillkürlich drängten die Mustel sich alle um ihre drei Räte, deren geheime Besprechungen ihnen schon viel zu lange gedauert hatten. Es waren nur mehr ein paar Augenblicke bis Mitternacht.

„Und was jetzt?“, fragte Mustel-Schlau. „Es gibt kein Entkommen. Und demnächst stürmen sie das Haus.“

„Was geschieht nun mit unseren Kindern?“ Mustel-Seide war in haltloses Schluchzen ausgebrochen, während Mustel-Pfiff zornig mit den Zähnen raspelte. „Es muss etwas geschehen, Mustel! Wollt ihr zulassen, dass Mustel-Rolli und Mustel-Wanst, unsere geliebten Kleinen, bei diesen Verbrechern als Geiseln bleiben?“

Mustel-Spitzzahn, Mustel-Mörderzeh und Mustel-Spitzbauch, die Räte, saßen eng aneinander gekauert da und man konnte förmlich sehen, wie sich über ihren Köpfen vor lauter Nachdenken dunkle Wolken ballten.

„Was meinen die eigentlich mit Verhandlungen?“, fragte eine junge Mustelin.

„Dass sie versuchen wollen, uns etwas einzureden“, zischte Mustel-Mörderzeh.

„Was einreden?“

„Was weiß ich! Darüber wollen sie ja eben verhandeln.“

„Und wenn wir es uns einmal anhören?“, fragte ein anderer junger Mustel.

„Das hieße klein beigeben. In Gebieten, wo es keine Füchse gibt, so wie hier, haben wir nie auf jemanden hören müssen. Und jetzt sollten wir uns von ein paar räudigen Katzen, streunenden Hunden, geblähten Kanalratten und jeder Menge Federvieh etwas einreden lassen?“ Mustel-Spitzzahn wirkte vollkommen vergrämt. „Da sterbe ich lieber, in die Gurgel meines Gegners verbissen.“

„Und wir?“, fragte die junge Mustelin verschämt. „Was wird aus uns?“ Doch dann nahm sie einen Anlauf und sagte rundheraus, was zu sagen war. „Ihr habt euch schon gepaart, ihr habt schon Junge gehabt und all das. Aber wir? Was ist mit uns?“

Und auch der junge Mustel meldete sich noch einmal zu Wort: „Wer wird überhaupt noch Junge haben, wenn wir sterben?"

Das war ein Einwand, der die Mustel aufhorchen ließ. Dass es ihre eigene Mustel-Welt nicht mehr gab, war eine bedauernswerte Sache, aber eine Welt ganz und gar ohne Mustel, die konnte doch niemand wirklich wollen.

„Stellt euch das einmal vor", gab Mustel-Stimme mit stockendem Atem zu bedenken, „kein Mustel-Fest mehr, keine Mustel-Hymnen, nichts. Niemand, der auch nur von uns spricht. Das können wir der Welt doch nicht antun."

Doch Mustel-Reimer schien anderer Meinung. „Vergesst nicht, einige von uns sind entkommen. Sie werden unsere Mustel-Welt in alter Kraft und Schönheit weitertragen."

„Aber was hilft uns das?", fragten die beiden jungen Mustel wie aus einem Mund. „Und wer sagt überhaupt, dass Mustel-Kratzfuß, Mustel-Pinselschwanz und Mustel-Öhrchen tatsächlich entkommen sind?"

„Was ist los mit euch?" Mustel-Reimer ließ nicht locker. „Habt ihr Jungen denn gar keine Ideale mehr? Denkt daran, unser Schicksal wird von vielen Mustel-Generationen in Hymnen besungen werden. Die standhaften Mustel, wird es darin heißen, haben in nichts und niemandem nachgegeben."

In diesem Moment kamen draußen die drei Hunde zurück. Die beiden Dobermänner hielten je einen der geflohenen Mustel im Maul, während der Terrier kläffend um sie herumsprang. Man konnte ihnen geradezu ansehen, wie schwer es ihnen fiel, die beiden erbeuteten Mustel als Gefangene im Keller abzugeben.

„Bleibt nur noch Mustel-Pinselschwanz in Freiheit. Das hilft uns gar nichts", bemerkte Mustel-Mörderzeh, dem langsam eine schreckliche Erkenntnis kam.

„Die Jungen haben recht", zischte Mustel-Spitzbauch. „Allein die Vorstellung, dass es plötzlich keine Mustel mehr geben könnte, gibt mir den Rest. Wir sollten uns zumindest anhören, was sie uns einreden wollen. Das sind wir unserer Mustel-Welt schuldig. Und wenn es uns nicht passt, können wir immer noch einen Rückzieher machen."

Mustel-Seide nickte und schluchzte zugleich. „Vergesst nicht, sie haben angeboten, uns die Kinder zurückzugeben."

„Und sollten sie es nicht tun, werden sie uns schon noch kennen lernen", fügte Mustel-Pfiff grimmig hinzu.

Eine Zeit lang versanken die Mustel allesamt in tiefes Schweigen. Dann rafften die Räte sich einer nach dem anderen auf. Mustel-Spitzbauch, Mustel-Mörderzeh und Mustel-Spitzzahn hopsten langsam, Stufe für Stufe, die Treppe hinunter und blieben in der offenen Türe stehen.

„Wie war das mit eurem Angebot zu Verhandlungen?“, fragte Mustel-Spitzbauch, gegen Saroyan gewandt. „Lasst hören, was ihr uns einreden wollt!“

„Ihr habt ja wohl eingesehen, dass wir euch in der Hand haben?!“ Saroyan stellte das eher fest, als dass er fragte.

„Mit Katzen allein sind wir noch immer fertig geworden“, knurrte Mustel-Mörderzeh.

„Eben, das ist der Punkt“, bemerkte Saroyan trocken. „Wir sind nicht allein. Katzen, Hunde, Ratten, Krähen, Möwen, ja, höre und staune, selbst Mäuse haben herausgefunden, wie es auf dieser unserer Welt zugeht. Es bringt nichts, wenn wir uns gegenseitig totbeißen, kapiert?“

„Ist schließlich eure Sache“, gab Mustel-Spitzzahn bissig zurück, „mit welchem Gelichter ihr euch einlasst.“

„Gelichter? Höre ich da Gelichter?“ Ori-Bori III. stieß im Sturzflug herab und rammte blitzschnell das Ohr von Mustel-Spitzzahn, um dann im

Senkrechtstart wieder hochzuziehen, eine Darbietung, die sich auf jeder Flugschau hätte sehen lassen können. Saroyan ignorierte die ganze Geschichte. „Es sind noch genügend Möglichkeiten übrig, den Tod zu finden oder zumindest Schaden zu nehmen. Um in dieser Welt zu überleben, müssen wir uns alle möglichen Dinge einfallen lassen und alle Nischen ausfindig machen. Das können wir nur miteinander und nicht gegeneinander."

„Wir wollen hier raus", sagte Mustel-Mörderzeh. „Alles andere interessiert uns nicht. Also, was sind eure Bedingungen?" Er zuckte nervös mit der pinselförmigen Spitze seines Schwanzes, kamen doch nun auch die Hunde näher, um nichts von der Unterredung zu versäumen.

„Das werden wir euch gleich und in aller Deutlichkeit sagen," Saroyan hatte sich zu seiner ganzen Größe aufgerichtet und klang strenger als zuvor. „Nachdem ihr kein, oder sagen wir, noch kein Interesse an den Tatsachen der modernen Welt habt, muss ich es euch auf die alte Weise erklären. Ihr habt begriffen, dass wir euch jederzeit gefangen nehmen können. Nicht wir Katzen allein, aber wir Katzen, wir Hunde, wir Krähen, wir Möwen, wir Ratten und wir Mäuse zusammen."

„Wir Mäuse ... dass ich nicht pruste!“, höhnte Mustel-Spitzbauch.

„Demnächst erzählst du mir auch noch etwas von »wir Würmer« oder »wir Ameisen«.“

In diesem Moment wuselte Franziskus vor Saroyan hin und sagte, so laut er konnte „Nur im Fall, dass du mit dieser Information etwas anfangen kannst: Der letzte noch fehlende Marder ist unter der Kühlerhaube eines Autos an der Kanaluferstraße erwischt worden. Es hatte eine Falle eingebaut.“

Aus dem Abbruchhaus konnte man die verschiedensten Geräusche hören. Was insgesamt nur wie Zischen und Fauchen klang, war in Wirklichkeit verzweifeltes Jammern und Wehklagen.

„Und wir Mäuse zusammen ...“, wiederholte Saroyan unbeirrt. „Wenn ihr also mit dem Morden nicht aufhört, euer Revier weiterhin rücksichtslos ausdehnt und euch an keinerlei Abmachungen haltet, werden wir euch immer wieder in die Enge treiben. Beim nächsten Mal behalten wir dann eure Geiseln und die Gefangenen. Und was mit euch geschieht, könnt ihr euch ja wohl denken, ist das klar?“

„Klar wie Kirschwasser“, riefen die jungen Mustel aus dem Abbruchhaus und die drei Mustel-Räte senkten die Köpfe und sahen einander fragend an, bis Mustel-Spitzzahn sich wieder an

Saroyan wandte. „Wir werden sehen“, meinte er ein wenig zögerlich.

„Das ist uns zu wenig“, sagte Saroyan kühl. „Entweder ihr schwört bei euren Jungen und allem, was euch etwas wert ist, oder wir stürmen das Haus!“

Die drei Mustel-Räte sahen einander wieder fragend an, dann nickte einer nach dem anderen und Mustel-Spitzbauch sagte: „Also gut, wir schwören bei unseren Jungen und bei unserem Mustel-Leben, dass wir euch nicht mehr umbringen und dass wir uns an die reviermäßigen Abmachungen halten werden.“

„Na, also“, krächzte Flitzschwinge vom Dach herunter, „warum denn nicht gleich?“

„Und wenn ihr je Lust verspüren solltet, euch die Regeln der Kanalufergesellschaft genauer erklären zu lassen, bin ich gerne dazu bereit“, fügte Saroyan noch hinzu.

Die drei Mustel hörten schon gar nicht mehr richtig hin.

„Und die Geiseln?“, erklang es vom Abbruchhaus. „Unsere armen Kleinen, Mustel-Rolli und Mustel-Wanst? Wann bekommen wir die wieder?“ Mustel-Seide beugte sich so weit aus dem Fenster, dass schon zu befürchten war, sie würde herunterstürzen.

„Sie sind bei uns in Sicherheit", erklärte Saroyan ohne zu verraten, bei wem sie sie versteckt hatten. „Odo wird sie euch im Laufe des morgigen Tages übergeben." Schließlich musste Odos Meyer erst dazu gebracht werden, die Jungen wieder herzugeben.

„Und die Gefangenen?" Mustel-Mörderzeh erinnerte sich an seine Verantwortung als Mustel-Rat.

„Die lassen wir laufen, sobald ihr abgezogen seid", rief Notburga vom Keller her.

„Kann man sich auch darauf verlassen?", fragte Mustel-Spitzbauch misstrauisch.

„Auch das gehört zu den Regeln unserer Gesellschaft", brummte Saroyan, „nämlich, dass wir unser Wort halten, versteht das endlich! Und vergesst nicht, wir werden euch weiterhin beobachten. Übrigens, und diesen guten Rat gebe ich euch ohne jede Bedingung, seid vorsichtig! Es wurden vor Kurzem wieder Giftköder an beiden Kanalufern ausgelegt. Seht zu, dass sich keines von euren Jungen daran vergreift. Sie sind noch frisch und daher äußerst wirksam."

Die drei Mustel-Räte schauten sich wieder gegenseitig an, irgendwie schienen sie verunsichert, als witterten sie eine Art Falle. Kurz darauf aber erhob sich Mustel-Spitzzahn auf die Hinterfüße und sagte laut und vernehmlich: „Danke! Das war ein guter Rat. Wir werden ihn beherzigen!"

Dann zogen die Marder ab. Dicht aneinander gedrängt, vorbei an Hunden und Katzen, begleitet von Gekreisch, Gebell, Gelächter und Gefiepe. Und als sie sich längst im Schatten der Nacht verdrückt hatten, wurden ihnen auch noch die Gefangenen hinterhergeschickt.

„Eigentlich gehört so ein Sieg gefeiert", japste Odo und die frei lebenden Hunde kläfften voller Zustimmung.

„Gefeiert schon", Flitzschwinge hatte gerade den versammelten Krähen und Dohlen für ihre Unterstützung gedankt, „aber nicht gleich. Wenn wir keinen Nachtschlaf mehr bekommen, fallen wir tagsüber von den Bäumen. Wie wäre es mit morgen Abend?"

„Morgen Abend", nickte Saroyan. „Und wo? Auf unserer Seite des Kanals?"

„Wenn, dann schon auf unserer!", rief der Boss und tastete mit der Zunge nach den Mäuseschwänzen, die er in der Hitze des Gefechtes entweder verschluckt oder ausgespuckt haben musste. Jedenfalls hingen sie nicht mehr aus seinen Mundwinkeln.

„Hätte mich ja auch gewundert, wenn du unseren Vorschlag angenommen hättest", meinte Lissy schnippisch.

„Darum geht es doch gar nicht“, beeilte sich der Boss mit einer Erklärung. „Ich meinte ja nur, weil wir auch auf unserer Seite gekämpft haben.“

„Also uns ist es egal“, kreischte Ori-Bori III., „Hauptsache, die Bewirtung stimmt!“ Und die Krähen und Dohlen keckerten es ihm nach, während die Hunde freudig dazu blafften.

„Bewirtung?“, fragte Lumpazi und begann sich ausführlich am Ohr zu kratzen. Das schien ihm die Entscheidung zu erleichtern.

„Also, von mir aus kommen wir auch gerne zu euch hinüber, wenn ihr das unbedingt wollt!“

Lissy und Saroyan warfen sich einen viel sagenden Blick zu, dann meinte Saroyan: „Also gut, morgen Abend auf unserer Seite, ungefähr in der Höhe der Korbburg. Und jeder bringt mit, was er auftreiben kann.“

Alle schienen einverstanden. Sogar der Boss hatte es sich offenbar überlegt. Aber um nicht ganz den Anschein des Klein-Beigebens zu erwecken, erinnerte er an eine wichtige Aufgabe. „Wer übernimmt übrigens die Beobachtung der Mustel in den nächsten Tagen? Ich meine, falls sie rückfällig werden.“

„Gute Frage!“ Saroyan blickte forschend in die Runde. Da meldete sich die Hundestaffel. Fürs Erste war das wohl auch am besten. Die Hunde waren die Schnellsten und würden die Marder am geschicktesten in Schach halten können, wenn sie es sich doch noch anders überlegten. Später würden sich alle dabei ablösen, die Gangs, die Korbburgkatzen, ja selbst die Ratten und die Vögel wollten in der nächsten Zeit ein strenges Auge auf die Marder haben. Bis sich herausgestellt hatte, ob sie zu ihrem Wort auch stehen würden.

„Und du?“, fragte Lumpazi Dario während des allgemeinen Aufbruchs. „Was wirst du jetzt tun? Bleibst du bei uns, oder was?“

Dario erschrak ein wenig, als er sich plötzlich vor eine solche Entscheidung gestellt sah. „Ich, ich …“, stotterte er, aber dann wurde ihm auf einmal klar, was er wollte. „Ich möchte zu meinem Menschen.“

„Das heißt also, du gehst. Eigentlich hätte ich es mir denken können.“ Lumpazi wandte sich ab, um seine Enttäuschung zu verbergen, und begann die Säbelzähne zusammenzurufen.

Maunzer und Raunzer stießen Dario in die Seite. „Das gibt es doch gar nicht. Erzähl uns jetzt nicht, dass du im Leben nicht mehr vorhast, als ins Nest zu kriechen und eine ruhige Kugel bei den Menschen zu schieben.“

„Nein“, widersprach Dario, „so stelle ich es mir keineswegs vor. Ich möchte ihn nur wieder sehen.“ Und dann erzählte er, dass Lew Leuwen bereits eine Katzentür angebracht hatte.

„Genauso wie beim *Katerloch*, was?“, feixte Maunzer.

„Ich hoffe, du bist auch so gastfreundlich wie Barack“, grinste Raunzer, „falls wir einmal nach einer heißen Nacht in der Innenstadt Lust auf Champagner haben sollten.“

„Worauf ihr euch verlassen könnt“, meinte Dario und tatzte spielerisch nach den beiden.

Die Belagerer zerstreuten sich nun endgültig, und als Abschiedsgruß konnte man überall nur den einen Satz hören: „Also dann, bis morgen beim Fest!“

34

Es war schon ziemlich spät, als fünf Katzen, ein Hund und eine Riesenrabenkrähe die Brücke Richtung Innenstadt überquerten. Aus dem ganz großen Gemetzel war ja zum Glück nichts geworden und in nächster Zeit waren weitere Kopf-ab-Aktionen wohl nicht unmittelbar zu befürchten. Ja selbst die Gangs hatten sich als ganz umgänglich erwiesen, und dass sie auf die Korbburgseite zum Fest kommen wollten, war ein Schritt in die richtige Richtung.

„Mehr kann man für den Anfang gar nicht erwarten", meinte Saroyan. „Wichtig ist, dass die Verbindungen geknüpft sind. Alles andere dauert sicher noch eine Weile, aber für heute bin ich ganz zufrieden."

„Das hätte ich mir nicht gedacht", meinte Donna, „dass die Möwen im letzten Moment doch noch angeschwirrt kommen."

„Weißt du, meine Schöne", schaltete Webster sich ein, „manch raue Schale verbirgt einen überraschend saftigen Kern", und er rieb seine Backe an ihrer, dass es nur so seine Art hatte.

„Mir fallen im Gehen die Augen zu“, krächzte Flitzschwinge, „und ohne Sicht kann ich nur fliegen. Also lebt wohl einstweilen, bis morgen beim Fest!“

„Bis morgen beim Fest“, antworteten alle.

Und bevor Flitzschwinge zu ihrem Schlafbaum aufbrach, sagte sie noch, an Dario und Webster gerichtet: „Aber ihr beiden werdet nie und nimmer fliegen lernen, merkt euch das!“

Dario hatte Miezi dazu überreden können, sie auf einen Imbiss in den »Nachtschatten« zu begleiten, wohin sie nun alle unterwegs waren. Bis auf Odo, der sich noch um seinen Meyer und um die jungen Marder kümmern musste. Irgendwie waren es ihm in letzter Zeit, bei aller Freundschaft, ohnehin zu viele Katzen gewesen und so fiel ihm der Abschied nicht allzu schwer.

Saroyan aber hatte sich nicht lange bitten lassen. Schon aus kätzischer Neugier kam er noch gerne auf einen Sprung mit.

Man kann sich Lew Leuwens Erstaunen leicht vorstellen, als er kurz vor der Sperrstunde zwei Katzen und drei Kater durch die neue Katzentüre kommen sah.

„Puma-Pussy“, sagte er verblüfft, „jetzt gehst du entschieden zu weit!“

Aber Donna dachte nur, wenn du wüsstest, was wir inzwischen alles erlebt und erlitten haben, würdest du uns einen ganzen nigelnagelneuen Lachs spendieren. Und sie versuchte, ihn auf ihre marderischen Bissspuren aufmerksam zu machen, die erst verheilen mussten. Aber da war Lew schon dabei, Dario ausführlich zu begrüßen. Als Hedi, die Servierhilfe, aus der Küche kam, dachte sie schon, Lew sei nun endgültig übergeschnappt, als er – Donna und Dario auf dem Schoß, von drei weiteren Katzen umringt – auf einem Barhocker saß und haltlos vor sich hin brabbelte. Kopfschüttelnd füllte sie eine Schüssel mit all den Resten, die an diesem Abend übrig geblieben waren, und das waren genug, um alle fünf glücklich zu machen. Sie stellte sie auf den Boden und schaute eine Weile zu, wie die Katzen sich schmatzend darüber hermachten.

Als alle satt waren und sich zu putzen anfingen, erhob sich Lew Leuwen und meinte: „Wenn das so weitergeht, kann ich mein Lokal bald anstatt Nachtschatten »Zur Katzenschwemme« nennen."

Aber seine Sorge war ziemlich unbegründet. Saroyan wurde von seinem Menschen gut versorgt, ebenso Miezi, die bis zum Morgengrauen wieder bei ihrem Fährmann sein wollte – und Webster, nun, den würde er eben in Kauf nehmen müssen, wie sich bald herausstellen sollte. Denn als Lew Donna und Dario auf den Arm nehmen und in seinen Wagen tragen wollte, weigerte sich Donna und setzte sich demonstrativ neben Webster, der ihr zärtlich ins Ohr flüsterte: „Womit habe ich das bloß verdient, meine Schöne?“ Während Donna zurückflüsterte: „Mit gar nichts. Ich habe mich nur schon an dich gewöhnt.“ Verdutzt schaute Lew zuerst auf Donna, dann von einer Katze zur anderen und meinte schließlich: „Ihr seid richtige Stadtstreicher geworden. Also kommt ihr jetzt mit ins traute Heim, oder nicht?“

Die drei näherten sich, wenn auch nicht ganz so freudig, wie Lew es erwartet hatte.

„Verstehe“, seufzte er. „Euch bei mir zu Hause einzusperren bringt wohl nichts. Aber gegen ein weiches Bett für heute Nacht und ein ordentliches Frühstück morgen habt ihr wohl kaum etwas einzuwenden, oder?“

Da strichen plötzlich alle drei um seine Beine, dass es nur so knisterte.

Lew nahm Dario auf und sagte zu Donna und Webster: „Ihr beide werdet es ja noch auf euren eigenen Beinen bis zum Auto schaffen.“

„Du zuerst, meine Schöne“, wisperte Webster und ließ Donna den Vortritt.

„Lew ist zwar der Beste“, meinte Donna, „aber der Kräftigste scheint er auch nicht mehr zu sein.“

„Was willst du“, Webster ging wieder neben Donna her, „er hat dich eben meinem Schutz anvertraut.“

Lene Mayer-Skumanz

Hanniel. Ein Engel auf Erden

Mit Engel-Sticker

Für Leserinnen und Leser von 9–11 Jahren | 352 Seiten

edition-o | ISBN 978-3-99022-007-8

Der 10-jährige Christian Beck ist in einer Krise – bedingt durch die gescheiterte Ehe seiner Mutter, unverstanden von seiner älteren Schwester Isabel, aber auch von seinen Schulkameraden. Seinen besten Freund „Hanniel“ kann er nicht sehen und hören, denn er ist ein Engelwesen – sein Schutzengel ...

Ringelrote Regenwürmer
und 11 weitere Erzählungen von Erich Schleyer

Illustriert von Markus Szyszkowitz. Mit 6 „Hab'-dich-lieb"-Tierpostkarten
Für Leserinnen und Leser ab 8 Jahren | 120 Seiten
edition-o | ISBN 978-3-99022-001-6

Wenn die Natur von den Menschen zerstört wird, wenn Kinder von Erwachsenen ungerecht behandelt werden, wenn irre Erfindungen das Leben auf unserem Planeten gefährden ... dann kann es schon vorkommen, dass Regenwürmer sich vor Angst, Entsetzen und Wut ringelrot verfärben. In seinen feinsinnigen Geschichten erzählt Erich Schleyer von „unmöglichen" Ereignissen, die zum Nachdenken und Handeln anregen.

Barbara Frischmuth
Ida und Ob
Mit 6 Pferde-Postkarten
Für Leserinnen und Leser ab 8 Jahren | 160 Seiten
edition-o | ISBN 978-3-99022-000-9

Ida *muss* sich in ihren Ferien auf dem Reiterhof ihres Onkels in Ob erholen, obwohl sie zu Hause mit ihrem Freund Klumpfuß ganz wichtige Dinge zu erledigen hätte. Widerstrebend macht sie sich auf die Reise. Die vielen Erfahrungen und Abenteuer, die sie mit den Menschen und Tieren auf dem Land nach und nach macht, lassen diese Ferien jedoch bald zu ganz besonderen Ferien werden.